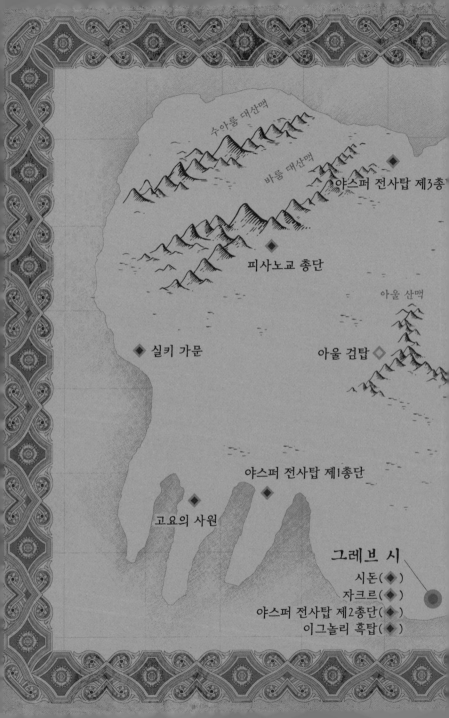

ETAN 이탄

ORIGINAL FANTASY STORY & ADVENTURE

쥬논 판타지 장편소설

dream
books
드림북스

이탄 21 부정 차원에 첫 발을 디디다

초판 1쇄 인쇄 2022년 2월 8일
초판 1쇄 발행 2022년 2월 22일

지은이 쥬논
발행인 오영배
편집 편집부
일러스트 필연
표지 · 본문 디자인 오정인
제작 조하늬

펴낸 곳 (주)삼양출판사 · 드림북스
주소 서울시 강북구 도봉로 173
대표 전화 02-980-2112 **팩스** 02-983-0660
편집부 전화 02-987-9393 **팩스** 02-980-2115
블로그 blog.naver.com/dreambookss
출판등록 1999년 3월 11일 제9-00046호

© 쥬논, 2022

ISBN 979-11-283-7139-4 (04810) / 979-11-283-9990-9 (세트)

드림북스는 (주)삼양출판사의 판타지 · 무협 문학 브랜드입니다.

목차

부제: 언데드지만 신전에서 일합니다

사대신수

『성혈의 바하문트』
―신수: 날개 달린 사자
―상징: 공포
―속성: 흙(土), 피(血)

『불과 어둠의 지배자 샤피로』
―신수: 광기의 매
―상징: 탐욕
―속성: 불(火), 어둠(暗), 나무(木)

『포식자 하라간』
―신수: 투명 마수
―상징: 타락, 나태
―속성: 얼음(氷), 균(菌), 물(水)

『둠 블러드 이탄』
―신수: 냉혹의 뱀
―상징: 파멸
―속성: 금속(金), 빛(光)

발췌문

내가 부정 차원에 다녀와 보니 그곳의 악마종들은 다음
과 같이 네 단계로 나누어지더라.

일반마(一般魔).
역마(逆魔).
진마(眞魔).
성마(聖魔).

이 가운데 일반마는 다시 하급, 중급, 상급의 세 가지 레
벨로 구분된다.

역마는 5개의 레벨로 분류되는데, 최하급, 하급, 중급, 상급, 최상급이 바로 그것이다.

진마도 역마와 마찬가지로 5개의 레벨을 가진다.

성마는 부정 차원에서도 거의 찾아볼 수 없는 악마종들인지라 그 분류에 대해서는 자세히 알려진 바가 없다.

하지만 성마들 사이에도 5개 이상의 레벨이 존재하는 것으로 추정된다. 어쩌면 성마는 7개나 9개의 레벨이 있을지도 모르겠다.

일반마와 역마를 구분하는 잣대는 체내에 보울(Bowl: 그릇)을 형성했는가의 여부다. 이처럼 명확한 기준이 있으므로 일반마와 역마를 구별하는 것은 아주 쉬운 일이다.

반면 역마와 진마를 구별하는 기준은 다소 모호하여, 부정 차원의 악마종들도 명확하게 진마의 판별법을 설명하지는 못하였다.

다만 내 느낌으로는, 부정 차원의 악마종이 부정한 인과율(만자비문)을 어렴풋하게나마 깨우치면 곧 진마의 단계에 진입했다고 평가하는 것 같다.

물론 이게 명확한 기준은 아니고, 만자비문의 본 모습을 드러내는 것은 주로 진마 최상급이나 되어야 가능하지만 말이다.

진마와 성마의 차이는 만자비문에 대한 이해 정도에 따

라서 갈리는 것 같다. 진마가 부정한 인과율을 어렴풋이 맛만 본 상태라면, 성마부터는 인과율의 힘을 본격적으로 빌려 쓰는 수준은 되는 듯하다.

물론 이 경계도 아주 명확하지는 않다.

그나저나 성마보다 더 위에도 새로운 단계가 있지 않을까? 과연 성마 최상급이 끝이고 그 위에는 아무것도 없을까?

다음에 부정 차원에 다시 들르게 되면 이 의문에 대한 답부터 찾아봐야겠다.

―부정 차원을 여행하고 돌아온 뒤 이탄이 남긴 글귀 가운데 발췌

제1화
루건

Chapter 1

산골마을의 촌장은 역마의 단계에 올라선 자였다.

반면 마을의 부하들은 일반마 수준에 불과했다. 그래서
마을의 악마종들은 촌장을 무척 어려워했다.

촌장은 마을 내에서 절대 권력을 휘둘렀을 뿐 아니라 부
인도 여러 명을 두었다. 중년의 마른 여자는 촌장이 들인
여자들 가운데 두 번째 첩에 불과했다.

그런데 지금으로부터 약 5개월 전, 마을에 사건이 발생
했다. 외지인 남자 한 명과 외지인 소녀 한 명이 마을을 방
문한 것이다.

이 외지인들은 말을 떠듬거렸을 뿐 아니라 억양도 이상

했다.

촌장은 이런 경우를 종종 보아왔다.

'크흐흐흐. 보아하니 먼 타국에서 도망친 자들이로구나. 이런 도주자들은 내 마음대로 처리해도 뒤탈이 없지.'

촌장은 이렇게 판단하고는 음험하게 웃었다.

촌장은 우선 소녀에게 욕심을 부렸다. 스스로를 이자벨라라고 밝힌 소녀는 촌장이 난생처음 보는 미인이었다.

더불어서 촌장은 외지인 사내에게도 욕심을 부렸다. 스스로를 이탄이라고 밝힌 사내는 미소년과 청년의 경계 선상에 서 있는 듯했는데, 그 또한 외모가 상당히 뛰어났다.

촌장은 여자를 좋아하지만, 미소년도 거부하지 않았다. 촌장은 이 외지인 남녀를 자신의 새로운 첩으로 들일 생각이었다.

촌장의 명이 떨어졌다.

[저것들을 잡아라. 붙잡아서 내 앞에 무릎을 꿇려라. 내 오늘 밤 연놈들과 더불어 흐드러지게 뒹굴어야겠구나.]

촌장은 밤의 환락을 상상이라도 한 듯 한 손으로 자신의 사타구니를 주물럭거렸다.

마을의 장정들, 즉 촌장의 부하들이 외지인 남녀에게 달려들었다. 이 부하들은 역마의 단계에도 올라서지 못한 일반 악마종들로 대부분은 일반마 중급 수준이었다. 간혹 가다가 일반마 상급 악마종도 포함되었다.

촌장은 당연히 자신의 부하들이 외지인 남녀를 금세 무릎 꿇릴 것이라고 예상했다.

그러나 촌장의 예상이 깨지기까지는 그리 오랜 시간이 걸리지 않았다.

[나와 뭘 하겠다고?]

스스로를 이탄이라고 밝힌 사내는 세상 못 들을 소리를 들은 것처럼 손가락으로 자신의 귓구멍을 팠다. 그런 다음 무지막지한 괴력으로 마을의 장정들을 다 찢어버렸다. 정말 눈 한 번 깜빡할 사이에 촌장의 부하들이 갈려나갔다.

[허억!]

촌장이 기겁을 하였다.

후회해도 이미 때는 늦었다. 아차하는 사이에 촌장의 목줄기는 이미 상대의 손아귀에 붙잡혔다. 촌장의 두 다리는 허공으로 번쩍 들려서 안타깝게 바동거렸다.

이탄은 손을 쓰는 데 망설임이 없었다. 그는 역마 최하급인 촌장의 머리통을 단숨에 잡아 뽑았다. 이어서 촌장의 팔다리도 다 뜯어내었다.

만약 언노운 월드에서 누군가가 사람의 사지를 잡아 뽑는다면, 주변의 목격자들은 기겁을 하면서 엉덩방아를 찧을 것이다.

부정 차원의 반응은 사뭇 달랐다. 촌장의 부하들은 촌장이 머리가 잡아 뽑히고 팔다리가 찢겨나가도 그러려니 했다. 부정 차원의 악마종들 사이에서 상대방의 사지를 뜯어내는 것은 늘 있는 일이기 때문이다. 촌장의 부하들은 이탄의 과격한 행동에 거부감을 느끼기는커녕 오히려 안심을 했다.

'외지인이 촌장의 머리를 뽑고 사지를 잘라냈다는 것은, 자신이 새로운 촌장이 되겠다는 의지를 드러낸 것이겠지?'

'이제부터 이 외지인이 우리의 새 촌장이야.'

살아남은 마을의 장정들은 이렇게 생각하고는 이탄 앞에 무릎을 꿇었다.

[이탄 촌장님을 뵙습니다.]

[이탄 촌장님, 저희를 잘 부려주십시오.]

[앞으로 열심히 모시겠습니다요.]

마을의 일반 악마종들은 이탄을 향해 머리를 조아린 다음, 이탄을 마을의 새 촌장으로 추대했다.

'응? 이게 무슨 일이래?'

이탄은 예상치 못한 사태에 황당함을 느꼈다.

이탄이 당혹해하는 동안 이자벨라가 재빨리 사태 수습에 나섰다. 이자벨라는 무릎을 꿇은 마을 장정들을 능숙하게 부렸다.

악마종들은 이자벨라의 명에 따라서 주변에 널브러진 시체들부터 치웠다. 그런 다음 이탄과 이자벨라에게 이곳 마을에 대한 보고를 올리기 시작했다.

— 마을의 가구 수: 320호.
— 마을의 주요 전력: 일반 악마종 1,051명 (하급 51명, 중급 890명, 상급 110명).
— 마을의 주요 일꾼: 몬스터 20,000여 마리.
— 마을의 크기: 450퀠.

이러한 내용들이 문서 형태로 꾸며져서 이탄에게 올라왔다.

이탄은 두 가지 점에서 놀랐다.

첫째, 이곳은 엄연히 부정 차원임에도 불구하고 악마종보다 몬스터들이 더 많았다. 그것도 대략 스무 배나 더 많았다.

'이렇게 몬스터가 많다는 것은, 부정 차원의 악마종들이 그릇된 차원을 침탈하여 계속 노예를 수급한다는 의미일까?'

이탄은 문득 이런 의문을 품었다.

다만 부정 차원에서 일꾼으로 부려지는 몬스터들은 그릇

된 차원의 몬스터들보다 힘이 약했을 뿐 아니라 머리도 더 나빴다. 그릇된 차원의 귀족급은 이곳에서는 찾아볼 수 없었다. 왕의 재목이나 왕은 더더욱 존재하지 않았다.

덕분에 부정 차원의 악마종들은 이자벨라를 몬스터라고 생각하지 못했다. 그들의 눈에 비친 이자벨라는 영락없는 악마종이었다.

사실 수인족과 몬스터, 그리고 악마종 가운데는 뚜렷하게 구별을 하기 힘든 경우도 왕왕 있었다.

실제로 그릇된 차원의 몬스터 가운데 극소수 강자들은 스스로 부정 차원에 들어와서 악마종처럼 지냈다.

이것은 몬스터뿐 아니라 인간족도 마찬가지였다. 당장 피사노교의 서열 1위인 와힛과 서열 2위인 이쓰낸은 부정 차원에서 악마종처럼 취급을 받고 있는 인간족의 대표적인 사례들이었다.

Chapter 2

두 번째로 이탄이 놀란 점은, 바로 영토의 광활함이었다.

간씨 세가의 세상에 비해서 언노운 월드는 가로 세로로 각각 100배, 면적으로는 거의 10,000배나 큰 세상이었다.

그런데 부정 차원은 언노운 월드보다도 몇 배는 더 큰 것 같았다.

지난 반 년간 이탄이 부정 차원을 떠돌면서 수집한 정보에 따르면, 부정 차원은 크게 7개의 덩어리로 나뉘어 있었다. 그 덩어리 하나하나가 제국, 혹은 제국과 가까운 정치적 형태를 갖추었다.

또한 부정 차원에는 7개의 제국으로 편입되지 않은 크고 작은 소국과 마을들도 헤아릴 수 없이 많았다.

'그런데 이 덩어리 하나하나의 크기가 언노운 월드 대륙 전체보다도 오히려 더 큰 것 같단 말이지.'

이탄의 어림짐작이 사실이라면, 부정 차원은 언노운 월드보다 최소한 일곱 배는 더 크다는 소리였다.

물론 아직까지 이탄은 부정 차원의 정확한 규모를 가늠하지는 못했다. 그가 부정 차원의 모든 곳들을 직접 다녀본 것이 아니기 때문이었다. 게다가 부정 차원에서는 차원의 전체 모습을 담은 지도를 구하기가 거의 불가능했다. 그저 인근의 일부 영토만을 그려넣은 지도만 돌아다녔다.

이런 이유로 인해서 이탄은 정보의 수집을 최우선 과제로 택했다.

'이 넓은 부정 차원에서 피사노의 비석이나 언령의 벽을 찾으려면 정보가 필요할 거야. 그리고 정보를 수집하려면

우선 세력부터 마련할 수밖에 없겠군.'

이탄은 이 조그만 마을이 세력을 구축하는 발판이 될지도 모르겠다고 판단했다.

[우리 당분간 이 마을에 정착하면 어떨까?]

이탄이 이자벨라의 의견을 물었다.

이탄은 이자벨라만 찬성하면 지난 4개월간의 떠돌이 생활을 종료하고 이 마을에 정착하여 지내볼 요량이었다.

120일이 넘는 시간 동안 함께 붙어 다녀서 그런지 이자벨라를 대하는 이탄의 태도는 스스럼이 없었다.

이것은 이자벨라도 마찬가지였다.

[저야 당연히 좋죵.]

이자벨라는 특유의 코맹맹이 소리로 대답했다.

솔직히 말해서 이자벨라는 황량한 부정 차원을 떠도는 생활이 너무나도 고달팠다. 하여 그녀는 이탄의 제안을 받자마자 즉시 찬성했다.

이탄이 마을의 촌장이 된 이후로 이전 촌장의 부인과 첩들은 모두 마을 밖으로 쫓겨났다.

사실은 이탄이 아니라 이자벨라가 그녀들을 쫓아낸 것이었다.

촌장의 부인과 첩들은 대부분 일반마 중에서도 하급, 혹은 중급의 악마종들이었다. 그들은 마을이라는 울타리 밖으로 쫓겨나자마자 대부분 마수들에게 잡아먹혔다. 그들 가운데 일부는 노예 사냥꾼들에게 포획을 당해서 타지에 노예로 끌려갔다.

하지만 촌장의 두 번째 첩만은 무사히 살아남아 이웃 성으로 도망쳤다.

그것도 그냥 도망만 친 것이 아니었다. 두 번째 첩은 마을에서 쫓겨나자마자 마을 뒷산을 남몰래 파헤쳤다.

그녀가 한 일은 이전 촌장, 즉 남편의 시체를 발굴하는 것이었다.

이전 촌장은 이탄이 나타나기 전까지만 하더라도 그 마을에서 유일하게 역마 단계에 올라선 악마종이었다.

비록 역마 중에서는 최하급이기는 하지만, 그래도 촌장은 마을의 최강자였다. 게다가 촌장은 불완전하기는 하지만 나름 부활의 능력을 갖추었다.

다만 촌장의 부활 능력에는 치명적인 단점이 있었다. 죽었다가 다시 살아날 때마다 무력 수준이 떨어지고 나이가 어려지는 단점이었다.

때문에 촌장은 가능하면 이 능력을 쓰지 않기를 원했다.

어쨌거나 촌장의 첩은 여섯 토막으로 쪼개진 남편의 시체를 바늘로 꿰매어 다시 살려내었다. 그런 다음 어려진 남편을 안고 이웃 성으로 달려갔다.

이웃 성까지 거리는 상당히 멀어서 이동하는 데만도 시간이 꽤 오래 걸렸다. 게다가 마을 밖을 배회하는 마수들과 노예사냥꾼을 피하느라 시간은 더 소요되었다.

그래도 첩은 악착같이 살아남아 이웃 성에 도착하였다.

그녀가 살았던 마을과 달리 이웃 성은 상당히 번화했다. 촌장의 첩은 그 성의 영주인 루건을 찾아가서 자신의 마을을 되찾아 달라고 부탁했다. 그 대가로 그녀는 루건에게 남편을 제물로 바쳤다.

루건은 상대의 부탁을 선뜻 들어주었다. 그녀가 바친 제물(마을의 전 촌장)이 루건의 마음에 들어서였다.

사실 부활과 재생이 가능한 악마종이나 마물들은 부정 차원 내에서 값어치가 높았다. 그 이유는 이 악마종들이 부정 차원에서 일종의 영약처럼 취급되기 때문이었다.

물론 촌장도 이 사실을 잘 알고 있었다. 그래서 촌장은 자신의 부활 능력을 아무에게도 알리지 않고 비밀에 부쳤다.

'만약에 내 비밀이 알려졌다가는 더 강한 악마종에게 붙잡혀서 보양제 취급을 받겠지.'

평소에 촌장은 이 점을 우려했다.

그런데 눈치 빠른 둘째 첩이 남편의 비밀을 알아차리고는 거하게 뒤통수를 때린 셈이었다.

우그적.

루건이 한 번 더 촌장의 머리통을 씹어 먹었다.

루건의 커다란 입 안에서 피가 탁 튀었다. 뾰족뾰족한 루건의 이빨 사이로 핏물이 질척질척하게 떨어졌다.

잠시 후, 촌장의 머리가 꾸물꾸물 재생되었다. 이제 촌장은 더 어려져서 고작 한 살 정도로밖에 보이지 않았다.

루건도 더 이상 촌장의 머리를 뜯어먹을 생각은 하지 않았다.

[여기서 한 입 더 베어 물었다가는 이 귀한 보양제(?)가 죽어버리겠지? 좀 더 클 때까지 기다렸다가 또 먹어야지. 크흫흫.]

루건은 자신의 기다란 머리카락으로 촌장을 둘둘 말았다. 그런 다음 언덕 아래 옹기종기 모여 있는 집들을 향해 휘익 거구를 날렸다.

루건을 섬기는 무장병력들이 그 뒤를 따랐다.

[이히히. 드디어 그 외지인 연놈들을 쫓아내겠구나.]

촌장의 둘째 첩도 잇몸을 활짝 드러내며 루건을 뒤쫓았다.

루건은 사실 이렇게 변두리 지역에서 깡시골 성주 노릇이나 할 악마종이 아니었다. 그는 중앙의 거대 영주군에서 활약을 하던 어엿한 장수였다.

그러던 루건이 깡시골의 성주로 좌천된 것은 신임 영주에게 밉보인 탓이었다. 원래 루건이 충성을 맹세했던 자가 후계자 싸움에서 패배한 뒤, 루건도 덩달아 깡시골로 쫓겨나게 되었다.

루건이 성주로 부임한 영지는 인구수가 고작 수백만 명밖에 되지 않았다. 가축처럼 부리는 몬스터들까지 다 합쳐도 이곳 영지의 인구수는 1억 명에도 미치지 못했다.

루건은 절망했다. 루건은 하루에도 열 번씩 보랏빛 하늘을 향해서 [이 빌어먹을 세상!]을 외치며 낙담했다.

그렇게 좌절 중이던 루건 앞에 산골짜기의 여자 악마종이 나타났다. 여자 악마종은 루건에게 자신의 남편을 제물로 바치고는 산골마을을 되찾아달라고 요청했다.

처음에 루건은 여자 악마종의 이야기에 관심을 두지 않았다. 여자 악마종이 제물로 바친 보양제에는 조금 관심이 갔으나, 그것도 루건에게 꼭 필요하지는 않았다.

'보양제 따위를 처먹어봤자 뭐 하겠어. 내 커리어는 이제 끝났어. 후계자 싸움에서 밀렸으니 나는 이제 영지로 복귀할 가능성이 제로라고. 쿠허허―.'

루건은 낙담을 한 듯 길게 한숨을 내쉬었다.

Chapter 3

처음에 루건은 자신을 귀찮게 한 최하급 여자 악마종을 단숨에 죽여 버리려고 했다. 그런 다음 제물만 빼앗을 생각이었다.

한데 루건의 마음에 갑자기 변덕이 생겼다.

'만사가 다 짜증나고 귀찮은데 이참에 나들이나 한번 다녀올까? 이 여자가 이야기한 산골짜기에 한번 다녀오면 기분전환이 되려나?'

루건은 심심풀이 삼아 여자 악마종을 따라나섰다.

여자 악마종은 희희낙락하며 루건을 산골짜기의 외진 마을로 안내했다.

[쿠헐. 이런 곳에도 마을이 있었나?]

루건은 언덕 위에서 마을을 내려다보면서 이렇게 중얼거렸다.

마을은 정말 개미똥만 했다.

'마을의 집들을 다 합쳐봤자 고작 300가구나 될까?'

루건은 세상에 이렇게 작은 마을이 있을 것이라고는 생각도 못 했다.

부정 차원에서는 10,000가구 미만의 초초초소형 마을은 찾아보기 힘들었다. 이렇게 인구수가 작은 마을은 마수들이 떼로 덤비면 곧바로 몰살을 당하는 탓이었다.

따라서 힘이 약한 일반 악마종들일수록 가급적 인구수가 많은 영지에 몰려 살았다. 비록 이들 일반 악마종들이 큰 마을에서 구박을 받으며 폐품 취급을 받는 한이 있더라도 마수들의 한 끼 식사거리로 전락하는 것보다는 나으니까 말이다.

E.T.A.N.' S. V.I.L.L.A.G.E (이.탄.의. 마.을.).

마을 입구에 서 있는 고목나무에는 이와 같은 팻말이 박혀 있었다. 이것은 마을의 이름을 나타내는 팻말이었다.

5개월 전, 이자벨라는 판판한 나무판에 이탄의 마을이라는 의미의 글자를 큼지막하게 새겨서 마을 입구에 걸어놓았다.

이자벨라의 마력이 팻말을 거쳐서 고목나무에 전달되었다.

그때부터 이 고목나무는 마물들의 접근을 저지하는 마을의 수문장 역할을 하게 되었다. 또한 고목나무에 둥지를 튼 새 떼들은 외적이 침입했을 때 경고해주는 파수꾼의 역할을 맡았다.

루건이 바람처럼 날아와 고목나무 앞을 지나쳤다.

그 순간 고목나무가 앙상한 가지를 후두둑 뻗어 루건을 가로막았다. 동시에 고목나무로부터 새들이 날아올라 시끄럽게 지저귀었다.

[웬놈들이냣?]

[비상. 비상. 침입자가 쳐들어왔다.]

마을의 장정들이 수제 무기를 손에 들도 집 밖으로 뛰쳐나왔다. 마을 장정들의 대응은 상당히 체계적이었다.

'쿠헐? 이런 개미똥만 한 마을이 이 정도 군사체계를 갖추고 있단 말이야? 조악하기는 하지만 그래도 나름 수문장도 있고, 파수꾼도 있고, 외부인이 침입했을 때 대응 체계도 갖춰져 있네?'

루건은 이 조그만 산골마을을 다시 보게 되었다.

'물론 그래 봤자 산골마을일 뿐이지만.'

루건은 단숨에 고목나무 가지를 뜯어버리고 마을 안으로 짓쳐들어왔다.

후왕!

루건이 손을 휘두르자 주변에 바람이 크게 일었다. 그 바람이 반투명한 악귀의 형상으로 뭉치면서 마을의 장정들을 단숨에 쓸어버렸다.

마을의 장정들이라고 해봤자 허접한 일반 악마종에 불과

했다. 그것도 대부분 일반마 상급도 아닌 중급의 악마종들이었다. 마을의 장정들은 루건이 내뿜은 악귀 바람에 스치자마자 피를 토하며 나뒹굴었다.

루건은 가볍게 손을 휘둘러서 일반 악마종 열댓 명을 가랑잎처럼 날려 보냈을 뿐 아니라 마을의 집들도 여러 채 부쉈다.

악귀 바람이 훑고 지나가자 멀쩡하던 집들이 푸스스 무너져 내렸다. 그러고도 악귀 바람은 소멸되지 않았다. 악귀 바람은 스산한 울음을 토하면서 루건의 주변을 빙빙 맴돌았다. 그 모습이 마치 영혼으로 이루어진 커다란 뱀이 루건의 주위를 호위하는 것 같았다.

[어억?]

이탄 마을의 장정들이 화들짝 놀랐다. 그들은 각자 손에 무기를 움켜쥐고 달려 나왔다가 움찔하여 물러섰다.

'오늘 또다시 우리 마을의 촌장님이 바뀌려나?'

'조용하던 우리 마을에 왜 자꾸 이런 일이 생기지?'

부정 차원에서 일반 악마종들은 어차피 강자에게 굴종하여 살아갈 수밖에 없었다. 그들에게 의리나 충성을 기대할수는 없는 노릇이었다. 오늘 마을에 쳐들어온 루건이 이탄을 꺾으면, 앞으로 이 마을은 루건의 소유지가 될 것이었다. 그게 아니라 이탄이 루건을 물리치면 마을의 촌장 자리는 계속해서 이탄의 차지였다.

일반 악마종들은 길의 양옆으로 황급히 물러선 다음, 루건을 향해 무릎을 꿇고는 손가락으로 마을 중심부를 가리켰다.

[촌장님을 만나러 온 손님이시군요.]

[저희 촌장님은 저곳에 계십니다.]

마을의 악마종들이 루건에게 이탄의 집을 알려주었다. 루건도 이들의 비굴한 태도를 당연하다는 듯이 받아들였다.

루건은 한달음에 이탄의 집 앞에 도착했다.

그즈음 루건을 따르는 무장병력도 마을 입구에 도착했다. 그 선두에는 전임 촌장의 둘째 첩이 자리했다.

[루건 님, 비열한 강탈자의 손에서 제 마을을 되찾아 주십시오.]

전임 촌장의 첩이 루건을 향해 빽 소리쳤다.

[아!]

마을의 장정들은 첩의 얼굴을 알아보았다. 그들은 루건과 같은 강자가 이처럼 조그만 마을에 나타난 이유를 비로소 알아차렸다.

Chapter 4

콰앙!

폭음과 함께 나무문짝이 박살 났다. 문짝뿐 아니라 문틀
과 벽의 일부도 허물어졌다. 루건은 다짜고짜 문을 부수고
이탄의 집으로 쳐들어갔다.

직후, 루건은 집 안으로 뛰어 들어갔던 것보다 두 배는
더 빠른 속도로 튕겨져 나와야만 했다. 루건의 거구가 뒤로
몇 바퀴를 구른 뒤에야 겨우 멈춰 섰다.

[어푸푸.]

루건이 머리를 부르르 흔들었다.

루건의 코뼈는 움푹 함몰되어 얼굴 속으로 파묻혔다. 심
각하게 부서진 코에서 핏물이 주르륵 흘렀다.

루건이 얼떨떨한 정신을 가다듬는 동안, 뿌연 먼지를 뚫
고 이탄이 모습을 드러내었다.

이탄은 9개월 전이나 지금이나 바뀐 바가 별로 없었다.
미소년과 미청년의 중간 어디쯤에 해당하는 얼굴도 그렇
고, 약간 말라 보이는 체격도 그대로였다.

다만 한 가지.

이탄의 트레이드마크였던 볼록한 배는 홀쭉하게 쏙 들어
갔다. 이것은 이탄이 피사노교의 보고에서 얻은 사행술(蛇

行術) 덕분이었다. 이 신묘한 흑체술 덕분에 이탄은 골격과 외모를 자유자재로 바꿀 수 있게 되었다.

이처럼 이탄의 외모는 거의 변함이 없었으나 이탄이 풍기는 분위기는 9개월 전과는 180도 달라졌다.

언노운 월드에 머물 당시 이탄은 화이트니스를 온몸에 두르고 다녔다. 덕분에 이탄의 분위기는 성스러움과 날카로움이 한 곳에 뒤섞인 성기사의 느낌이었다.

지금은 달라졌다.

이탄은 부정 차원으로 넘어온 즉시 화이트니스의 기운을 벗어던졌다.

대신 이탄은 (진)마력순환로를 개방했다. 음차원의 마나가 무려 40,000개나 되는 (진)마력순환로 속을 거세게 휘돌았다.

이 음차원의 마나 때문에 이탄은 섬뜩하면서도 어두운 분위기를 물씬 풍겼다.

물론 이탄은 40,000개의 음차원 마나 순환로 외에도 10,000개의 마나 순환로를 더 가지고 있었지만, 이것은 일부러 속으로 숨겼다.

여기에는 두 가지 이유가 있었다.

첫째, 부정 차원에서 정상적인 마나를 드러내었다가는 이탄에게 귀찮은 일이 발생할 가능성이 높았다.

둘째, 사실은 이 점이 더 중요한데, 이곳 부정 차원은 정상적인 마나를 배척했다. 그래서 이탄도 어쩔 수 없이 정상적인 마나는 봉쇄할 수밖에 없었다.

이러한 현상은 마나뿐 아니라 법력에도 적용되었다. 이탄은 뇌 속에 자리를 잡은 막대한 양의 법력도 어둠의 법력으로 전환시켜 놓았다.

9개월도 더 전, 이탄은 피사노교의 보고에서 블랙 투 화이트 트랜스퍼(Black to White Transfer: 흑백 전환)라는 특이한 흑주술을 연마했다.

이 흑주술은 피사노교의 잠행사도들이 백 진영에 침투할 때 사용하는 것으로, 어둠의 힘을 정상적인 에너지로 전환해주는 특성을 지녔다.

다만 이렇게 전환하면 에너지의 총량이 5분의 1로 줄어든다는 것이 블랙 투 화이트 트랜스퍼의 한계였다.

이탄은 지난 9개월 동안 블랙 투 화이트 트랜스퍼를 깊이 있게 연구했다. 그 결과 블랙 투 화이트 트랜스퍼와 대칭되는 주술, 즉 화이트 투 블랙 트랜스퍼(White to Black Transfer: 백흑 전환)를 만들어내는 데 성공했다.

이탄은 화이트 투 블랙 트랜스퍼 주술을 사용하여 자신의 법력을 어둠의 법력으로 물들였다.

마치 맑은 물에 검은 물감이 한 방울 떨어진 것처럼 이탄의 법력은 눈 깜짝할 사이에 어둡고 끈적끈적한 힘으로 전환되었다.

그 대가로 이탄의 법력이 5분의 1로 줄어들기는 했다.

하지만 이것은 이탄이 화이트 투 블랙 트랜스퍼 주술을 해제하기만 하면 다시 원래대로 돌아갈 것이니까 상관없었다.

이탄의 피부 속 (진)마력순환로를 따라서 거칠게 순환 중인 음차원의 마나.

이탄의 뇌에 가득 쌓인 어둠의 법력.

이상 두 가지 기운이 이탄을 악마종처럼 보이게끔 만들었다. 지금까지 이탄이 부정 차원에서 만난 그 어떤 악마종도 이탄의 정체성을 의심하지는 않았다.

이것은 루건도 마찬가지였다.

역마 최상급인 루건은 이탄에게 한 방 얻어맞아 머리가 멍하기는 하였으나, 이탄의 정체를 의심하지는 않았다.

[쿠헐……. 이 새끼가 미쳤나?]

루건이 벌떡 일어나 이탄에게 다시 달려들었다. 루건의 빠른 속도 때문에 루건의 수염과 머리카락이 뒤쪽으로 휘날렸다. 그러면서 루건의 사타구니 사이에서 덜렁거리는 물체가 자연스럽게 이탄의 눈에 들어왔다.

"이런 더러운 놈. 내 눈이 썩겠다."

이탄이 눈썹과 눈썹 사이를 격하게 좁혔다.

순간적으로 이탄의 모습이 루건의 시야에서 사라졌다. 펑! 하고 사라진 이탄의 몸뚱어리는 어느새 다시 뭉쳐서 루건의 하체를 노렸다. 이것은 마치 사냥을 나온 뱀이 풀 위를 미끄러지는 듯한 동작이었다.

루건의 주변을 맴돌던 악귀 바람이 스산한 소리를 내면서 이탄에게 달려들었다.

펑!

이탄의 몸이 또다시 연기로 흩어졌다. 이탄은 그렇게 몸을 흩어서 악귀 바람을 거슬러 올라간 다음, 루건의 무릎을 5개의 손가락으로 붙잡았다.

[헙!]

순간 루건의 머리카락이 고슴도치의 가시처럼 곤두섰다. 루건은 섬뜩함을 느끼자마자 몸을 뒤로 뺐다.

그보다 이탄이 한 발 빨랐다. 이탄의 손가락은 어느새 상대의 무릎을 뚫고 들어가 무릎 뼈를 와그작 부쉈다.

[끄흡!]

루건은 반사적으로 손바닥을 휘둘러서 이탄의 머리통을 내리찍었다.

이탄의 몸이 다시 한번 펑! 하고 흩어졌다. 그런 다음 이탄은 마치 뱀이 나무를 기어오르는 것처럼 루건의 팔을 타고 솟구쳐 올라 상대의 어깨를 붙잡았다.

콰직.

루건의 어깨에서 뼈 으스러지는 소리가 울렸다.

[끄흡.]

오른쪽 어깨가 으스러지자 루건은 신음을 짧게 토한 다음, 뒤로 백텀블링을 했다.

만약에 루건이 인간족이었다면 무릎과 어깨가 부서진 즉시 전투력이 급감했을 것이다.

하지만 루건은 인간이 아니라 악마종이었다. 루건의 검붉은 피가 상처 부위로 몰려들더니 굳게 뭉쳐서 뾰족한 뿔이 되었다. 루건의 오른쪽 무릎과 어깨에는 검붉은 뿔이 10센티미터 길이로 돋아났다.

루건이 오른쪽 무릎을 슥슥 돌렸다. 오른쪽 어깨도 휙휙 회전해 보았다.

무릎과 어깨가 모두 원활하게 잘 돌아갔다. 루건이 이탄을 향해 입을 벌렸다. 적을 만난 고양이가 아가리를 벌리고 하악거리는 것처럼 루건도 이탄을 향해서 적의를 드러내었다. 물론 그 속에는 적의뿐 아니라 한 가닥의 두려움도 섞였다.

Chapter 5

펑!

이탄의 몸이 또다시 검푸른 연기로 흩어졌다. 그 연기가 땅 위에 S자를 그리며 득달하더니 어느새 루건을 덮쳤다.

이탄의 공격 속도가 어찌나 빨랐던지, 그리고 이탄의 공격 방식이 얼마나 이질적이었던지 루건은 눈으로 이탄의 움직임을 보고서도 제대로 피하지 못했다.

[쿠헐?]

루건의 등에 소름이 쫙 돋았다.

루건이 정신을 차렸을 때는 이미 이탄의 다섯 손가락이 루건의 안면을 움켜쥐려 다가온 상태였다.

루건은 반사적으로 양팔을 X자로 교차해서 자신의 얼굴을 가렸다.

콰직, 우두둑.

순간적으로 루건의 팔뚝 2개가 동시에 부러졌다.

이탄은 단숨에 상대의 팔을 부러뜨렸을 뿐 아니라 루건의 팔뚝 살도 한 움큼이나 뜯어내었다.

이게 끝이 아니었다. 이탄은 무중력 속에서 움직이는 것처럼 몸을 위로 띄웠다. 그런 다음 왼손으로 루건의 머리를 붙잡고 오른쪽 무릎으로 루건의 안면을 찍었다.

쩌억!

루건의 안면 부위에서 끔찍한 소리가 울렸다. 루건의 머리가 뒤로 확 젖혀졌다. 움푹 함몰된 루건의 안면 부위에서는 검붉은 핏물이 확 뿜어졌다.

그 사이 이탄은 루건을 훌쩍 타넘어 상대의 뒤쪽으로 뛰어내렸다. 그러면서 이탄은 상대의 양팔을 붙잡아 X자로 교차하면서 꺾었다.

루건의 팔뚝에서 우두둑 소리가 울렸다. 덜렁덜렁 부러졌던 루건의 두 팔은 괴상한 각도로 꺾이면서 힘줄이 길게 늘어났다.

마지막 마무리는 발차기.

이탄은 루건의 등 뒤로 내려서는 것과 동시에 몸을 180도 회전하면서 발을 높게 차올렸다. 휘익—, 호선을 그리며 날아간 이탄의 오른발이 루건의 얼굴 옆쪽을 강타했다.

쾅!

순간적으로 루건의 눈앞에서 별이 번쩍했다. 강력한 타격 때문에 루건의 머리통이 옆으로 날아가면서 자신의 오른쪽 어깨를 강타했다. 루건의 눈알은 이미 홱 돌아갔다. 루건의 커다란 몸뚱어리가 옆으로 쓰러졌다.

루건은 역마 최상급의 악마종답게 여러 가지 권능을 가지고 있었다. 또한 루건은 신체방어력도 상당히 뛰어났기에 어지간한 물리 공격에는 끄떡도 하지 않았다.

그런 루건이 이탄의 연속공격 앞에 허무하게 무너져 내렸다. 루건은 제대로 된 반격도 한 번 해보지 못하고 그대로 기절했다.

이탄의 공격은 루건이 기절한 이후에도 계속되었다. 이탄이 펑! 하고 사라졌다가 루건의 부하들 앞에 불쑥 나타났다.

[으어헉?]

루건의 부하들이 깜짝 놀라 이탄에게 무기를 휘둘렀다.

이탄은 피하지 않았다. 이탄의 피부 속 10,000개의 코팅층이 적의 공격을 100배로 튕겨내었다.

콰차창!

루건 부하들이 휘두른 무기가 박살 나면서 그 파편이 강하게 휘몰아쳤다. 루건의 부하들은 무기의 파편에 난자되어 한 줌의 피보라로 변했다.

이탄은 짙은 피 안개 속으로 뛰어들어 손에 걸리는 대로 적들을 찢어버렸다.

[피해랏!]

[우리가 감당할 수 없는 강자다.]

루건의 부하들은 사방으로 흩어지려고 했다.

그 전에 이탄의 등 뒤로 괴물수라의 모습이 조각상처럼 생생하게 드러났다.

이번에 등장한 수라는 지금까지 이탄이 만들어내었던 괴물수라와는 행색이 달랐다. 수라가 가진 18개 머리마다 각각 뿔이 2개씩 돋아나 있었다. 수라가 가진 36개의 팔과 어깨에도 뭉툭한 뿔들이 빼곡하게 자리했다. 수라의 36개 눈에서는 시뻘건 안광이 빔처럼 줄줄이 뿜어져 나왔다.

이것은 더 이상 동차원의 괴물수라가 아니었다. 어둠의 힘을 잔뜩 농축하여 만들어진 악귀수라였다.

이탄의 악귀수라가 루건의 부하들을 매섭게 덮쳤다.

콰드드득!

악귀수라가 훑고 지나간 자리엔 아무것도 남지 않았다. 루건의 부하들은 악귀수라의 발밑에서 처참하게 갈려나갔다. 그들의 몸이 찢어지고 폭발하면서 온 사방에 비릿한 피안개가 뿌려졌다.

눈 깜짝할 사이에 100명이나 되던 루건의 부하들이 전멸했다.

촌장의 첩은 소스라치게 놀랐다.

[으어어, 으아아아악!]

촌장의 첩이 두 손으로 자신의 얼굴을 감싸 쥐며 비명을 지르는 동안, 이탄은 마을 입구까지 달려 나가 마지막 한 명의 침입자까지 모두 도륙했다. 그런 다음 이탄은 다시 집 앞으로 돌아왔다.

마지막으로 이탄은 손을 가볍게 휘둘렀다.

빠각!

이전 촌장의 둘째 첩은 머리가 으스러져서 죽었다. 마당에는 첩의 입에서 튀어나온 혓바닥이 뱀처럼 꿈틀거렸다.

물론 그 꿈틀거림은 그리 오래 가지 않았다.

루건은 그때까지도 축 늘어져서 정신을 차리지 못했다. 이탄이 루건의 긴 머리카락을 우악스럽게 붙잡았다. 이탄은 상대를 도축한 가축처럼 취급했다. 기다란 머리채를 붙잡아 질질 끌면서 집 안으로 들어간 것이다.

마을의 전임 촌장도 루건의 머리카락에 둘둘 감겨 있다가 함께 이탄의 집 안으로 끌려갔다.

마을의 장정들이 황급히 이탄을 향해 머리를 숙였다.

[이탄 촌장님, 저는 촌장님께서 침입자를 물리치실 줄 알았습니다.]

[이탄 촌장님, 침입자 녀석을 맛있게 잡수십시오.]

[촌장님, 혹시 통구이를 하실 거라면 말씀해주십시오. 저희들이 촌장님 댁 마당에 불을 지펴놓겠습니다요.]

[혹시 푹 삶아서 국물을 우려 드실 것이라면 솥을 준비할깝쇼?]

마을의 장정들은 당연히 이탄이 루건을 잡아먹을 것이라고 여겼다.

이탄은 아무런 대꾸도 하지 않았다. 그동안 이탄은 마을 악마종들의 행동을 겪어보았기에 그들이 뭐라고 떠들어도 이탄은 한 귀로 흘렸다.

Chapter 6

다음 날 아침.

루건이 겨우 정신을 차렸다.

[쿠울울. 쿨럭.]

루건은 정신이 들자마자 자신의 목부터 살펴보았다.

'크헐? 다행히 목이 잘리지는 않았구나.'

이어서 루건은 자신의 배와 사타구니, 팔다리를 점검했다.

'내장을 빼 먹히지도 않았네? 그리고 넓적다리 살도 멀쩡해.'

더욱 놀라운 일은, 루건의 심장이 아직까지 멀쩡하다는 사실이었다.

부정 차원의 악마종들은 신체 내부에 에너지를 쌓아두곤 했다. 어떤 악마종은 뇌에 에너지를 쌓았다. 또 다른 악마종은 뿔에 에너지를 모아두었다. 몇몇 악마종들은 꼬리나

생식기에 에너지를 집약해 놓기도 했다. 심지어 발톱 같은 부위에 에너지를 쌓는 악마종들도 존재했다.

루건의 경우에는 오른쪽과 왼쪽, 2개의 심장에 음차원의 마나를 반반씩 담아두었다. 루건은 당연히 상대가 그의 심장을 뽑아갔을 것이라고 예상했다.

이곳 부정 차원에서는 음차원의 마나, 혹은 에너지를 모아두는 신체기관을 '보울'이라 불렀다.

보울은 그릇된 차원의 '마나 홀'과 비슷한 듯하면서도 조금 달랐는데, 가장 큰 차이는 의존성이었다.

그릇된 차원의 몬스터들이 보유한 마나 홀은 음차원이 사라진 이후에는 제대로 역할을 하지 못했다. 때문에 그릇된 차원의 귀족이나 왕의 재목들은 음혼석에 의존할 수밖에 없었다. 그릇된 차원에서 이 의존성을 극복한 몬스터들은 오직 왕뿐이었다.

보울은 달랐다. 보울은 마나 홀과 달리 독립성이 보장되었다. 따라서 일단 체내에 보울을 형성한 악마종들은 음차원과 연계가 끊긴 이후에도 별 무리 없이 음차원의 마나를 사용할 수 있었다.

단, 이것이 가능한 악마종은 역마 단계부터였다. 일반 악마종들, 즉 일반마들은 보울을 갖지 못했다.

아니다. 좀 더 정확히 말하자면, 일반마가 보울을 갖지 못한 게 아니라, 일반 악마종이 체내에 보울을 만들어내면 그는 더 이상 일반마가 아니라 역마로 인정을 받는 것이다.

어쨌거나 부정 차원의 악마종들이 가장 탐내는 보물이 바로 다른 악마종이 애써 만들어 놓은 보울이었다.

그만큼 보울의 용도는 무궁무진했다.

어떤 악마종들은 상대의 보울을 흡수하여 자신의 역량을 키우는 영약으로 사용했다.

일부 악마종은 보울을 이용하여 강력한 마보를 제작했다.

또 다른 악마종들은 보울로 마법진법을 구동하였다.

이와 같이 보울의 활용 방식은 제각기 다르지만, 부정 차원 악마종들에게 보울은 정말 중요한 기관이라는 점은 확실했다. 심지어 번성한 대도시에서는 보울이 화폐 역할을 하기도 했다.

'크우울. 이제 나는 보울을 빼앗기고 평범한 일반 악마종으로 추락하겠구나. 설령 상대가 나를 잡아먹지 않더라도 내 악마생은 끝났어.'

루건이 기절을 하는 순간 가장 먼저 든 생각이 이거였다. 루건은 이탄의 발차기에 관자놀이를 강타당해 정신줄을 놓는 그 순간에도 보울을 빼앗길 걱정부터 했다. 솔직히 말해서 루건은 완전히 체념했었다.

한데 루건이 막상 깨어나 보니 몸이 멀쩡했다. 뿐만 아니라 루건의 보울, 즉 2개의 심장도 그대로 붙어 있는 게 아닌가.

'이자가 왜 나를 그냥 두었지? 나 정도의 악마는 피라미 새끼라 보울을 뽑아 쓸 가치도 없다는 뜻인가? 크울울.'

루건은 어쩐지 기분이 요상했다.

물론 루건에게 가장 먼저 생긴 감정은 '살아 있어서 다행이구나.' 였다. 거기에 더해서 보울도 빼앗기지 않았으니 루건은 더더욱 기뻐해야 마땅했다. 실제로도 루건은 진심으로 기뻤다.

하지만 다른 한편으로 살짝 서러운 기분도 들었다. 적(이탄)으로부터 인정을 받지 못했다는 자괴감 때문이었다.

루건이 알 수 없는 감정에 빠져 있을 때였다. 덜컹 소리와 함께 문이 열렸다. 활짝 열린 문을 통해 보라색 태양광이 쏟아졌다.

[으윽.]

루건이 한쪽 손을 들어 강렬한 태양광을 차단했다.

문 앞을 가로막은 소녀는 루건의 흉악한 얼굴 위로 그림자를 드리웠다.

'이건 또 어떤 물건이야?'

루건은 경계심 어린 눈으로 상대를 바라보았다.

보라색 태양광에 적응이 되자 비로소 루건의 눈에 소녀

의 얼굴이 보였다. 루건이 흠칫 놀랄 정도로 예쁘게 생긴 소녀였다.

이 소녀의 정체는 이자벨라.

그릇된 차원의 초강자이자 닉스의 혈족들에게 누님이라 불리는 존재가 루건 앞에 그 모습을 드러냈다.

이자벨라는 탐욕스러운 눈으로 루건의 심장 부위를 노려 보았다. 그런 다음 가볍게 혀를 찼다.

[쳇. 너는 운이 좋은 줄 알아라. 이탄 님의 당부만 아니 었다면 이미 내가 네 보울을 흡수했을 텐데.]

이자벨라는 특유의 코맹맹이 소리를 내지 않았다. 게다 가 지금 그녀의 발음은 상당히 정확했다.

이자벨라가 마을에 처음 등장했을 때에는 어눌한 티가 팍팍 났다. 부정 차원의 언어가 아직 익숙하지 않아서였다.

지금은 확 달라졌다. 이자벨라의 발음은 거의 원어민(부 정 차원의 악마종)과 다를 바가 없었다.

이자벨라가 탐욕스러운 눈빛을 거두지 못하자 루건은 손 으로 슬쩍 자신의 가슴을 가렸다.

상대가 이렇게 나오자 이자벨라의 욕심은 더 커졌다. 이 자벨라가 혀로 자신의 입술을 싹 핥았다.

'윽!'

루건은 부르르 몸서리를 쳤다.

그릇된 차원에 머물 당시, 이자벨라는 부정 차원 악마종의 보울을 흡수해본 경험이 있었다. 그 때 이자벨라가 흡수했던 악마종들은 모두 역마 하급의 비교적 약한 악마종들이었다. 눈앞의 루건처럼 역마 최상급의 악마종을 접할 기회는 이자벨라에게 없었다.

'저 녀석의 보울을 흡수하면 단숨에 무력이 올라갈 것 같은데.'

이자벨라는 아쉬움에 입맛을 다셨다.

루건은 은근슬쩍 이자벨라의 시선을 회피했다. 루건은 눈앞의 이 소녀가 자신보다 강하다는 사실을 알아차렸다.

'이 여자는 진마다! 역마의 한계를 뛰어넘어 진마에 도달한 강자야.'

루건은 침을 꿀꺽 삼켰다.

이처럼 감이 좋은 루건이지만, 이탄에 대해서는 제대로 파악하지 못했다. 루건은 이탄과 직접 싸워봤지만, 그래도 캄캄하기는 소용없었다. 루건은 이탄이 얼마나 강한지 도통 감을 잡을 수 없었다.

이유는 간단했다. 이탄과 루건의 무력 차이가 너무도 큰 탓이었다.

Chapter 7

이탄에 비하면 이자벨라는 루건의 눈높이에서 살짝 올려다볼 정도는 되었다.

물론 올려본다 뿐이지 루건이 감히 이자벨라에게 비벼볼 처지는 아니었다. 루건은 역마 최상급이고, 이자벨라는 진마 중급이라 그 격차는 엄청났다.

이곳 부정 차원에서 단계가 하나 올라간다는 것은 보통 의미가 아니었다. 역마 최상급의 악마종 수도 없이 달려들어도 진마 최하급의 악마종 한 명을 당해낼 수 없었다. 거꾸로 진마 최하급의 악마종이 손가락을 한 번 튕기면 역마 최상급들은 줄줄이 목숨이 날아가는 판국이었다.

그런데 이자벨라는 진마 중에서도 중급에 도달한 강자였다. 루건과 같은 역마들이 보기에 이자벨라는 하늘과도 같았다.

[따라와.]

이자벨라가 루건을 향해 손가락을 까딱였다.

[어디로……?]

루건은 이자벨라를 선뜻 따라나서지 못하고 머뭇거렸다.

이자벨라가 눈을 찌푸렸다.

[이탄 님께서 찾으신다. 빨리 따라와.]

이자벨라는 루건을 향해 손가락을 까딱였다.

루건이 고개를 갸웃했다.

[이탄? 그게 누굽니까? 혹시 마을의 촌장을 말하는 겁니…….]

[이 새끼가 감힛.]

루건의 질문이 채 끝나기도 전, 이자벨라의 몸에서 새까만 흑광이 폭발했다. 검은 빛이 날개처럼 퍼져나간 순간, 주변의 시간이 왜곡되었다.

'허엇?'

루건은 왜곡된 시간 속에서 눈을 한 번 껌뻑였다.

그렇게 뒤틀린 시간 속에서 이자벨라는 어느새 루건의 코앞까지 다가와 있었다. 이자벨라의 손바닥이 일직선으로 뻗어서 루건의 명치를 강타했다.

[끄억.]

루건은 숨이 콱 막혔다. 루건의 이마에 핏줄이 우두둑 불거졌다. 사실 루건은 아직까지도 부상이 회복되지도 않은 상태였다. 그런 와중에 이자벨라에게 명치에 세게 한 방을 얻어맞자 다리가 탁 풀렸다.

꾸욱.

앞으로 고꾸라지는 루건의 머리채를 이자벨라가 붙잡았다.

[너 따위가 감히 어디서 그분의 이름을 함부로 불러? 앙? 확 뇌를 뽑아서 다시는 뇌파를 내뱉지 못하게 만들어 줄까 보다.]

이자벨라가 루건의 뇌에다 대고 으르렁거렸다.

이자벨라의 자그마한 체구에서 어떻게 그런 힘이 나오는지, 그녀는 덩치가 산만 한 루건의 머리끄덩이를 붙잡아 질질 끌고 갔다.

[끄어? 끄어억.]

루건이 버둥거려봤자 소용없었다. 도저히 이자벨라의 손아귀에서 벗어나지 못했다.

루건이 겨우 정신을 차렸을 때, 그는 넓은 대저택의 앞마당에 휙 던져진 상태였다. 대저택의 문 앞에는 마을의 일꾼들이 모여서 부서진 문짝과 벽을 뚝딱뚝딱 수리 중이었다.

'어라? 저건 내가 부순 것 같은데?'

루건의 뇌리에 얼핏 이런 생각이 스쳐 지나갔다.

루건이 처음 이 산골마을에 쳐들어 왔을 때, 그는 다짜고짜 촌장의 집을 찾아가 문과 벽을 부수면서 들이닥쳤었다.

물론 그 대가로 루건은 이탄에게 모질게 두들겨 맞았다.

'마을의 일꾼들은 아마도 그때 박살 난 기물의 수리에 동원된 모양이지?'

루건은 얼핏 이런 생각을 했다.

루건의 한가한 상념은 곧 날아갔다. 검고 뾰족한 로브를 몸에 걸치고 은색 쇠사슬을 X자로 교차하여 멜빵처럼 두른 자들이 유령처럼 나타나 루건을 빙 둘러싼 탓이었다. 이들은 소매에 양손을 넣은 채 인형처럼 묵묵히 대기했다.

'어라? 이것들 봐라? 생명체가 아닌 것 같은데?'

루건이 고개를 갸웃했다.

루건의 직감은 놀라울 정도로 정확했다. 검은 로브를 입은 자들은 생명체가 아니라 인형이었다. 이자벨라가 조종하는 인형 말이다.

인형들 사이에서 이자벨라가 모습을 보였다.

[쿠우욱.]

루건은 이자벨라의 기세에 눌린 듯 엉덩이를 뒤로 끌었다.

이자벨라는 루건 앞에 서서 허리에 손을 척 얹더니, 턱으로 뒤쪽을 가리켰다.

루건이 뒤를 돌아보았다.

그곳에는 어느새 의자가 하나 놓여 있었다. 그리고 그 의자에는 이탄이 팔에 턱을 괴고 비스듬하게 앉아 있었다.

[흐읍.]

루건이 헛바람을 집어삼켰다. 루건은 이탄이 언제 그곳에 나타났는지 감지하지 못했다. 이탄이 등장한 기척도 느끼지 못했다.

이탄의 옆에는 꽁지머리를 묶은 사내가 뚱한 표정으로 시립해 있었다.

덩치 큰 꽁지머리 사내의 정체는 다름 아닌 코후엠이었다.

코후엠은 리종 일족 출신으로, 이탄에게 포로로 붙잡혀 있다가 이자벨라의 손에 넘겨졌었다.

그 후 이자벨라는 코후엠을 자신만의 아공간에 가둬둔 채 잊어버리고 지냈다. 그러다 그녀가 갑작스러운 운명의 장난으로 인하여 부정 차원에 들어오게 되자 코후엠도 운명의 소용돌이 속으로 함께 휘말려 버렸다.

코후엠이 다시 정신을 차렸을 때, 그는 이미 그릇된 차원을 떠나서 이곳 부정 차원에 들어온 뒤였다.

코후엠은 정말이지 이게 무슨 날벼락인가 싶었다. 자랑스러운 리종 일족이 기브흐 일족(이자벨라의 일족)에게 포로로 잡힌 것도 억울한데, 느닷없이 부정 차원이라니! 게다가 당분간은 그릇된 차원으로 돌아갈 방법도 없다니!

[으어어, 제기랄.]

코후엠은 펑펑 울고 싶은 심정이었다.

실제로도 코후엠의 눈가가 촉촉하게 젖어들었다. 자존심이 강하기로 유명한 리종 일족이 눈물을 비치는 것은 정말로 보기 드문 일이었다.

빠악!

그런 코후엠의 눈에서 불똥이 번쩍 튀었다. 코후엠은 순간적으로 뇌진탕이 걸리는 줄 알았다.

Chapter 8

뒤통수를 얻어맞은 충격이 어찌나 강렬했던지 리종 일족 특유의 회복력도 잘 먹히지 않았다. 코후엠은 눈앞이 캄캄하고 머리가 띵했다. 세상은 빙글빙글 돌았다. 코후엠은 속에서 헛구역질도 치밀었다.

코후엠의 뒤통수를 후려갈긴 이는 다름 아닌 이탄이었다.

[질질 짜지 마. 정신 사나우니까.]

이탄은 코후엠의 귀를 붙잡아 당기고는 으스스하게 으르렁거렸다.

사실 이탄은 기분이 별로 좋지 않았다.

홀로 호젓하게 부정 차원을 둘러보면서 피사노의 비석 반쪽과 언령의 벽, 그리고 아조브를 찾아보겠다는 것이 이탄의 본래 계획이었다.

그런데 이자벨라라는 혹덩어리가 이탄에게 달라붙었다.

이탄은 이것만으로도 충분히 귀찮은 판국이었다.

'그런데 그 혹덩어리 위에 또 다른 혹이 매달려 있었을 줄이야. 이자벨라뿐 아니라 코후엠 녀석도 덤으로 매달려 왔잖아. 젠장.'

이탄은 자신의 불만을 손찌검으로 표출했다.

코후엠은 무척 억울했지만, 꾹 참을 수밖에 없었다. 이 험난한 부정 차원에서 코후엠이 무사히 살아남으려면 어떻게든 이탄에게 빌붙는 수밖에 없었다. 코후엠은 본능적으로 이 점을 알아차렸다.

당장 눈앞의 털북숭이 나체 악마종, 즉 루건도 코후엠의 입장에서는 감당이 되지 않았다.

'부정 차원이 끔찍하다는 소리는 귀에 못이 박히도록 들었지. 그런데 장로님들의 말씀이 틀린 게 하나도 없구나. 이 세계는 온통 상위 포식자들뿐이야. 으으으.'

코후엠은 진저리를 쳤다.

코후엠의 가슴이 철렁할 만도 한 것이, 그가 비록 그릇된 차원에서는 왕의 재목이라 대접을 받았다지만 그것은 그릇된 차원에서나 통하는 것이고, 이곳 부정 차원에서 코후엠의 무력은 잘해야 역마 상급이 될까 말까 한 수준이었다.

반면 루건은 역마 최상급에 해당했다.

그러니까 코후엠이 위축될 수밖에 없는 것이다. 코후엠

은 갑자기 어른들 세계에 들어온 어린아이의 기분을 느꼈다.

코후엠이 쪼그라드는 동안, 루건은 루건대로 잔뜩 겁을 집어먹었다. 그가 두려워하는 대상은 당연히 코후엠이 아니라 이자벨라와 이탄이었다.

'어디서 이런 강자들이 나타난 게지? 이런 초초초소형 산골마을에 어째서 진마급의 강자가 있는 게야? 쿠얼얼.'

루건이 부리부리한 눈알을 요리조리 굴렸다.

[흐음.]

이탄은 그런 루건을 미덥지 않은 눈빛으로 바라보았다.

이탄이 루건을 죽이지 않은 이유는 하나였다.

'부정 차원에 대한 정보를 모으기에는 이 마을이 너무 외져. 이제 슬슬 조금 더 큰물로 나가봐야겠어.'

이탄은 큰물에 나갈 때 길잡이가 필요하다고 생각했다. 그리곤 루건을 그 길잡이로 써먹을 요량이었다.

'그런데 저렇게 벌거숭이 녀석이 길잡이 노릇이나 제대로 할 수 있을까? 영 미덥지가 않은데. 저걸 그냥 찢어죽이고 다른 길잡이를 찾아?'

이탄이 루건을 죽이겠다고 결정을 내리면, 이자벨라는 두 손을 들어 환영할 것이다. 지금 이자벨라는 루건의 펄떡거리는 심장, 즉 보울을 탐내는 중이었다.

이탄이 루건에게 주었던 시선을 이자벨라에게 돌렸다.

이자벨라가 반짝거리는 눈으로 이탄을 바라보았다.

'이탄 님, 이 녀석을 쓰지 않으실 거면 저를 주세용. 제발용.'

이자벨라의 표정에는 이러한 요청이 쓰여 있었다.

[하아!]

이탄은 한숨을 한 번 내뱉고는 다시 루건에게 눈길을 주었다.

지저분하고 둔해 보이는 외모와 달리 루건은 눈치가 빠른 악마종이었다. 그는 지금 이탄과 이자벨라가 주고받은 눈빛의 의미를 본능적으로 알아차렸다.

[혹시 제게 시키실 일이 있으십니까?]

루건이 이탄 앞에 무릎을 꿇고 이렇게 질문했다.

[응?]

이탄이 손바닥에서 턱을 떼었다.

상대가 눈치가 빠르다면 그건 좋은 일이었다. 이탄이 바라는 대로 루건이 길잡이 노릇을 제대로 하려면 우선 눈치가 빨라야 했다.

[혹시 제게 시키실 일이 있으십니까? 상마께서 일을 맡기신다면 전력을 다해 돕겠습니다. 저는 이래 봬도 쓸모가 많습니다.]

루건은 한 번 더 우렁차게 자신의 쓸모를 피력했다.

[상마? 그게 뭐지?]

이탄이 고개를 갸웃했다.

[네?]

순간 루건은 얼떨떨했다.

상마란, 아래 단계의 악마종이 자신보다 윗단계의 악마종을 높여서 부르는 말이었다. 루건처럼 역마 단계의 악마종은 진마를 만나면 상마라고 높여서 불렀다.

이것은 진마도 마찬가지였다. 그들은 성마를 알현할 때 상마라는 표현을 사용하곤 했다.

다만 일반마들은 역마를 상마라고 부르지 못했다. 상마라는 존칭이 허용되는 것은 진마부터였다.

루건이 대답을 머뭇거리자 이자벨라가 벼락처럼 움직였다.

빠악!

이자벨라는 발을 들어 루건의 뒤통수를 그대로 걷어찼다.

[꾸억.]

루건은 돼지 멱따는 소리를 내면서 흙바닥에 얼굴을 처박았다.

루건이 싹싹 빌었다.

[죄송합니다. 상마란 저와 같은 역마들이 이탄 님과 같은 진마님들을 우러러 표현하는 존칭입니다.]

루건의 설명을 듣자 이자벨라와 이탄이 동시에 고민에 잠겼다.

먼저 이자벨라는 다음과 같은 생각을 품었다.

'나는 진마 중급에 해당하지. 그렇다면 과연 이탄 님은 어떤 레벨일까? 예전에 닉스 님께서 말씀하시기를, 본인께서 부정 차원으로 넘어가면 성마 최하급과 성마 하급 사이 정도로밖에 대우를 받지 못하신다고 하셨지. 그렇다면 이탄 님은 어떤 수준이실까? 아무래도 닉스 님보다는 약간 아래 레벨이시겠지? 아마도 진마 최상급? 어쩌면 성마 최하급에 턱걸이 정도일까?'

이탄도 이자벨라와 비슷한 의문을 품었다.

'나는 진마인가, 아니면 성마인가? 이자벨라는 대충 진마 중급인 것 같은데, 내 레벨은 불확실하네. 확실히 내가 이자벨라보다 강하긴 한데.'

한편 루건은 혼란에 빠졌다. 이탄과 이자벨라가 침묵하자 이상한 생각이 든 것이다.

'쿠헐? 이게 뭐야? 상마가 뭔지 모르는 것은 그렇다고 치자. 이 이탄이라는 악마종이 그동안 낙후된 곳에만 살아서 상마와 같은 고급진 표현을 접할 기회가 없었을 수도 있으니까 말이야. 그런데 자신이 진마인지 아닌지도 모른다고? 이거 완전히 무지랭이 촌것들 아니야? 그렇다면 내가 무슨 말을 해도 속아 넘어가겠네?'

순간적으로 루건의 마음속에 불손한 생각이 깃들었다.

Chapter 9

그 불손함을 이탄이 알아차렸다.

아니, 엄밀하게 말해서 이탄이 아니라 이탄의 몸속에서 신나게 돌아다니고 있는 만자비문이 루건의 불손함을 느꼈다.

이탄이 의지를 일으키기도 전에 부정 차원의 인과율이 위엄을 드러내었다. 그 즉시 루건의 심장에 형성된 보울이 갑자기 딱딱하게 굳어버렸다.

[꺼억!]

루건은 별안간 심장을 쥐어뜯으며 고꾸라졌다.

보울은 악마종들이 평생을 쌓은 에너지의 집약체였다. 이 보울 안에는 부정 차원의 에너지가 차곡차곡 쌓여있게 마련이었다.

그 부정한 에너지가 갑자기 뒤틀리면서 루건에게 어마어마한 타격을 안겨주었다. 루건은 심장이 멎고 내장이 배배 꼬이는 듯한 공포를 맛보았다. 온몸의 피가 다 역류하는 듯한 충격에 루건은 정신을 차리지 못했다.

[끄어억, 끄어어억.]

멀쩡하던 루건이 입에서 게거품을 토했다. 루건은 하찮은 벌레처럼 꿈틀거리며 땅바닥을 기었다.

이탄이 그런 루건을 서늘한 눈으로 굽어보았다. 그러면서 이탄은 만자비문을 다독여 상대의 보울을 짓눌렀던 힘을 해제했다.

루건이 겨우 정신을 되찾았다.

[크헉, 크허헉. 크허어억.]

루건은 비록 정신을 차리기는 했으나 몸 상태는 정상이 아니었다. 루건의 입과 코, 눈에서는 말간 액체가 뚝뚝 떨어졌다. 루건의 동공은 와르르 흔들려서 불안한 심리상태를 고스란히 드러내었다.

'방금 그게 뭐였지? 정신 계통의 공격이었나? 아니야. 정신계 공격이 아니었어. 의지만으로 내 보울을 뒤틀어 버릴 수 있다고? 그렇다면!'

의지만으로 상대방의 보울을 역류시키는 능력은 최소한 진마 최상급, 혹은 성마에게만 허락된 힘이었다.

'!'

루건의 머릿속에는 강렬하게 느낌표가 떴다.

루건은 눈앞의 미소년이 성마일 리는 없다고 생각했다. 성마란 대제국 내에서도 몇 안 되는 지고한 존재이기 때문이었다.

게다가 새로운 성마가 탄생하면 그 징조가 부정 차원 전체에 드러나곤 했다. 부정 차원의 인과율이 다양한 이적을 보여주면서 성마의 탄생을 축하해주는 까닭이었다.

그런데 루건이 알기로는 최근 이 일대에서 새로운 성마가 탄생했다는 징조는 보고된 바가 없었다.

'그렇다면 이탄 님은 진마 최상급이겠구나.'

루건은 이렇게 믿었다.

비록 성마가 아니라고 하더라도 이건 보통 일이 아니었다.

'쿠헐? 말도 안 돼. 이건 시골 촌구석에 진마 최상급이 웅크리고 있었단 말이야?'

루건은 진심으로 경악했다.

루건이 놀랄 만도 한 것이, 진마 최상급은 제국의 변두리에 머물 존재가 아니었다. 제국 중앙 정계로 올라가더라도 능히 대영주급의 대접을 받을 만한 거물이 바로 진마 최상급의 악마종이었다.

심지어 루건이 충성을 바쳤던 전대 영주도 진마 최상급에 올라서지는 못했다.

'돌아가신 앙리망 영주님은 진마 상급이셨어. 그런데 무리하게 최상급에 도전하셨다가 그만 온몸이 터지는 산화를 맞이하셨지.'

앙리망의 갑작스러운 죽음 이후로 영주의 후계자 쟁탈전이 벌어졌다.

그때 루건과 그의 동료들은 패자의 편에 줄을 잘못 섰다가 결국 위험한 지역으로 쫓겨나 죽음만 기다리는 처지로 전락했다.

한데 루건을 시골을 쫓아내었던 신임 영주들도 진마 하급에 불과했다.

'이탄 님은 그보다 세 레벨이나 높은 진마 최상급이시잖아?'

루건은 침을 꿀꺽 삼켰다. 루건의 손은 중풍이라도 걸린 것처럼 벌벌 떨렸다. 겁을 잔뜩 집어먹은 와중에도 루건의 머릿속은 바쁘게 돌아갔다.

얼마 전에 죽은 영주는 헤아릴 수 없이 많은 후손들을 두었다. 그 가운데 일곱째 아들과 열한 번째 딸, 그리고 장손자가 두각을 나타냈다.

루건은 이 가운데 장손자의 편에 섰다.

죽은 영주의 장손자는 재능과 무력이 뛰어날 뿐 아니라 통솔력도 갖추었다.

죽은 영주도 장손자를 무척 아껴서 은근히 후계자감으로 낙점해 두었을 정도였다. 만약에 영주가 돌연사를 하지 않고 100년만 더 통치를 했더라면, 영주의 장손자는 일곱째 숙부나 열한 번째 고모와 경쟁을 할 필요도 없이 후계자 자리를 확정받았을 뻔했다.

그러나 역사에서 '만약에~'라는 가정은 필요가 없는 법이었다. 어쨌거나 영주는 급작스러운 죽음을 맞이했고, 영주가 다스리던 영토는 내전의 불구덩이 속으로 처박혔다. 영토 전역에 걸쳐서 치열한 암투와 공개적인 전면전이 발발했다.

영주의 자리를 노리는 세 후계자들은 심지어 외부 영지의 조력자들까지 끌어들여서 피 튀기는 싸움을 벌였다.

그 결과 죽은 영주의 장손자가 승기를 잡았다.

루건은 뛸 듯이 기뻤다. 장손자가 영주의 자리에 앉는 날, 루건 또한 높은 자리가 보장되기 때문이었다.

바로 그때 반전이 일어났다. 평소에 앙숙 중의 앙숙이던 일곱째 아들과 열한 번째 딸이 서로의 손을 맞잡고서 장손자를 일거에 공격한 것이다.

이 마지막 전쟁에서 장손자가 죽음을 당했다. 그 후 일곱째 아들과 열한 번째 딸은 세력을 병합하여 공동 영주의 자리에 앉았다.

루건은 하루아침에 절망의 구렁텅이로 빠져들게 되었다.

그나마 루건이 목숨을 건진 까닭은 영지를 둘러싼 쟁쟁한 외부 세력 덕분이었다.

전임 영주의 일곱째 아들과 열한 번째 딸은 간신히 조카를 거꾸러뜨리고 권력을 차지하였으나, 그 과정에서 많은 상처를 입었다. 그들이 보유했던 세력도 상당히 쪼그라들었다.

이럴 때 외부의 거대 세력이 영지로 쳐들어오기라도 한다면?

아마도 신임 공동 영주들은 자리 보존은커녕 목숨을 부지하는 것조차 장담할 수 없을 것이다.

위기의식을 느낀 신임 영주들은 조카와 그 가족들은 모두 참살했으나 조카의 편에 섰던 장수들을 대거 사면해주었다. 그런 다음 그들은 그 장수들을 영지 외곽의 특정한 성에 빙 둘러 배치했다.

'조카 녀석을 따르던 장수들을 그냥 죽이긴 아깝지.'

'외적이 쳐들어 올 때를 대비하여 그 장수들을 방패막이로 사용하자.'

이것이 신임 영주들의 속셈이었다.

루건도 그렇게 방패로 선택된 장수들 가운데 하나였다. 다른 영지가 쳐들어오면 가장 먼저 죽임을 당하는 고기방패 말이다.

'이 루건이 고작 고기방패 신세란 말이냐?'

루건은 자신의 처지를 비관했었다.

한데 이탄을 만난 이후로 루건의 머릿속에는 새로운 미래가 떠올랐다.

Chapter 10

루건은 태어나서 지금까지 단 한 차례도 옷이라는 것을 입어본 적이 없었다. 전임 영주도 루건의 나체주의(?)만큼은 건드리지 않았다.

그러던 루건이 사타구니에 하얀 천을 감았다.

이탄의 협박 때문이었다.

[상당히 거슬리네. 그 덜렁거리는 걸 확 뽑아?]

이탄의 이 한마디가 루건으로 하여금 사타구니를 가리게 만들었다. 루건은 난생 처음 착용해본 천이 불편했으나, 그래도 그곳을 강제로 뽑히는 것보다는 낫다고 판단했다.

루건이 엉덩이 사이에 끼는 천을 손으로 잡아 빼면서 땅바닥에 족보를 그렸다.

전임 영주인 앙리망부터 시작하여 신임 영주인 테인과 레스아가 족보에 차례로 이름을 올렸다.

루건은 이미 죽은 자들의 이름에는 줄을 쭉쭉 그었다. 얼마 전까지 루건이 섬기던 장손자 리후가의 이름에도 줄이 쭉 그어졌다.

땅바닥에 그려진 족보는 다음과 같았다.

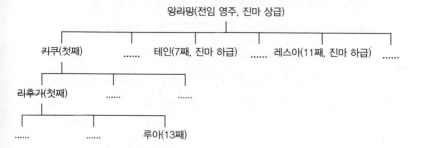

이탄은 루건이 그린 족보만 보고도 루건의 속셈을 알아챘다.

[그래서, 나보고 루아라는 계집애의 후견인이 되라고?]

이탄이 손에 턱을 괴고 물었다.

루건이 조심스럽게 이탄의 눈치를 살폈다.

[그렇습니다. 돌아가신 리후가 님은 12명의 자식을 둔 것으로 알려져 있습니다만, 사실은 열세 번째 따님이 있으시지요. 바로 루아 아가씨가 그분입니다.]

[흠.]

이탄은 손으로 턱을 쓸면서 루건의 이야기를 들었다.

루건이 이탄에게 은근하게 아뢰었다.

[사실 루아 아가씨에 대해서 알고 있는 악마종은 거의 없습니다. 덕분에 신임 영주들이 리후가 님의 식솔들을 모두 죽일 때도 루아 아가씨만은 간신히 살아남았습니다. 만일 이탄 님께서 루아 아가씨의 후견인이 되어 주신다면 리후가 님을 따르던 장수들이 모두 이탄 님의 깃발 아래로 모일 겝니다. 제가 반드시 그렇게 만들겠습니다.]

루건은 도박을 하는 심정으로 이탄을 부추겼다. 이탄을 올려다보는 루건의 입술이 바짝 타들어갔다.

톡. 톡. 톡. 톡.

이탄이 손가락으로 의자 팔걸이를 두드렸다.

루건은 침을 꿀꺽 삼켰다.

부정 차원은 오로지 힘이 우선하는 세계였다. 이곳에서 의리나 충성심을 기대하는 것은 불가능했다. 루아가 아무리 리후가의 피를 이어받았다고 해도 그녀를 보필할 악마종은 단 한 명도 없었다.

당장 루건만 하더라도 루아의 곁을 지킬 생각은 없었다.

'하지만 진마 최상급의 초강자가 이쪽 진영에 참여한다면 이야기가 달라지지.'

루건은 이탄을 끌어들여서 이곳 영지를 다시 한번 뒤집어 놓고 싶었다. 그 후에 이탄이 루아를 죽이고 힘으로 영주 자리를 차지하건, 혹은 이탄이 루아를 부인으로 맞아서 온화하게 권력을 가지건, 루건은 상관없다고 생각했다.

이탄이 물었다.

[왜 하필 나지? 네가 루아를 데리고 이웃 영지로 가도 되잖아. 그런 다음 이웃 영지의 영주에게 루아의 후견인이 되어달라고 해도 되는 것 아냐?]

이탄이 정곡을 찔렀다. 권력을 잡을 때 강한 후견인이 필요하다면, 주변에 널린 것이 강자가 아닌가.

루건은 부정 차원의 악마종답지 않게 솔직하게 대답했다.

[아마도 이웃 영주님들은 루아 아가씨만 넙죽 받은 다음, 제 목은 쳐버릴 겝니다. 그분들에게는 저와 같은 손과 발이 이미 넘쳐나니까요.]

[훗! 그래서 나를 택했다?]

이탄이 입꼬리를 싹 끌어올렸다.

루건은 머리를 푹 숙였다.

[솔직히 말씀드리자면 그 말씀이 맞습니다.]

톡. 톡. 톡. 톡.

이탄은 손가락으로 의자 팔걸이를 다시 두드리기 시작했다.

이탄의 옆에서는 이자벨라가 마뜩지 않다는 듯이 루건을

노려보았다. 이자벨라는 다른 것보다도 이탄이 웬 계집애의 후견인 노릇을 한다는 점이 마음에 들지 않았다.

이자벨라가 남몰래 질투를 하는 동안, 이탄은 골똘히 생각에 잠겼다. 그러다 결국 이탄이 다음과 같은 결론을 내렸다.

[일단 루아라는 여자와 만나봐야겠군. 후견인이 될지 말지는 그 다음에 정하겠어.]

이것이 이탄이 내린 결정이었다.

[이탄 님, 잘 생각하셨습니다.]

루건의 얼굴이 확 밝아졌다.

사실 루건은 이탄이 단칼에 거절을 할까 봐 우려했다.

'이 정도면 꽤 여지가 있는 게지? 어디 한번 다시 뛰어보자. 이 루건이 평생 시골 성에서 고기방패로 썩을 수는 없잖아?'

루건이 의욕을 불태우는 사이, 이탄은 이탄대로 생각을 정리했다.

'내 경험에 의하면 부정 차원에 아무리 오래 머물러도 언노운 월드로 돌아가면 과거에 떠나왔던 그 시간대로 가게 될 것 같아. 그러니까 이곳에서의 일을 너무 서두를 필요는 없어. 하지만 그렇다고 해서 마냥 시간만 끌 수는 없겠지? 일단 부정 차원의 언어를 모두 익혔으니까 큰물로

나가보자. 그래야 하루빨리 피사노의 비석 반쪽과 언령의 벽을 찾을 수 있을 테지.'

이탄은 원래 양면성을 가진 존재였다.

뒷일을 생각하지 않고 다 때려 부수는 과격함 .VS. 매사에 신중하고 본 모습을 드러내지 않으려 애쓰는 조심스러움.

이탄은 이상과 같이 서로 상반된 두 가지 성향을 모두 갖추었다.

이 가운데 전자가 뱀의 공격성이라고 친다면, 후자는 뱀이 사냥을 나가기 전 풀숲에 낮게 엎드려 있는 습성을 닮았다.

이탄은 때때로 이러한 양면성을 모두 보이기도 하고, 때로는 이 가운데 한 가지 모습만을 집중적으로 드러내기도 하였다.

이를 테면 간씨 세가에서 이탄은 과격한 모습을 더 자주 드러내었다.

이것은 이탄이 사람(간철호)의 몸으로 활동하는 덕분이었다. 이탄은 두려울 것이 없기에 아무런 거리낌 없이 폭력성을 드러내었다.

반면 언노운 월드나 동차원에서 이탄은 남에게 힘을 과시하기보다는 숨기려는 경향이 더 짙었다.

왜냐하면 이들 두 차원에서 이탄은 듀라한이기 때문이었
다. 이탄은 자신이 언데드라는 사실이 세상에 드러나지나
않을까 늘 걱정했다. 그래서 이탄은 정체가 발각되지 않도
록 가급적이면 힘을 숨기려고 들었다.

제2화
신임 영주 즉위식

Chapter 1

'사실 그렇게까지 할 필요는 없었는데.'

심지어 이탄은 스스로 이런 자책을 할 정도로 자기자신을 숨겼다. 언데드라는 콤플렉스가 이탄을 풀숲에 웅크리게끔 만들었다.

그렇다고 해서 이탄이 언노운 월드나 동차원에서 완전히 위축되어 지내느냐?

이건 또 아니었다. 위축된 것 치고는 이탄은 종종 대형 사고를 치고 다녔으며, 사람도 수시로 찢어 죽였다.

특히 이탄은 술법이나 이익이 걸린 일에는 눈이 확 돌아가곤 하였다. 혹은 주변에 목격자가 없다 싶으면 본성을 드러내었다.

하면 그릇된 차원에서 이탄의 행동은 어땠을까?

이탄은 그릇된 차원에서는 힘을 숨기지 않는 편이었다.

'상대는 인간이 아니라 몬스터들이잖아. 몬스터나 언데
드나, 그게 그거지.'

이러한 자신감이 이탄의 본성을 자극했다. 덕분에 이탄
은 그릇된 차원에서 마음 내키는 대로 강자의 노릇을 했다.

그렇다면 부정 차원은?

이곳에서는 더더욱 이탄이 눈치를 볼 일이 없었다. 여기
서는 이탄이 언데드라고 해서 콤플렉스를 느낄 이유도 없
었다.

이탄 본인도 모르는 사이에 이러한 심리 상태가 겉으로
표출되기 시작했다.

결론적으로 말해서, 루건은 루아를 이탄 앞에 데려오는
데 실패했다.

어쩌면 이것은 당연한 일이었다.

부정 차원에서 배신은 늘 있는 일이며, 남에게 뒤통수를
맞을 경우, 때린 자보다 맞은 자가 더 나쁘다는 평을 받곤
했다.

그런데 루아가 루건을 어찌 믿고 모습을 드러내겠는가.

루건이 신임 영주에게 잘 보이려고 루아를 유인하는 것이라면 어쩌려고? 루아는 루건의 말을 듣지 않았을 뿐 아니라 루건과의 접촉도 뚝 끊어버렸다.

[송구합니다. 모두 제 잘못입니다.]

루건이 이탄 앞에 무릎을 꿇고 이마를 바닥에 처박았다.

이탄은 한 손에 턱을 괴고는 푹 숙인 루건의 뒤통수를 삐딱하게 내려다보았다. 이탄이 심드렁하게 뇌까렸다.

[잘못은 무슨. 내 이럴 줄 알았지.]

[송구합니다.]

루건이 쩔쩔맸다.

이탄은 검지를 들어 좌우로 까딱거렸다.

[송구할 것 없다니까. 루아라는 여자가 너의 제안을 받아들여서 내 앞에 덥석 나타났다면 그게 오히려 더 수상했을 거야. 그 여자가 초면에 나를 어떻게 믿고 나타나겠어.]

[이해해주시니 감사합니다. 이탄 님, 제게 조금만 더 시간을 주십시오. 제가 어떻게든 루아 아가씨와 그 측근들을 설득해보겠습니다.]

루건은 손등으로 땀을 훔친 다음, 조금 더 시간을 줄 것을 요청했다.

이탄은 검지를 좌우로 까딱거렸다.

[필요 없어.]

루건이 애절하게 이탄을 설득했다.

[이탄 님, 하지만 이것은 정말 좋은 기회입니다. 이탄 님과 같은 강력한 상마께서 루아 아가씨의 후견인이 되어주신다면 정말 전황을 단숨에 뒤집을 수 있습니다. 제가 비록 루아 아가씨를 설득하는 데는 실패했지만, 옛 전우들을 불러 모을 자신은 있습니다.]

루건은 이대로 이탄을 놓치고 싶지 않았다. 그는 이대로 날개가 꺾인 채 시골 성에서 고기방패로 살아갈 자신이 없었다.

'그럴 바에는 차라리 크게 한 번 일을 저지른 뒤 후회 없이 죽는 편이 낫지.'

이것이 루건의 생각이었다. 최소한 루건은 죽음을 두려워하는 악마종은 아니었다.

이탄이 의자에서 일어서더니 루건에게 다가섰다.

[네 말대로 진행해라.]

[네?]

루건은 이탄의 뜬금없는 명령에 눈을 동그랗게 떴다.

이탄이 좀 더 자세히 명령을 내렸다.

[네 계획대로 옛 전우들을 불러 모으라고. 조금 전에 네가 말했잖아. 내가 루아의 후견인이 되어 주기만 하면 그 깃발 아래 옛 전우들을 싹 다 긁어모을 수 있다며? 그건 자

신 있다고 했잖아.]

이탄의 이야기에 루건의 눈이 휘둥그레졌다.

[네에에? 이탄 님, 하지만 아직 저는 루아 아가씨를 설득하지 못했습니다. 일단 이탄 님께서 루아 아가씨를 만나보신 뒤 직접 설득을…….]

[루아 아가씨라면 저기 있잖아.]

이탄이 루건의 뇌파를 중간에 끊었다. 그리곤 손가락으로 이자벨라를 가리켰다.

이탄의 황당한 주장에 다들 멍해졌다.

[네엥? 제가 루아라고용?]

이자벨라가 손가락으로 자기자신을 가리켰다.

코후엠은 눈을 동그랗게 떴다.

루건도 이게 뭔 소린가 싶어서 우멍하게 눈만 끔뻑거렸다.

이탄이 루건의 머리통을 퍽 때렸다.

[꾸웩!]

이탄 딴에는 가볍게 때린 것 같은데 루건은 두개골이 으스러지는 줄 알았다. 루건의 눈에서 눈물이 저절로 흘렀다.

이탄이 그런 루건을 꾸짖었다.

[야!]

[넵. 이탄 님.]

[죽은 리후가는 자식이 12명밖에 없다고 알려져 있다며?

내 말이 맞아? 틀려?]

　[맞습니다. 이탄 님.]

　루건이 아픔을 꾹 참고 대답했다.

　이탄은 기다렸다는 듯이 질문을 이었다.

　[그렇다면 이곳 영지의 악마종들은 루아라는 여자의 존재 자체를 모른다는 소리 아니야? 그래? 안 그래?]

　[그렇습니다.]

　루건은 군기가 바짝 들어 소리쳤다.

　이탄은 그제야 빙그레 미소를 지었다.

　[후훗. 그렇다면 루아가 어떻게 생겼는지 아는 악마종도 없겠네? 그러니까 앞으로는 이자벨라가 루아다.]

　[허걱!]

　루건이 깜짝 놀랐다.

　아니, 루건은 놀라다 못해 심장이 서늘하게 얼어붙는 기분이었다.

Chapter 2

　이탄의 말인즉슨, 이자벨라를 루아의 대타로 삼겠다는 뜻이었다.

'쿠헐. 이탄 님이 가짜 루아를 내세운다는 뜻은, 다시 말해서 신임 영주들뿐 아니라 진짜 루아 아가씨마저 묻어버리겠다는 속셈이잖아.'

루건이 아무리 생각해도 이탄은 앙리망의 후계자들을 다 죽일 심산인 것 같았다.

그 때 이자벨라가 손을 번쩍 들었다.

[이탄 님, 제가 할게용. 루아라는 애가 어떻게 생겨먹었는지는 몰라도 저 잘할 자신이 있어용. 이탄 님께서 제 후견인이 되어주세용.]

지금 이자벨라의 눈에는 아무것도 보이지 않았다. 이자벨라의 뇌리에는 다음과 같은 공식이 불도장처럼 찍혔다.

이탄 = 루아의 후견인

=〉 영지의 안정을 위해서 장차 이탄 님이 루아를 부인으로 맞을지도 모름♥.

=〉 절대 절대 이 역할을 놓쳐서는 안 됨.

손을 번쩍 치켜든 이자벨라의 눈에서 야망이라는 이름의 불꽃이 이글거렸다.

루건은 그런 이자벨라의 모습에 한 번 더 몸서리를 쳤다.

'크허얼. 이탄 님도 무섭지만 이자벨라라는 여자도 무섭

기 그지없구나. 내가 지금 뭘 짓을 저지른 게야?'

루건은 문득 시간을 되돌리고 싶어졌다.

비단 루건만 가슴이 철렁한 게 아니었다. 옆에서 대화를 듣고 있던 코후엠도 덩달아 소름이 쫙 끼쳤다.

6월 10일.

보랏빛 하늘에서 피처럼 붉은 비가 추적추적 내렸다. 독극물이 잔뜩 함유된 빗물은 부정 차원의 대지를 촉촉하게 적셨다.

그날 30명이 넘는 악마종들이 한 자리에 모였다.

이들은 직접 한 공간에 모인 것은 아니었다. 다들 블랙스톤 영상을 통해서 영상회의에 참석했을 뿐이었다.

회의를 소집한 주인공은 루건이었다. 회의 내용은 극비여서 사전에 루건으로부터 안건을 통보받은 악마종은 없었다.

오늘 회의의 참석자는 루건과 생사를 함께 했던 옛 전우들로 국한되었다.

그렇다.

오늘 비밀회의에 초대된 악마종들은 한때 앙리망 영주를 따르던 장수들이었다. 그들은 앙리망이 급사를 하자 앙리망의 손자인 리후가를 지지했었다.

그게 패착이었다. 리후가는 영주의 자리를 놓고 숙부, 고모와 힘겨루기를 하다가 결국 밀려버렸다.

패배의 대가는 당연히 죽음이었다. 리후가는 숙부의 손에 의해 직접 목이 잘렸다. 패자의 편에 섰던 장수들도 위험지역이나 변두리의 성으로 쫓겨났다. 이들 장수들의 입장에서는 하루아침에 미래가 암울해진 셈이었다.

루건은 오늘 한직으로 쫓겨난 옛 동료들을 비밀 영상회의에 초대했다.

여러 개로 나뉜 화면 속에서 붕대로 두 눈을 가린 악마종이 불편함을 드러내었다.

[루건, 갑자기 무슨 일인가? 우리가 이렇게 은밀하게 모임을 갖는 행위가 얼마나 위험한지는 알고 있는 게야?]

루건에게 불평을 한 악마종의 이름은 수투루.

그는 마검을 즐겨 사용하는 것으로 유명한 악마종이었다.

또 다른 악마종이 화면 속에 얼굴을 들이밀고 수투루의 말에 맞장구를 쳤다.

[수투루의 말이 맞아. 루건, 자네의 행동이 테인 님이나 레스아 님의 귀에 들어갔다가는 어떻게 되겠나? 겨우 보존한 우리들의 목이 날아갈 수도 있음이야.]

손으로 목을 긋는 시늉을 한 악마종은 물소처럼 길게 휘어진 뿔을 가지고 있었다. 손에는 육중한 핼버드(Halbard:

창대 끝에 도끼날이 달려 있는 중병기)를 들었다. 콧김을 쉭쉭 뿜는 이 악마종의 이름은 북토였다.

루건과 수투루, 북토는 한때 리후가 진영의 선봉장들이었다. 이들 3명 모두 역마 최상급에 올라선 강자들로, 개개인의 무력이 뛰어날 뿐 아니라 다른 장수들에게 미치는 영향력도 컸다.

그래서 루건은 '다른 녀석들은 몰라도 수투루와 북토는 꼭 설득해서 이번 거사에 끌어들여야 해.'라고 다짐할 정도였다.

루건은 미리 준비해온 이야기를 머릿속으로 한 번 되뇐 다음, 옛 동료들을 설득하기 시작했다.

당연히 루건의 동료들은 펄쩍 뛰었다.

[안 돼. 루건, 나는 네 이야기에 찬성할 수 없어.]

수투루가 냉정하게 반대 의사를 표명했다.

북토의 의견도 이와 다를 바 없었다.

[루건, 네 속이 부글부글 끓는 것은 이해한다. 하지만 리후가 님께서 패배하신 것으로 끝이야. 우리는 이 사태를 뒤집을 수 없다고. 오늘 비밀 모임은 없던 것으로 하자.]

북토는 이 말과 함께 영상회의에서 나가려고 들었다.

수투루와 북토가 루건의 의견을 단칼에 거절하자 여기저기서 그에 동조하는 목소리가 들렸다.

분위기가 한쪽으로 확 쏠렸다. 다들 루건이 헛된 야망을 버리지 못했다고 성토했다. 여기까지는 루건도 예상했었다.

루건은 다른 동료들 몰래 수투루와 북토에게 메시지를 보냈다.

☞ 루아 아가씨 참여 예정.

루건이 던진 메시지는 오로지 수투루와 북토의 화면에만 표시되었다.

수투루와 북토는 루건과 함께 리후가의 신임을 받던 심복들이었다. 이들 3명은 죽은 리후가에게 숨겨놓은 딸(루아)이 존재한다는 사실을 알고 있었다.

수투루가 부들부들 떨리는 손으로 답장을 보냈다.

☞ 루건, 너 미쳤어? 루아 아가씨를 이번 일이 끌어들이다니! 그러다 루아 아가씨마저 목이 매달릴 게다.

분노에 가득 찬 수투루의 답장은 루건과 북토의 화면에만 표시되었다.

한편 북토도 노여운 눈빛으로 루건을 노려보았다.

리후가는 내전에서 패해서 죽기 전 루건과 수투루, 그리고 북토에게 단단히 부탁을 해놓았다. 다른 것은 몰라도 루아는 꼭 지켜달라는 부탁이었다.

그런데 루건이 무책임하게 루아를 내세워서 내전을 다시 벌이자고 하니 수투루와 북토가 분노할 수밖에.

Chapter 3

물론 수투루와 북토도 부정 차원의 악마종이었다. 그들 또한 신의나 책임감 때문에 자신들의 이익을 포기하지는 않았다. 이익에 부합하기만 한다면 언제든지 배신을 때리는 것이 악마종의 생리였다.

그래도 오늘 루건의 선동질은 너무 무모했다. 루건의 계획에 따랐다가는 루아만 죽는 것이 아니었다. 이 자리에 모인 악마종들 전체가 죽을 판국이었다. 수투루와 북토는 그래서 루건의 말에 쌍수를 들고 반대했다.

루건이 부지런히 답 메시지를 보냈다.

☞ 루아 아가씨의 후견인을 찾았음. 진마 최상급.

진마 최상급이라는 단어가 수투루와 북토의 눈에 콱 틀어박혔다.

[헉!]

[진짜?]

영상 저편에서 수투루와 북토가 갑자기 벌떡 일어섰다.

다른 악마종들은 그때까지도 뇌파를 모아 루건을 욕하는 중이었다. 그러다 수투루와 북토의 반응을 보고는 일제히 말문을 닫았다.

악마종들이 얼마나 눈치가 빠른데 돌아가는 분위기를 모르겠는가.

루건이 처음 안건을 꺼냈을 때는 수투루와 북토가 곧바로 루건의 의견에 반대했다. 그러다 3명 모두 갑자기 조용해졌다.

이것이 의미하는 바는, 이들 세 악마종 사이에 모종의 메시지가 오갔다는 뜻이었다.

[뭐야?]

[대체 무슨 일인데?]

[너희들끼리만 따로 놀지 말고 우리에게도 알려주라고.]

악마종들이 한꺼번에 질문을 던졌다. 이 질문들은 수투루와 북토, 그리고 루건에게 던지는 물음이었다.

오늘 이 자리에 모인 악마종들은 루건의 무모한 선동질

에 넘어가서 목숨을 잃을 생각은 없었다. 하지만 그들은 지금처럼 패배자로 낙인찍혀서 한낱 고기방패로 소모되는 삶도 싫었다. 악마종들은 혹시나 하는 마음으로 루건의 입을 바라보았다.

루건이 빙그레 미소를 머금었다. 그는 옛 동료들의 애간장을 살살 태우듯이 최대한 천천히 이야기를 꺼냈다.

[내가 너희들을 믿고서 극비사항을 밝히는 것인데 말이야, 이게 어찌된 일이냐 하면은…….]

루건의 입에서 드디어 루아의 존재가 언급되었다.

악마종들이 깜짝 놀랐다.

[뭐야? 리후가 님께 열세 번째 딸이 있었다고?]

[헉. 리후가 님의 혈육들 가운데 생존자가 있었단 말이야?]

[아니, 그런데 그 루아라는 분은 왜 그동안 베일 속에 감춰져 있었지?]

[혹시 루건, 네가 조작해낸 거짓말 아냐?]

악마종들은 루건의 말을 쉽게 믿지 않았다. 그러다 수투루와 북토가 잠잠한 것을 보고는 다들 혹시나 싶은 생각이 들었다.

루건이 느긋하게 말을 이었다.

루건은 루아의 존재를 밝힌 데 이어서 이탄에 대해서도 언급했다.

이때 루건은 이탄이 산골마을의 촌장이라는 사실은 밝히지 않았다. 그런 이야기는 옛 동료들의 마음을 움직이는 데 방해만 될 뿐이었다. 대신 루건은 이탄에 대한 내용을 그럴듯하게 포장했다.

[이탄 님은 리후가 님이 루아 아가씨를 위해서 미리 안배해 놓은 분이시다. 그분은 진마 최상급이셔.]

루건은 이탄의 레벨을 만천하에 공개했다.

[뭣이라?]

[헉! 진마 최상급이라고?]

영상회의에 참석한 모든 악마종들이 헛바람을 집어삼켰다.

북토가 동료들을 대표하여 루건의 허점을 파고들었다.

[흥. 네 말을 어찌 믿지? 이탄이라는 분이 진마 최상급이라는 걸 어떻게 믿느냐고.]

수투루도 루건을 공격하는 쪽에 가담했다.

[루건, 너도 알다시피 진마 최상급은 보통 대영지의 영주들이시다. 리후가 님께서 그런 거물과 친분이 있으셨다면 왜 내전에서 그 인맥을 써먹지 않으셨을까? 진즉에 이탄이라는 분의 도움을 받아서 테인 님과 레스아 님을 물리치셨겠지.]

북토와 수투루의 지적은 날카로웠다. 다른 악마종들도 그들의 지적에 동조했다.

[맞아. 듣고 보니 수투루의 주장이 옳네.]

[이탄이라는 분이 리후가 님을 후원해주었다면 리후가 님이 그렇게 허망하게 죽었을 리가 없잖아? 안 그래?]

루건이 목에 핏대를 세웠다.

[쿠헐. 이것들이 진짜. 왜 내 말을 못 믿는 게야? 내가 이런 일로 거짓말을 하겠어? 그랬다가는 당장 내 목숨이 날아갈 판인데? 엉?]

듣고 보니 루건의 말도 그럴듯했다. 악마종들이 다시 웅성거렸다.

그때 수투루가 루건의 이야기를 또다시 반박했다.

[혹시 알아? 루건, 네가 우리를 배신하고 테인 님에 편에 붙었을 수도 있잖아. 우리를 시험해보려고 말이야.]

수투루의 지적은 송곳처럼 루건을 공격했다.

악마종들의 표정에 경악이 어렸다.

'앗! 그렇구나. 수투루의 말이 맞아. 테인 님이 우리를 시험하는 것일 수도 있어.'

'우리가 반역을 저지를지 아닐지 테스트하는 것일 수도 있다고. 루건 녀석은 테인 님의 사주를 받았고 말이야.'

순식간에 분위기가 싸늘하게 가라앉았다. 루건을 바라보는 옛 동료들의 표정에는 차갑게 벼려진 살기와 배신감, 그리고 의혹이 버무려져 있었다.

루건이 펄쩍 뛰었다.

[수투루, 네가 미쳤구나? 내가 왜 그런 짓을 하겠어? 그래 봤자 내가 얻는 것이 뭐가 있다고? 아 놔, 미치겠네. 지금까지 내가 한 말은 다 사실이라니까. 수투루, 북토. 너희들도 알잖아. 리후가 님께 숨겨진 딸이 있다는 걸 너희들도 알고 있잖아. 그리고 리후가 님께서는 루아 님을 위해서 진마 최상급의 거물을 후견인으로 붙여주셨다니까. 그분이 바로 이탄 님이시라고.]

[흥! 이탄 님이 그렇게 대단하시다면 테인 님이나 레스아 님 정도는 단숨에 진압해버리시겠네? 그렇다면 굳이 우리의 도움도 필요 없을 테지.]

수투루가 팔짱을 끼고 완고하게 말했다.

[맞아. 우리의 도움은 필요 없겠지.]

북토도 대뜸 수투루의 편에 섰다.

[야! 너희들 진짜 이럴 게야?]

루건은 주먹으로 자신의 가슴을 쾅쾅 두드려서 답답한 심정을 표현했다.

그때 갑자기 루건 옆에 네모난 빛이 떠올랐다. 그 빛 속에서 새로운 영상이 수신되었다.

Chapter 4

수투루와 북토를 포함한 이 자리의 모든 악마종들은 화면을 통해서 루건 옆에 떠오른 영상을 지켜보았다.

거칠게 흔들리는 영상 속에는 온통 폐허가 된 건물이 비쳐졌다.

형편없이 찌그러진 문 너머로 부서진 건물 잔해가 어지럽게 널렸다. 그 잔해 위로 시뻘건 어육들이 뒤덮였다.

반쯤 허물어진 건물 벽에는 한때 생명체였던 것처럼 보이는 파편이 달라붙어 있었다. 파편의 모양은 마치 벽에다 핏물 주머니를 팍 던져서 만들어놓은 것 같았다.

벽면에는 이러한 파편 흔적이 한두 개가 아니었다. 온 사방에 피와 살점의 파편들이 가득했다.

거친 질감의 영상 속에서 한 사내가 불쑥 얼굴을 들이밀었다. 곱상한 미소년처럼 보이는 사내였다.

다만 사내의 얼굴과 옷은 온통 시뻘건 피범벅이었다. 사내의 머리카락도 피로 떡이 졌다.

영상 속의 사내가 루건을 찾았다.

[루건. 이 화면이 제대로 보이나? 루건. 내 뇌파가 들리나?]

루건이 화들짝 놀라서 대답했다.

[아니, 이탄 님. 이게 지금 무슨 일이십니까? 어디서 큰 싸움이라도 벌어졌습니까?]

수투루와 북토를 비롯한 악마종들도 이탄이라는 이름에 눈을 번쩍 떴다.

'이탄이라면…… 루건이 언급했던 그 진마 최상급인가?'

'리후가 님께서 돌아가시기 전에 루아 아가씨에게 붙여 줬다는 자가 이탄이라고 했지?'

다들 긴장해서 지켜보는 가운데 이탄이 씨익 이빨을 드러내었다.

뚝뚝 떨어지는 핏물 사이로 이탄의 하얀 건치가 오싹하게 드러났다. 이탄의 웃음에서는 어쩐지 죽음의 냄새가 솔솔 풍겼다.

이탄이 시뻘건 공 같은 것을 들어서 대롱대롱 흔들었다. 피범벅인 물체의 정체는 공이 아니라 머리통이었다.

이탄은 2개의 머리통을 까딱까딱 흔들면서 머리통에 달라붙은 머리카락과 피, 흙 등을 툭툭 털었다.

[크헉? 그 머리는!]

순간 루건은 심장이 멎는 줄 알았다.

[어어억!]

북토도 괴성을 흘렸다.

나머지 악마종들도 일제히 입을 쩍 벌렸다.

다만 수투루만이 영문을 몰라 어리둥절했다. 수투루는 눈이 먼 장님인지라 감각으로 사물을 파악할 수밖에 없었다.

약간의 시간이 흐르자 결국 수투루도 이탄의 손에 들린 2개의 머리통을 확인했다.

[헉! 테인 님.]

수투루은 손을 벌벌 떨었다. 이탄의 손에 들린 2개의 머리통 가운데 하나는 신임 영주인 테인의 것이었다.

[끄으으. 레스아 님의 머리도 있어.]

북토가 망연자실하게 중얼거렸다.

대춧빛이던 북토의 얼굴은 어느새 하얗게 질렸다.

이탄은 악마종들의 반응에는 별로 신경을 쓰지 않았다. 이탄은 그저 머리통 2개를 번쩍 들어 좌우로 흔들면서 루건에게 질문을 던질 뿐이었다.

[루건, 이들이 테인과 레스아가 맞나?]

[아, 아아, 그건……. 네, 이탄 님. 맞는 것 같습니다. 얼굴이 찌그러지고 피가 흥건하게 묻어서 확신을 할 수는 없지만 테인 님과 레스아 님이 분명한 것 같습니다.]

루건은 넋이 나간 악마처럼 대답을 했다. 그러다 이탄의 어깨 너머로 보이는 풍경이 루건의 눈에 들어왔다.

[이탄 님, 그곳은 저희 영토 중심부의 영주궁인 것 같습니다. 혹시 이탄 님께서 단독으로 영주궁에 쳐들어가신 겁니까?]

루건이 이탄에게 물었다.

[이런 미친!]

[저곳이 영주궁이라고?]

루건의 말에 수투루와 북토가 동시에 눈을 부릅떴다.

악마종들은 지금 이탄이 서 있는 곳이 어디인지 잘 알아보지 못했다. 영상 속 배경이 온통 폐허와 같아서였다.

한데 루건의 말을 듣고 보니 확실했다. 저곳은 영주궁이 분명했다. 이 자리에 모든 악마종들이 동시에 침을 꿀꺽 삼켰다.

이탄은 루건의 질문에 답을 주지 않았다. 대신 그는 루건에게 다른 명령을 내렸다.

[테인과 레스아가 죽었으니 이제 루아를 영주의 자리에 올리면 되겠군. 루건, 지금 당장 이곳으로 달려오너라. 영주의 즉위식을 치러야겠다.]

[지, 지금 당장 말씀이십니까? 루아 님께서 준비할 시간이 필요하지 않겠습니까?]

이 급작스러운 사태가 어찌나 당황스러웠던지 루건은 머릿속으로 진짜 루아를 떠올렸다.

'루아 아가씨가 지금 어디에 숨어 계신지는 나도 정확히 모르는데. 루아 아가씨를 어떻게 찾아서 영주궁으로 모셔 가지?'

루건은 얼핏 이런 생각을 했다.

이탄이 영상 속에서 싸늘하게 내뱉었다.

[무슨 헛소리를 하는 거야? 루아는 이미 여기에 와 있잖 아.]

[예에에? 어억!]

루건은 그제야 깨달았다.

'그렇지! 이탄 님께서는 이자벨라 님을 루아 아가씨의 대역으로 내세울 생각이시지. 쿠헐? 그렇다면 이제 진짜 루아 아가씨는 죽은 목숨이로구나. 이탄 님은 홀로 영주궁 에 쳐들어가서 테인 님과 레스아 님의 머리를 단숨에 뜯어 버리는 분이시다. 그런 무시무시한 분이 가짜를 대역으로 내세운 이상 진짜 루아 님을 살려둘 리 없지.'

루건의 이마에서 비지땀이 흘러내렸다.

이탄이 루건을 재촉했다.

[루건, 어서 이곳으로 뛰어오지 않고 뭘 꾸물거리나?]

[이탄 님, 하오나 루아 아가씨의 즉위식을 거행하려면 영 지의 가신들을 모두 모아야 합니다. 형식적이기는 하지만 영지의 장로들께 허락도 미리 구해야 하고, 또 행정절차도

필요합니다. 그러니 이탄 님, 제게 조금만 시간을 주십시오.]

루건의 말이 떨어지기 무섭게 이탄이 코웃음을 쳤다.

[하! 허락이라? 내가 누구에게 허락을 구해야 하나? 그 장로라는 것들을 모조리 불러와라. 늙어서 숨쉬기가 싫어진 것들을 몽땅 테인과 레스아의 꼴로 만들어 버리면 더 이상 내가 허락을 구해야할 장애물들도 사라지겠지.]

Chapter 5

이탄은 과격하기 이를 데 없었다.

부정 차원은 원래 힘을 가진 자가 전권을 휘두르는 세상이기는 했다. 그래도 이탄처럼 과격한 독불장군은 많지 않았다.

배신과 음모가 난무하는 부정 차원에서 어지간히 무력에 자신이 있지 않으면 독불장군처럼 굴기 어려운 탓이었다.

악마종들은 다들 속을 알 수 없고 독기가 잔뜩 올라 있기에 그런 악마종 다수를 동시에 적으로 돌린다는 것은 정말 위험한 일이었다. 압도적인 실력이 없이 독불장군 노릇을 했다가는 언제 어디서 집단으로 린치를 당할지 몰랐다.

한데 이탄은 전혀 주변의 눈치를 보지 않았다. 그냥 내키는 대로 행동했다.

루건은 그런 이탄을 어떻게 설득해야 좋을지 몰라서 진땀만 흘렸다.

뚝!

이탄은 루건의 대답을 듣지도 않고 영상을 종료해버렸다.

루건은 울상을 지은 채 옛 동료들을 향해서 어깨를 으쓱했다.

[휴우우. 이탄 님이 부르시니까 어쩔 수 없지. 나는 그만 영주궁으로 가볼게.]

악마종들은 루건이 영상회의를 종료할 기미가 보이자 오히려 당황했다.

[야, 루건. 이렇게 그냥 가버리면 어떻게 해?]

[그러게 말이야. 우리를 한 자리에 불러 모았으면 책임을 져야지.]

수투루와 북토가 루건을 붙잡았다.

루건이 어이없다는 듯이 웃었다.

[쿠헐? 책임? 무슨 책임?]

[무슨 책임이긴. 루아 아가씨와 그분의 후견인께 우리를 소개해줘야지. 그래야 우리가 뒷수습을 거들 것 아냐.]

[우리 모두는 루아 아가씨의 깃발 아래로 들어가야 하잖아. 그러니까 루건, 네가 다리 역할을 해줘야지.]

수투루와 북토가 루건이라는 다리를 통해서 이탄 밑으로 들어갈 생각이었다.

비단 수투루와 북토만 이런 생각을 한 것이 아니었다. 다른 악마종들도 이와 비슷한 생각을 품었다.

'오호라. 이제 정권이 바뀌었으니 우리도 고기방패 신세를 벗어나겠구나.'

'꾸물거릴 때가 아니야. 이럴 때 재빨리 루아 아가씨 편에 줄을 대서 공신의 자리에 앉아야지.'

악마종 장수들은 약삭빠르게 머리를 굴렸다.

루건이 코웃음을 쳤다.

[햐아, 이것들 좀 보게? 케이크를 줄 악마는 생각도 않고 있는데 너희들이 왜 수프부터 퍼마시고 있어?]

[그건!]

북토가 움찔했다.

[윽.]

수투루도 말문이 막혔다.

루건이 동료들을 향해 버럭했다.

[야! 내가 너희들에게 분명히 말했잖아. 죽은 리후가 님에게는 딸이 한 명 있고 그 딸에게 후견인이 붙었으니 우리

모두 리후가 님을 생각해서라도 그 깃발 아래로 뭉치자고 내가 주장했잖아. 내가 그랬어, 안 그랬어?]

[그랬지…….]

북토가 기어들어 가는 뇌파로 대답했다.

루건이 두 눈을 부리부리하게 치켜떴다.

[그런데 너희들의 반응은 어땠지? 너희들은 내 말을 믿지도 않았잖아. 그렇게 너희들이 꾸물거리는 사이에 루아 아가씨의 후견인께서 손수 영주궁으로 쳐들어가셔서 테인 님과 레스아 님의 대갈통을 뜯어버렸단 말이지. 이건 이탄 님께서 리후가 님의 복수를 대신 해주신 셈이야. 그런 다음 이탄 님께서는 루아 아가씨를 영주의 자리에 올리겠다고 하셔. 이것으로 모든 상황은 종료되었다고. 진마 최상급이신 이탄 님께서 홀로 내전을 끝내버리셨는데, 이제 와서 너희들이 무슨 염치로 끼어들게? 니들이 그런다고 이탄 님께서 너희들을 거들떠나 보겠어? 크헐. 꿈도 야무지지. 쯧쯧쯧.]

루건은 대놓고 혀를 찼다.

[끄응.]

[으으음.]

수투루와 북토 등은 꿀 먹은 벙어리처럼 아무런 대꾸도 못 했다. 루건의 말이 구구절절 옳은 까닭이었다.

원래 피를 흘려야 빵을 먹을 수 있는 법이고, 처음에 발을 들이밀어야 나중에 한 자리라도 차지하는 법이었다.

이 진리는 부정 차원에서도 통했다.

[아, 젠장.]

[이제 어쩌냐?]

루건이 떠난 뒤, 침묵하는 악마종들 사이에서 허탈한 한탄이 튀어나왔다.

[어쩌긴 뭘 어째? 루건을 징검다리로 삼아서 어떻게든 루아 아가씨의 깃발 아래로 들어가야지.]

북토가 이렇게 주장했다.

[맞아. 안면에 철판을 깔고서라도 루건을 붙잡고 늘어져야지.]

수투루도 북토의 말에 동의했다.

'루건 녀석이 단단히 삐친 것 같은데, 그 녀석을 무엇으로 구워삶아야 하지?'

'아니면 이탄 님이라는 분을 직접 찾아뵈어야 하나?'

악마종 장수들은 각자 머리를 굴렸다. 다들 셈법이 복잡했다.

얼마 후, 루건이 이송마법진을 타고 영주궁에 도착했다.

드넓은 영주궁의 중심부는 대규모 폭격이라도 얻어맞은

듯한 모습이었다. 영주궁을 지키던 병력들은 감히 중심부에 진입할 엄두도 내지 못했다. 영주궁의 병사들은 그저 폐허가 된 중심부를 빙 둘러싸기만 하였다.

[비켜.]

루건이 악마종 병사들을 밀치고 폐허로 들어섰다.

[엇? 루건 님.]

영주궁의 병력들이 루건의 얼굴을 알아보았다. 병사들은 그제야 영주궁이 초토화된 이유를 눈치챘다.

'이런. 영주님이 또 바뀌겠구나.'

'우리와 같은 약자들이야 뭐 별 수 있어? 새로운 영주님이 옹립되면 그분을 따라야지.'

'맞아. 이럴 때일수록 눈치를 잘 살펴야 한다고. 그래야 하나뿐인 목숨을 부지하지.'

지금 폐허를 둘러싸고 있는 악마종 병사들은 대부분 중립이었다.

테인과 레스아를 따르던 악마종들은 이탄이 처음 이곳에 쳐들어 왔을 때 뭣도 모르고 이탄에게 덤벼들었다가 모두 한 줌의 피보라로 산화했다. 그러니까 지금 살아남은 생존자들은 이탄이 쳐들어왔을 때 몸을 사렸던 악마종들이었다.

Chapter 6

[윽.]

루건이 손으로 코를 가렸다.

폐허의 중심부로 들어가면 갈수록 피냄새가 지독하게 짙어졌다. 사방에 흩뿌려진 살점과 피를 보기만 해도 루건은 머리가 어지러웠다.

루건은 평소에 전쟁터의 선봉에 서던 용맹한 장수였다.

그런 루건도 이토록 끔찍하게 대량학살을 저지른 장면은 본 적이 없었다. 이건 마치 거대한 회전드릴에 악마종을 마구 집어넣고 그대로 갈아버린 듯한 광경이었다.

[크우웃.]

루건은 까치발을 들고서 여기저기에 고인 피웅덩이를 피해서 걸었다.

그렇게 루건이 한참을 들어가자 블랙스톤 위에 꾸부정하게 앉아 있는 이탄의 모습이 보였다.

이탄은 적당한 높이의 돌덩이 위에 엉덩이를 걸친 모습이었다. 그 상태에서 이탄은 두 무릎 위에 팔꿈치를 얹어놓고는 깍지를 끼었다. 깍지 낀 손 위에는 턱을 괴었다. 은은하게 회색이 감도는 이탄의 두 눈이 루건에게로 향했다.

[헉! 이탄 님.]

루건이 무너지듯 그 자리에 무릎을 꿇었다.

지금 바닥에는 1센티미터 높이로 피가 찰랑찰랑하게 차 있었다. 루건의 머리카락과 터럭이 핏물에 흠뻑 젖었다. 하지만 루건은 정신이 혼미하여 몸이 피로 더럽혀지는 것도 신경 쓰지 못했다.

은은하게 회색이 감도는 이탄의 눈빛은 루건의 존재 자체를 소멸시켜버릴 정도로 무서웠다. 루건은 알 수 없는 전율감에 부르르 떨어야 했다.

바짝 겁을 집어 먹은 이는 비단 루건만이 아니었다. 이탄의 뒤쪽, 피바다를 피해서 건물 잔해 위에 올라서 있는 2명의 몬스터, 즉 이자벨라와 코후엠도 얼굴이 해쓱했다.

이자벨라와 코후엠은 이탄의 싸움 방식을 이번에 처음 목격했다.

물론 코후엠은 그 전에도 이탄과 한두 차례 툭탁거린 적도 있었다.

'하지만 이제 보니 그건 장난에 불과했어.'

코후엠이 혀를 내둘렀다. 이탄이 제대로 싸울 경우 적들을 어떤 꼴로 만들어 놓는지, 코후엠은 비로소 깨달았다.

코후엠과 이자벨라가 메슥거리는 속을 겨우 달랠 즈음, 이탄이 루건을 가까이 불렀다.

[루건.]

[넵.]

루건은 후다닥 시선을 위로 들었다. 루건의 눈에 이탄의 모습이 맺혔다.

온통 보랏빛인 하늘 아래 이탄의 주변에만 회색의 기운이 오로라처럼 불타올랐다. 찰박찰박한 핏물에 발을 담그고 머리카락에서 적의 피를 뚝뚝 흘리면서 앉아 있는 이탄의 모습은 전율 그 자체였다.

[크허억.]

루건은 황급히 시선을 아래로 떨구었다.

이탄이 용건을 꺼냈다.

[이제 즉위식을 거행하자.]

[하오나 이탄 님…….]

루건이 울상을 지었다.

사실 신임 영주의 즉위식이라는 것은 이탄의 주문처럼 하루아침에 뚝딱 해치울 수 있는 게 아니었다.

'더군다나 영주의 자리에 앉을 루아는 가짜가 아닌가. 이자벨라 님을 루아 아가씨로 꾸미려면 세심한 사전작업이 필요한 말이다. 이 모든 절차를 다 무시하고 코뿔소처럼 밀어붙인다고 될 일이 아니야.'

루건은 속으로 이렇게 외쳤다.

하지만 겉으로는 내색하지 못했다. 이탄의 압박을 거절

하지도 못하였다.

이어지는 이탄의 말 때문이었다.

[네가 무능력하여 대관식을 못하겠다면 좋다. 굳이 네가
아니더라도 영주궁의 누군가는 즉위식을 치르는 방법을 알
고 있겠지. 감히 내 말을 거역하는 자들을 한 놈 한 놈 붙잡
아서 모가지를 비틀다 보면 결국에는 할 줄 아는 자가 생기
더라.]

[으헉.]

루건은 본능적으로 자신의 목을 두 손으로 감쌌다. 무시
무시한 악마에게 목줄기가 붙잡혀서 빨래를 짜듯이 비틀리
는 장면이 루건의 뇌리에 생생하게 연상된 탓이었다.

[이탄 님, 제가 할 줄 압니다. 제가 곧바로 루아 아가씨
의 즉위식을 진행해보겠습니다. 맡겨만 주십시오.]

루건은 혼비백산하여 아무 말이나 마구 대답했다.

루아, 아니 이자벨라의 즉위식은 만 하루 뒤에 거행되었
다.

이자벨라의 즉위식이 하루 늦어지게 된 것은, 이탄이 영
주궁을 박살 내었을 때 제사관이 겁을 집어먹고 숨어버렸
기 때문이었다.

영지에 파견된 제사관은 그리 힘 있는 자리는 아니었으

나, 신임 영주 즉위식을 치르려면 그가 꼭 필요했다.

루건은 제사관을 찾아서 영주궁 전체를 샅샅이 뒤지는 한편, 수투루와 북토에게 다시 연락하여 영주궁 주변까지 수색 범위를 넓혔다. 그 결과 루건 일행은 영주궁에서 제법 떨어진 하수관 속에 숨어 있는 제사관을 찾아내었다.

루건이 제사관의 멱살을 틀어쥐고 즉위식을 당장 거행하라고 윽박질렀다.

제사관은 울며 겨자 먹기로 루겁의 협박을 받아들였다.

이탄도 즉위식이 24시간쯤 늦어지는 것은 눈감아주었다.

그러면서도 이탄은 루건을 향해 [뭘 그렇게 꾸물거리나? 확 모가지를 비틀어 버릴까 보다.]라고 닦달했다.

그때마다 루건은 펄쩍 뛰면서 발바닥에 땀이 나도록 뛰어다녔다. 이탄의 채찍질과 루건의 미친 듯한 추진력 덕분에 어찌어찌 즉위식 준비가 끝났다.

이자벨라의 즉위식 장소는 영주궁에서 30 킬로미터 정도 떨어진 성으로 결정되었다.

이 성은 전임 영주인 앙리망이 별궁으로 쓰면서 유흥을 즐기던 곳이었다. 덕분에 성이 아름답고 시설이 좋았다.

앙리망 영지의 가신들과 장로들은 얼떨결에 모두 별궁으로 불려왔다.

비록 앙리망은 죽었지만, 이곳 영지명은 아직까지도 앙리망으로 남아 있었다.

신임 영주인 테인과 레스아는 제국의 행정처에 서류를 넣어서 영지명을 '테인—레스아'로 변경해달라고 요청한 상태였다. 따라서 조만간 영지명이 테인—레스아로 바뀔 처지였는데, 그 서류의 잉크가 마르기도 전에 영주가 또 한 번 바뀌게 된 셈이었다.

오늘 별궁으로 불려온 가신들과 장로들은 서로에게 정보를 물으며 수군거렸다.

[이게 갑자기 무슨 일이오?]

[뜬금없이 신임 영주님의 즉위식이라니? 테인 님과 레스아 님은 어디로 가시고?]

[그것도 그렇지만 루아 님은 대체 누구요?]

영지의 장로들 가운데는 이에 대한 답을 가지고 있는 자가 없었다.

Chapter 7

그런 장로들의 눈에 루건을 비롯하여 수투루, 북토 등등이 보였다.

루건, 수투루, 북토가 누구인가? 그들은 리후가가 정쟁에서 밀린 이후 시골로 쫓겨난 자들이었다.

그런데 지금은 그 패배자들이 중무장을 한 채 즉위식장 주변을 철통처럼 경비했다.

[저들이 기고만장하여 설쳐대는 것을 보니 혹시 리후가님이 부활하신 겐가?]

장로 가운데 한 명이 이렇게 중얼거렸다.

가능성이 전혀 없는 이야기는 아니었다. 부정 차원의 악마종들 가운데는 죽어도 죽어도 다시 되살아나는 종들이 간혹 존재했다.

혹시 리후가가 부활하여 테인과 레스아를 거꾸러뜨린 것이라면?

그렇다면 지금 이 상황이 이해가 되었다.

[이크. 뭐가 어찌 돌아가는지는 모르겠으나 몸을 잘 사려야겠구먼.]

[암. 우리 같은 늙은 악마종들은 그저 잔치 구경이나 하고 달달한 케이크나 먹어야지. 크험험.]

장로들이 웅성거리는 가운데 루아의 즉위식이 시작되었다. 영지의 군악대가 웅장하면서고 기괴한 음악을 연주했다. 별궁 상공에 떠 있는 수백 척의 마도전함은 축포를 펑펑 터뜨렸다. 이탄은 즉위식 단상 위에 앉아서 보랏빛 하늘을 올려다보았다.

시커먼 관처럼 생긴 마도전함이 이탄의 눈에 들어왔다. 마도전함의 옆면에는 은색 문자가 영롱한 빛을 뿌렸다.

'피사노교의 전함과 비슷하게 생겼구나. 아마도 피사노교에서 부정 차원의 전함을 본 따서 만들었겠지?'

이탄은 문득 동차원의 술법사들과 함께 마도전함을 타고 피사노교로 쳐들어갔던 때를 떠올렸다.

영지의 장로들이 그런 이탄을 향해서 눈길을 주었다.

[단상 위의 저 어린놈은 누구래?]

[그러게 말이야. 처음 보는 얼굴인데, 정체가 뭐기에 저 위에 거만하게 앉아 있는 게지?]

장로들은 이탄의 정체를 궁금히 여겼다.

그러는 가운데 군악대의 연주가 클라이막스를 향해 치달렸다. 북을 치는 고수는 뿔 달린 방망이를 들고 하마처럼 생긴 몬스터를 마구 두들겼다. 하마형 몬스터의 뱃가죽에서 울리는 북소리가 악마종들의 기분을 고양시켰다.

바로 그 타이밍을 맞춰서 이자벨라가 모습을 드러내었다.

두꺼운 장막이 좌우로 쫙 열렸다. 장막 뒤에서 하늘색 드레스를 입은 이자벨라가 천천히 걸어 나왔다.

이자벨라는 길이가 10 미터가 넘는 망토를 어깨에 둘렀다. 이 망토 역시 드레스와 마찬가지로 하늘색이었다. 기다란 망토가 단상 위에 질질 끌렸다. 한편 이자벨라의 손에는 하늘색 보석이 박힌 스태프(Staff: 지팡이)가 들려 있었다.

장로들이 또다시 수군거렸다.

[저건 리후가 님이 아니잖아?]

[대체 저 소녀는 누구지?]

[혹시 리후가 님의 영혼이 부활을 할 때 저 소녀의 몸으로 들어간 겐가?]

[오오! 그렇겠구먼.]

장로들은 스스로 질문하고 스스로 답을 내었다. 그리곤 좋다고 박수를 치며 고개를 끄덕였다.

장로들이 이런 오해를 할 법도 했다. 부정 차원의 악마종이 죽었다가 다시 부활할 때 다른 악마종의 몸으로 들어가는 것은 아주 불가능한 일은 아니었다.

영지의 악마종들이 지켜보는 가운데 이자벨라가 단상 중앙에 섰다. 머리에 뾰족한 모자를 쓴 제사관이 두꺼운 경전을 펼쳐서 뭐라 뭐라 중얼거렸다. 이자벨라는 고개를 15도쯤 숙인 채 숙연한 표정으로 제사관의 이야기를 경청했다.

마침내 제사관이 손으로 복잡한 도형을 그렸다. 그 도형 속에서 하늘색 보석이 박힌 관이 찬란하게 나타났다.

이자벨라는 제사관 앞에 두 무릎을 꿇었다.

제사관이 이탄을 돌아보았다.

[후견인께서 오시지요.]

제사관은 이탄을 후견인이라 칭했다.

그 말에 장로들의 눈이 커졌다.

제국의 소형 영지들이 큰 영지의 영주들을 후견인으로 두는 것은 그리 이상한 일은 아니었다. 소형 영지는 대형 영지에 기대지 않으면 존속이 불가능하기 때문이었다.

하지만 앙리망 영지는 결코 소형 영지가 아니었다. 비록 이곳 영지가 중앙 정계에서 방귀깨나 뀐다는 대형 영지에는 못 미칠지라도, 앙리망 영지는 그 바로 아래인 중대형급은 되었다.

전임 영주 앙리망도, 그 전의 영주들도 대형 영지의 영주들에게 기대지 않고 이 영지를 독립된 체제로 이끌어왔다.

한데 이제 와서 후견인이라니!

한 순간에 장로들의 눈빛이 사납게 돌변했다.

장로들이 단체로 들고 일어나 항의를 하려는 찰나, 루건이 콧방귀를 세게 뀌었다.

[크흥.]

루건의 긴 머리카락이 하늘로 떠올라 불꽃처럼 일렁거렸다.

루건만 나선 것이 아니었다. 수투루는 검을 척 뽑았다. 북토가 육중한 핼버드로 바닥을 쿵 찍었다. 다른 악마종 장수들도 각자의 무기를 꺼냈다.

[으윽. 늙은 우리가 참아야지.]

[내 더러워서 참는다.]

장로들이 찔끔하여 다시 자리에 착석했다.

그러는 사이, 이탄은 뾰족한 가시로 뒤덮인 의자에서 벌떡 일어나 제사관을 향해 발을 옮겼다.

이탄은 모두가 지켜보는 가운데 하늘색 관을 두 손으로 붙잡았다. 그런 다음 이자벨라의 머리 위에 그 관을 씌워주었다.

[이탄 님…….]

이자벨라가 두 뺨을 발그레 물들였다.

제사관은 이때다 싶어서 재빨리 뇌파를 방출했다.

[이로써 앙리망 공의 증손녀이자 키쿠의 손녀, 리후가의 열세 번째 딸인 루아가 영지의 신임 영주로 즉위하였음을 선포하고자 합니다. 혹시 이 자리에 모인 증인 여러분 가운데 리후가의 열세 번째 딸인 루아가 영지의 신임 영주가 되는데 반대하는 분이 있으시다면 북소리가 세 번 울리기 전에 이의를 신청하시기 바랍니다.]

두웅!

고수가 뿔 달린 방망이로 하마를 닮은 몬스터의 뱃가죽을 울렸다.

두웅!

고수가 한 번 더 북을 쳤다.

이어서 고수가 세 번째 북을 치려는 순간이었다. 이마에 반쯤 부러진 뿔을 매단 악마종이 벌떡 일어났다.

Chapter 8

[나는 이 즉위식에 반대한다. 테인 님과 레스아 님은 어찌되었느냐? 그분들은 나타나지도 않고, 듣도 보도 못한 어린 여자아이 따위가 갑자기 우리의 영주라니! 누가 그 말을 받아들이겠는가.]

부러진 뿔의 악마종은 용감했다. 그의 우렁찬 웅변이 주변의 몇몇 악마종들에게 영향을 끼쳤다. 일부 악마종들이 자리에서 엉덩이를 떼려고 들었다.

이런 소요사태를 내버려 두면 오늘 즉위식은 엉망이 될 것이었다.

[쓰읍! 저 새끼가 감히.]

루건이 먼저 몸을 움직였다.

수투루도 검을 길게 늘어뜨린 채 바람처럼 몸을 날렸다.

북토도 핼버드를 한 손에 쥐고 풀쩍 뛰어올랐다.

[흥! 덤빌 테면 덤벼라.]

부러진 뿔의 악마종은 루건과 수투루, 북토가 달려들어도 전혀 겁을 내지 않았다. 그는 테인 일파의 장수로, 루건 등과는 오랜 라이벌 사이였다. 전에도 그는 루건 일행과 싸운 경험이 있었다.

루건과 수투루가 막 적에게 달려들 때였다.

샤라라락!.

부러진 뿔의 악마종 앞에 빛의 입자가 모여들었다. 그렇게 집결된 입자가 어느새 이탄으로 변했다. 단상 위에 서 있던 이탄이 신비롭게 공간을 뛰어넘더니 어느새 부러진 뿔의 악마종 앞에 나타난 것이다.

[혁?]

깜짝 놀란 악마종이 뾰족한 꼬리로 이탄을 후려쳤다. 부러진 뿔의 악마종의 등 뒤에서는 박쥐의 그것을 닮은 날개가 활짝 펼쳐졌다.

그보다 이탄의 손이 더 빨랐다.

우두둑!

이탄은 단숨에 상대의 턱을 붙잡아 얼굴에서 뽑아버렸다. 동시에 이탄은 상대의 꼬리를 낚아채더니 그 뾰족한 끝을 상대의 복부에 쑤셔 박았다.

[크억.]

부러진 뿔의 악마종이 주춤 뒤로 물러섰다.

부우욱―.

이탄이 바짝 따라붙어 상대의 날개 한쪽을 잡아 뜯었다. 이탄은 상대의 어깨뼈도 뽑았다. 갈비뼈를 포함한 상판도 와작 뜯어내었다.

불쌍한 악마종은 [억, 억, 억.]거리다가 숨이 끊겼다.

이탄은 양계장 주인이 닭털을 뽑는 것처럼 눈 깜짝할 사이에 악마종을 해체해 버렸다. 그리곤 부러진 뿔의 악마종이 뱃속에 응결해 놓았던 보울을 쑥 잡아 뜯어 단상 위의 이자벨라에게 던져주었다.

[어머! 이탄 님. 고마워용.]

이자벨라는 피범벅이 된 보울을 두 손으로 받아들고는 눈을 반짝반짝 빛냈다. 이자벨라의 입 안에는 어느새 군침이 고였다.

이탄이 악마종 장수 한 명을 해체하는 데 걸린 시간은 불과 1초도 되지 않는 것 같았다. 오늘 즉위식에 모인 악마종들이 모두 깜짝 놀랐다.

항명 사태를 진압하기 위해서 후다닥 달려오던 루건과 수투루, 북토도 이탄의 가공할 무력에 가슴이 서늘해졌다.

이탄이 얼굴에 핏방울을 묻힌 채로 물었다.

[루아의 즉위에 반대하는 자가 또 있나?]

아무도 이탄의 물음에 답을 하지 못했다.

[있으면 지금 말해.]

이탄이 또 물었다.

당연히 침묵만 감돌았다. 대답 대신 꿀꺽하고 침 넘어가는 소리가 크게 울렸다. 즉위식장에 모인 악마종들은 알 수 없는 두려움에 부르르 몸서리를 쳐야만 했다.

이탄은 그제야 제사관을 돌아보았다.

[제사관.]

[네넵.]

제사관이 재빨리 고수에게 눈짓을 보냈다.

두웅!

고수가 마침내 세 번째 북을 쳤다.

'휴우~.'

제사관은 이마에 흐르는 땀을 소매로 훔치고는 루아(이자벨라)의 즉위를 선포했다.

[자아! 보다시피 북이 세 번 울렸습니다. 아마도 이 즉위에 반대하지 않았고요. 이로써 앙리망 공의 증손녀이자 키쿠의 손녀, 리후가의 열세 번째 딸인 루아가 영지의 신임 영주로 즉위하였음을 선포합니다. 모든 악마종의 모태이자

태고의 마신이신 피사노께서는 오늘의 즉위식을 굽어 살피시어 루아 신임 영주의 앞날에 무한한 부정함을 내려주시옵소서.]

후오옹!

제사관의 선포와 동시에 이자벨라의 등 뒤에서 하늘색 오로라가 후광처럼 진하게 뿜어졌다.

제사관이 황급히 뒷말을 덧붙였다.

[원래 영주의 즉위는 제국의 군주로부터 윤허를 받은 뒤에 시행하는 것이 순서입니다. 하지만 영지들 간에 전쟁 중이거나 상황이 여의치 않은 경우, 먼저 영주 즉위식을 거행한 뒤 그 다음 군주의 윤허를 받는 경우도 종종 있습니다. 오늘은 후자에 해당합니다. 그러니 루아 영주께서는 오늘 즉위식을 마친 뒤, 이를 제국의 군주께 고하여 사후에 윤허를 받으십시오. 그래야 영주의 정당성이 확보될 것입니다.]

[이 루아, 제국의 법도를 따를 것입니다.]

이자벨라가 두꺼운 경전 위에 한 손을 올려놓은 뒤, 진지하게 대답했다.

제사관은 불안하게 흔들리는 눈동자로 이탄과 루건을 돌아보았다.

'이제 즉위식을 마쳤으니 저는 이만 가 봐도 되겠죠?'

제사관이 루건에게 이런 눈빛을 보냈다.

루건은 이탄의 눈치를 한 번 살핀 다음, 제사관을 향해 턱짓을 했다. 그만 가보라는 뜻이었다.

제사관이 후다닥 단상에서 내려와 자취를 감추었다.

그러는 동안 루아는 단상 위에 마련된 하늘색 의자에 앉았다. 앙리망 영지의 장로들과 가신들이 차례차례 단상 위로 올라와 루아 앞에 한쪽 무릎을 꿇고 충성을 맹세했다.

장로들은 루아보다는 이탄에게 더 신경을 썼다.

이것은 다른 가신들도 마찬가지였다.

루아가 즉위식의 마지막 절차로 가신들의 충성 맹세를 받아내는 동안, 루건은 초조하게 서성거렸다.

북토가 루건 옆에 슬쩍 다가왔다.

[왜 그래? 무슨 일 있어?]

수투루도 가까이 와서 루건에게 물었다.

[이 좋은 날에 왜 이렇게 심장박동이 불규칙하냐? 뭔 걱정이라도 있냐?]

루건이 주변을 휙 둘러본 다음, 두 친구들에게만 뇌파를 보냈다.

[너희들도 알다시피 진짜 루아 아가씨는 따로 있잖아.]

그 말을 듣자마자 수투루와 북토가 펄쩍 뛰었다.

[루건, 너 미쳤어?]

[쉿! 그 사실이 알려지면 우린 끝장이야.]

수투루와 북토의 얼굴이 창백해졌다.

제3화

앙리망 . VS. 푸시킨 I

Chapter 1

수투루와 북토는 진짜 루아의 얼굴을 알고 있었다. 그들은 지금 단상 위에 고고하게 앉아서 앙리망 영지의 가신들로부터 충성 맹세를 받고 있는 소녀가 루아가 아니라는 사실도 잘 알았다.

'그래서 뭐?'

'어쩌라고?'

신임 영주가 앙리망의 혈육이라는 점은 아무런 의미가 없었다. 신임 영주가 이미 진마의 경지에 올라섰고, 그 후견인은 진마 최상급의 존재라는 점이 더 중요했다.

그래도 피를 최대한 적게 흘리려면 앙리망의 이름에 기

대는 편이 좋았다. 앙리망의 핏줄이 신임 영주로 추대되어야 일이 복잡하게 꼬이지 않았다.

루건이 입술을 질겅 씹었다.

'그래서 진짜 루아 아가씨를 슥삭 해버리려고 했는데.'

본격적으로 즉위식이 열리기 전, 루건은 믿을 만한 악마종들을 풀어서 진짜 루아를 찾았다.

물론 루건은 진짜 루아 아가씨가 어디에 숨어 있는지 알지 못했다. 하지만 짐작 가는 아지트가 몇 군데 있기는 하였다. 루건은 심복들에게 그 지점들을 찍어준 다음, 샅샅이 훑으라고 지시했다.

조금 전, 그 심복들이 루건에게 영상이 담긴 메시지를 보냈다.

영상 속에는 아지트 가운데 한 곳이 담겨 있었다. 그곳 바닥에는 30구가 넘는 시체가 나뒹굴었는데, 이 시체들 가운데 절반은 루건의 부하들이었다. 그리고 나머지 절반은 물빛 의복을 입은 악마종들이었다.

루건은 물빛 의복을 한눈에 알아보았다.

[리후가 님의 친위대구나. 돌아가신 리후가 님이 본인의 친위대를 루아 아가씨 곁에 붙여준 게야.]

리후가의 친위대는 리후가가 죽을 때 함께 옥쇄했다고 알려져 있었다.

한데 친위대원들 전원이 리후가와 함께 죽은 것은 아니었다. 그중 일부가 살아남아 루아 아가씨를 지키고 있었다.

[젠장. 그렇다면 혹시 셰도우 녀석도 살아있었나?]

루건이 신경질적으로 발을 굴렀다. 루건의 머릿속에는 검은 베일에 싸인 존재가 뿌연 연기처럼 아른아른 떠올랐다.

셰도우.

일명 그림자.

녀석은 이름이 없었다. 그저 셰도우라는 명칭으로만 불렸다. 녀석의 성별이 남성인지 여성인지도 불분명했다. 녀석은 오로지 앙리망의 그림자 속에서만 머무르면서 그 모습을 외부로 드러내지 않았다.

앙리망이 죽은 이후, 셰도우는 앙리망의 유언에 따라서 리후가를 섬겼다. 그리고 그 리후가마저 숙부와 고모의 손에 죽고 나자 셰도우는 신비롭게 자취를 감추었다.

혹자는 셰도우가 리후가와 함께 최후를 맞았다고 주장했다.

혹자는 셰도우가 비겁하게 리후가를 버리고 도망쳤다고 말했다.

이것들은 모두 주장일 뿐, 아무도 진실을 목격하지는 못했다.

'리후가 님께서 죽기 전 자신의 친위대원들 가운데 일부를 루아 아가씨에게 붙여주었을 수 있어. 혹시 그때 셰도우도 루아 아가씨의 곁으로 자리를 옮겼을까? 아뿔싸! 그랬나 보구나.'

루건은 가슴이 철렁했다.

진짜로 셰도우가 루아의 곁에 머물고 있다면 루건이 세운 계획은 큰 차질이 빚어질 것이었다. 루건의 심복들은 실력이 제법 뛰어나지만 셰도우를 꺾을 정도는 아니었다. 루건은 서둘러서 이 이야기를 수투루와 북토에게 밝혔다.

[뭣이?]

수투루와 북토의 얼굴도 대번에 딱딱하게 굳었다.

[으으음. 셰도우라면 만만치 않은데.]

수투루가 말꼬리를 흐렸다.

[녀석은 우리가 직접 나서도 승리를 자신할 수 없어.]

북토도 한 마디를 보탰다.

루건, 수투루, 그리고 북토는 역마 최상급에 올라서서 진마의 벽을 코앞에 둔 처지였다. 그들은 진마급 강자가 아니라면 그 누구도 두려워하지 않았다.

그러나 상대가 셰도우라면 이야기가 달랐다. 셰도우 또한 세 장수들과 마찬가지로 역마 최상급의 존재였다. 게다가 셰도우는 은신에 있어서는 둘째가라면 서러워할 정도로 실력이 탁월했다. 세도우가 한 번 몸을 숨기기로 작정을 하면 그의 존재를 찾아내기란 거의 불가능하다는 소리였다.

루건, 수투루, 그리고 북토는 머리를 맞대고 상의한 끝에 이 사실을 이탄에게 보고하기로 결정했다.

3명의 장수들은 즉위식이 개최되었던 별궁으로 이자벨라를 찾아갔다. 기존의 영주궁이 폐허가 된 탓에 이곳 별궁이 이자벨라의 임시 거처로 정해졌다.

표면적으로는 루건 일행이 알현하려는 대상이 신임 영주인 이자벨라였다. 하지만 사실 그들이 진짜로 보고를 올릴 대상은 이자벨라가 아니라 이탄이었다.

이자벨라가 하늘색 의자에 오만하게 앉아서 세 악마종 장수들을 맞이했다. 그러는 동안 이탄은 뒤쪽 창가에 몸을 비스듬히 기대고서 이야기를 들었다.

세 악마종 장수들은 이탄을 힐끗 쳐다본 다음, 이자벨라 앞에 한쪽 무릎을 꿇었다. 어쨌거나 그들이 섬기는 주군은 이자벨라이기 때문이었다.

루건은 우선 두 동료를 이자벨라에게 소개했다.

[루아 영주님, 이 2명은 저의 옛 동료들로, 리후가 님을 섬기던 충신들이었습니다. 앞으로 저희는 루아 영주님께 충성을 다하고자 합니다. 부디 영주님께서는 저희를 마음껏 부려주십시오.]

[영주님의 즉위를 축하드립니다. 수투루입니다.]

[축하드립니다. 저는 북토입니다.]

수투루와 북토가 이자벨라를 향해서 차례로 인사를 올렸다.

이자벨라는 능숙하게 두 악마종의 인사를 받았다. 원래 이자벨라는 아랫것들을 다루는 데 익숙했다.

몇 마디 의례적인 이야기가 오고간 뒤, 드디어 루건이 본론을 꺼냈다.

루건이 언급한 핵심은 총 세 가지였다.

첫째, 진짜 루아가 아지트를 탈출하여 사라졌다는 점.

둘째, 진짜 루아의 곁에 리후가의 친위대가 붙어 있다는 점.

셋째, 어쩌면 친위대장인 셰도우가 생존해 있을지도 모른다는 점.

루건은 최대한 솔직하게 현재 상황을 보고했다.

Chapter 2

루건은 표면적으로는 이자벨라를 향해서 보고를 올렸지만, 사실 그가 진짜로 보고한 대상은 이자벨라라기보다는 이탄이었다.

이자벨라가 눈을 내리 깔은 채 뇌까렸다.

[그 계집애가 바보가 아니라면 앙리망 영지가 위험하다는 걸 깨달았겠군? 그렇다면 걔는 이미 이곳을 떠나서 외부로 도망쳤겠네. 이송마법진을 통해서 말이야.]

이자벨라는 루아를 '그 계집애'라고 표현했다.

이자벨라의 판단이 옳았다. 부정 차원은 어마어마하게 넓었기에 진짜 루아가 제아무리 빠른 속도로 비행을 한다고 해도 벌써 앙리망 영지를 떠났을 가능성은 없었다. 다만 이송마법진이 문제였다.

루건도 그 점을 염두에 두었다.

[영주님의 말씀처럼 루…… 아니 그 여자가 앙리망 영지를 떴을 가능성이 다분합니다. 다만 영지 내에 존재하는 공식적인 이송마법진은 저와 수투루, 북토가 미리 장악해두었습니다. 따라서 그 여자가 공식 마법진을 이용해서 탈출했을 가능성은 없습니다. 대신 비밀 이송마법진을 사용했을 가능성은 여전히 남아있습니다.]

루건은 비밀 이송마법진을 입에 담았다.

리후가와 같은 고위 악마종들은 만일의 사태를 대비하여 아무도 모르는 곳에 비밀 이송마법진을 설치해 두곤 했다. 그래야 반역과 같은 비상사태가 벌어졌을 때 몸을 피신할 수 있기 때문이었다.

'리후가 님이 루아 아가씨에게 비밀 이송마법진의 위치를 귀띔해 주었을 게야. 그리고 루아 아가씨는 위험을 느끼고는 그 마법진을 사용했겠지.'

루건은 이렇게 판단했다.

'그나마 루아 아가씨 혼자 도망친 거라면 다행이지만, 최악의 경우엔 셰도우가 이끄는 친위대원들이 루아 아가씨를 피신시켰을 수도 있어.'

그 생각만 해도 루건은 속이 바짝 타들어 갔다.

이탄은 이미 이전 영주들을 죽여 버렸다. 그 후 이탄은 이자벨라를 루아라고 속여서 영주의 자리에 앉혀놓았다.

루건 일행도 이탄의 이 무모한 행위에 동조했다.

'이 와중에 진짜 루아를 놓치기라도 한다면? 그녀가 외부의 세력을 끌어들여 일을 키워버린다면?'

그럼 문제가 더 꼬일 수밖에 없었다. 루건은 입 안이 바짝 타들어 갔다.

이자벨라가 화제를 다른 곳으로 돌렸다.

[일단 앙리망 영지의 주변 정세부터 말해 보거라. 특히 리후가와 우호적인 영지부터 읊어봐.]

[네?]

[그 계집애가 우호적인 곳으로 도망쳤을 가능성이 높잖

아? 안 그래?]

이자벨라가 지배자의 아우라를 풍기면서 물었다.

이자벨라는 역시 노련했다. 그녀는 짧은 시간 안에 도망자의 심리상태를 꿰뚫어 보았다.

[아!]

루건, 수투루, 북토는 서로 얼굴을 마주 보았다.

사실 루건을 포함한 이들 세 악마종 장수들은 진마 최상급(?)인 이탄의 무력만 믿고서 권력 찬탈에 가담했다.

한데 이제 보니 가짜 루아 역할을 맡은 이자벨라도 보통내기가 아니었다.

'신임 영주님이 똑 부러지시네.'

'뭐, 나쁠 것은 없지.'

'신임 영주님이 뛰어나면 뛰어날수록 우리도 안전해질게야.'

세 악마종 장수들은 눈짓으로 속마음을 주고받은 다음, 이자벨라의 질문에 대답했다. 루건이 동료들을 대표하여 입을 열었다.

[저희 앙리망 영지는 크게 6개의 외부 세력과 맞닿아 있습니다.]

루건은 뇌파로 설명하는 것만으로는 부족하다고 느꼈는지 허공에 홀로그램 지도를 하나 띄웠다.

북쪽의 푸시킨.

동쪽의 파항.

남쪽의 굴롱

남서쪽의 토음.

북서쪽의 푸룸라.

　지도에는 이상 6개의 영지명이 떠올랐다. 이들 여섯 영
지는 앙리망의 주변을 빙 둘러싼 모습이었다.

　이 가운데 북쪽의 푸시킨은 범접하기 힘든 대형 영지였
다. 그곳의 영주인 푸시킨은 이미 진마 최상급에 올라선 초
강자로, 그가 본격적으로 남하를 감행한다면 앙리망 영지
는 폭풍 앞의 촛불처럼 위태로워질 수밖에 없었다.

　하지만 다행히도 푸시킨은 남쪽으로 시선을 돌릴 여유가
없었다. 푸시킨 영지 위쪽으로 제국의 대영지들이 줄줄이
늘어서 있는 탓이었다. 심지어 이들 대영지 너머에는 제국
의 군주가 머무르는 수도가 위치했다.

　따라서 푸시킨 영주의 입장에서는 북쪽으로 신경 집중할
수밖에 없었다. 그에게 남쪽의 영지들은 언제든지 정리를
할 수 있는 잡초에 불과했다.

　한편 앙리망 영지의 동쪽에 위치한 파항은 앙리망과 규

모가 엇비슷했다. 그곳의 영주인 파항도 앙리망과 마찬가지로 진마 상급 수준이었다.

그런데 파항은 앙리망과 오랜 라이벌 관계로 사이가 아주 나빴다. 이탄이 테인과 레스아를 죽이기 전까지 루건을 비롯하여 수투루, 북토 등이 배치되었던 시골 성들은 모두 파항 영지에서 앙리망 영지로 쳐들어오는 길목에 놓인 곳들이었다.

이전 영주였던 테인과 레스아는 껄끄러운 장수들을 모두 이 길목에 배치하여 방패로 삼았던 것이다.

말이 좋아서 방패지, 사실은 고기방패라는 표현이 더 적합했다. 파항 영지와 인접한 성의 성주들은 늘 치열한 혈투에 시달렸으며, 적과 싸우다 전사할 가능성이 거의 99퍼센트에 달했다.

한편 남쪽의 굴롱은 앙리망보다 작은 중형 영지에 불과했다. 굴롱 영주도 진마 중급 수준으로 중대형 영지의 영주들과 어깨를 견줄 수는 없었다.

[살아생전 앙리망 영주님께서는 굴롱과 토음을 편하게 생각하셨습니다.]

루건은 이탄의 이해를 돕기 위해 이러한 설명을 덧붙였다.

남서쪽에 위치한 토음 영지는 굴롱보다도 더 약했다. 토음은 소형에서 중형으로 막 발돋움하려는 신생영지로, 그 곳을 다스리는 영주도 진마 중급에 불과했다.

이어지는 루건의 말에 따르면, 앙리망의 주변을 둘러싼 영지들 가운데 토음이 최약체라고 했다.

Chapter 3

루건은 마지막으로 북서쪽의 푸룸라를 입에 담았다.

루건의 설명에 따르면, 푸룸라는 앙리망보다 크기는 좀 작지만 군사력은 엇비슷한 중대형 영지라고 했다. 다만 그 곳의 영주인 푸룸라는 나이가 아직 어려 진마 중급에 갓 도 달한 상태였다.

'결국 복쪽에 푸시킨이 대형 영지고, 그 아래쪽에 앙리 망, 파항, 푸룸라가 나란히 중대형급이네. 그보다 더 아래 에 위치한 굴롱과 토음은 체급이 중형 이하이고.'

루건의 설명을 한 줄로 요약하자면 [앙리망 영지를 중심 으로 북쪽은 강하고 남쪽은 약하다.]였다.

이탄은 층층이 구분되는 세력 분포도를 머릿속에 담아두 었다.

그러는 사이 루건은 각 영지들 간의 역학관계를 지도 위에 표시했다. 루건은 적대 세력은 빨간색으로, 위험 세력은 노란색으로 표시했다.

파항 영지는 앙리망 영지와 오랜 적대관계인지라 당연히 빨간색이었다.

반면 푸룸라 영지는 원래 앙리망과 우호관계였다. 한데 루건은 푸룸라도 파항 영지에 버금가게 위험하다고 보았다.

[영주님, 북서쪽의 푸룸라는 우호적 관계에서 위험 관계로 돌아섰다고 판단하셔야 합니다. 왜냐하면 이전 영주였던 테인 님이 푸룸라의 영주와 의형제를 맺었을 뿐 아니라 혼인 관계로도 얽혀 있기 때문입니다.]

이어서 루건은 남쪽의 굴롱 영지에도 노란색을 칠했다.

[굴롱 영지 또한 영주님께서 경계를 늦추시면 안 됩니다. 굴롱은 이전 영주였던 레스아 님과 관계가 깊은 까닭입니다.]

테인과 레스아는 이탄의 손에 죽었다. 그 결과 앙리망 영지는 동쪽의 파항 영지와 적대 관계일 뿐 아니라 북서쪽의 푸룸라 영지, 남쪽의 굴롱 영지와도 분쟁이 터질 위험에 직면했다.

종합해 보면, 현재 앙리망 영지의 삼면이 온통 다 적으로 둘러싸인 셈이었다.

이자벨라는 한참 동안 설명을 들은 뒤, 다시 처음 질문으로 돌아갔다.

[그래서, 그 계집애에게 우호적인 곳이 어디야?]

루건이 고개를 가로저었다.

[딱히 우호적인 곳은 없습니다. 최소한 제가 알기로는 그렇습니다.]

이자벨라가 수투루와 북토에게 시선을 던졌다.

[너희들 생각은 어때?]

[저도 루건과 같은 의견입니다. 사실 루아⋯⋯, 아니 그여자에게는 뒤를 봐줄 만한 후견인이 없습니다.]

북토가 먼저 대답했다.

마지막으로 수투루가 설명을 보탰다.

[돌아가신 리후가 님은 북쪽의 푸시킨 영지와 인연의 끈을 만들어 두셨습니다. 리후가 님의 첫째 부인이 푸시킨 영지 출신이십니다. 하지만 그 끈은 이미 끊어진 상태입니다.]

수투루의 설명에 따르면, 리후가의 첫째 부인은 질투가극심했다. 그녀는 남편이 다른 부인들을 통해서 낳은 자식들을 모두 미워했다.

그러니까 진짜 루아가 푸시킨 영지를 등에 업을 가능성은 전무하다. 이것이 수투루가 하고자 하는 이야기였다.

[하!]

이자벨라가 입매를 고약하게 비틀었다. 이자벨라는 손으로 의자 팔걸이도 탁 내리쳤다. 역마를 넘어선 진마의 기세가 이자벨라의 등 뒤에서 거칠게 일어났다.

[그래서, 그 계집애에게 우호적인 곳이 없으니까 아무런 위협도 되지 않을 거다? 지금 이 소린가? 어디서 그런 한가한 소리나 지껄이고 있어? 앙?]

이자벨라가 화를 내자 섬뜩한 기운이 휘몰아쳤다.

루건이 황급히 바닥에 머리를 조아렸다.

[영주님, 고정하십시오. 저희는 그런 의미로 말씀드린 것이 아닙니다. 그 여자가 가진 위험성은 저희들도 잘 알고 있습니다. 만에 하나 이웃 영지에서 그 여자의 신분을 알게 된다면 그들은 이 약점을 빌미로 저희들에게 많은 것을 요구할 겁니다. 그게 아니더라도 이웃 영지들은 이 사실을 널리 퍼트려서 저희 영지를 흔들려고 시도할 겁니다.]

루건의 말이 옳았다. 이자벨라가 가짜라는 소문을 퍼뜨리는 것만으로도 앙리망 영지는 흔들릴 것이 분명했다.

루건의 입에서는 한숨이 절로 나왔다.

'쿠후우, 이웃 영지의 악마종들이 이 좋은 기회를 놓칠 리 없지. 이탄 님께서 너무 일을 서두르셨어. 테인 님과 레스아 님을 치기 전에 우선 루아 아가씨부터 처리했어야 하

거늘. 쿠후우우.'

그렇다고 루건이 이탄에게 따질 수 있는 입장도 아니었다.

'어떻게든 이번 일을 내 손으로 수습을 해볼 수밖에.'

루건이 진짜 루아를 뒤쫓을 방도를 고민할 때였다. 이탄이 팔짱을 풀고 이자벨라의 곁으로 다가왔다.

[이탄 님?]

이자벨라가 이탄을 돌아보았다.

세 악마종 장수들의 시선도 이탄에게 쏠렸다.

이탄이 이자벨라의 의자 등받이에 한 손을 얹고서 대화에 끼어들었다.

[내가 그 여자라면 푸시킨 영지로 갔을 것 같군.]

[이탄 님, 왜 그렇게 생각하시나용?]

이자벨라가 이탄에게 이유를 물었다. 이자벨라는 조금 전과 달리 이탄에게는 코맹맹이 소리를 냈다.

이탄이 덤덤하게 대답했다.

[이 일대에서 앙리망을 휘청거리게 만들 수 있는 곳은 푸시킨 영지뿐이니까. 뭐, 내 예상이 틀릴 수도 있지. 내가 미래를 예측하는 능력이 별로 좋지 않거든.]

이탄은 이렇게 중얼거린 뒤, 루건에게 시선을 돌렸다.

[루건.]

[넵. 말씀하십시오.]

[그 여자애를 찾는 것은 사소한 일이다. 그런 사소한 것에 신경 쓰지 말고 앙리망 영지의 병력을 최대한도로 끌어모아둬라.]

루건이 하소연을 했다.

[하오나 이탄 님, 지금 병력을 모아서 치안을 안정시키는 것도 중요하지만 그 여자 문제도 소홀히 할 수 없습니다. 만약 그녀가 적들의 손에 들어간다면 신임 영주님께서 받으실 타격이 상당히 클 수밖에…….]

이탄은 루건의 뇌파를 중간에 끊었다.

[너희들에게 한 달의 시간을 주겠다. 그 안에 영지의 병력을 전부 집결시켜라.]

[이탄 님…….]

[한 달 정도의 시간이 지나면 우리가 찾지 않아도 그 여자 스스로 나타날 거다. 아마도 그 여자는 푸시킨, 혹은 파항, 아니면 푸룸라 영지를 등에 업고서 자신이 진짜 루아라고 선포할 테지. 앙리망 영지가 혼란에 빠지기를 바라면서 말이야.]

이탄은 미래를 그리는 듯한 눈빛으로 허공을 바라보았다. 이탄의 입가에는 묘한 미소가 어렸다. 그 미소에서 어쩐지 피냄새가 풍기는 듯했다.

루건과 수투루, 북토는 홀린 듯이 이탄의 독백을 들었다. 그것은 이자벨라도 마찬가지였다.

Chapter 4

이탄이 천천히 뇌파를 이었다.

[만약에 한 달 뒤에도 세상이 조용하다면, 그것은 그 여자가 어디로 멀리 숨어버렸다는 뜻일 테니까 너희들이 걱정을 덜어도 될 테지. 하지만 앙리망의 피를 이어받은 증손녀가 그렇게까지 형편없는 겁쟁이일 것 같지는 않군.]

이자벨라가 이탄의 말을 받았다.

[이탄 님 말씀처럼 그 계집애가 배짱이 두둑하다면 주변의 힘 있는 영주를 찾아가겠죵. 그러면 그 영주는 계집애를 부추겨서 폭탄선언을 하게 만들 테고요. 그래야 우리 앙리망 영지의 전열이 흐트러질 테니까요.]

주변의 영주들은 앙리망 영지가 분열되는 것을 바라고 있었다. 이 상황에서 '신임 영주가 진짜냐 가짜냐?'라는 논쟁이 벌어지면 앙리망 영지는 필연코 흔들릴 수밖에 없었다. 루건이 가장 우려하는 점도 바로 이것이었다.

이탄의 생각은 달랐다.

[전열이 흐트러지기는 왜 흐트러져?]

[넹?]

이자벨라가 눈을 동그랗게 떴다.

[진짜냐 가짜냐 논쟁은 곧 사그라질 거다. 그 여자가 등장하는 순간, 우리는 앙리망의 전 병력을 이끌고 무조건 전쟁을 일으킬 테니까.]

이탄의 입에서 폭탄선언이 떨어졌다.

[네에? 선공을 취하신단 말씀이십니까?]

루건의 눈이 왕방울처럼 커졌다.

수투로와 북토도 입을 쩍 벌렸다.

심지어 어지간한 일에는 잘 놀라지 않는 이자벨라도 기겁했다.

[그래. 나는 루아를 부추긴 영지로 무조건 쳐들어갈 거다. 그 여자를 조정하는 자가 푸시킨이건, 파항이건, 푸룸라건, 혹은 3명의 영주 전부건 상관없어. 우리가 본격적으로 전쟁을 일으키는 순간, 진짜 루아 논쟁은 수면 아래로 가라앉을 거야.]

이탄이 선포하듯이 이야기했다.

루건은 황급히 이탄을 만류했다.

[송구하오나 이탄 님, 진짜 루아 논쟁을 덮기 위해서 전면전을 일으킨다는 말씀은 너무 과하십니다. 저희 앙리망

의 병력으로는 푸시킨과 싸울 수 없습니다. 그것은 스스로 용암에 뛰어드는 것과 다를 바가 없습니다. 부디 다시 생각 해주십시오.]

수투루와 북토도 이탄을 말리려고 들었다.

그 전에 이탄이 선수를 쳤다.

[과연 그럴까? 푸시킨 영지의 위쪽에는 또 다른 대형 영지들이 우글거린다면서?]

이탄이 빙글빙글 웃었다.

루건이 흠칫했다.

앙리망이 푸시킨을 물어뜯으면?

그러면 푸시킨 북쪽의 대형 영지들은 이때다 싶어서 병력을 남하시킬 것이다. 푸시킨 영지도 앙리망에게만 신경을 쓸 수 없다는 뜻이었다.

루건은 그 사실을 잘 알면서도 감히 북쪽으로 먼저 치고 올라갈 생각은 꿈도 꾸지 못했다. 앙리망을 포함한 이전의 영주들도 그런 황당한 계획을 세우지는 못했다. 푸시킨의 막강한 군사력도 무섭지만, 무엇보다 그곳의 영주가 진마 최상급의 어마어마한 존재이기 때문이었다.

다만 그때와 지금은 차이가 있었다.

이탄은 앙리망이 아니었다. 루건은 그 점을 비로소 머릿 속에 떠올렸다.

'따지고 보면 이탄 님도 진마 최상급이 아닌가! 만약 이탄 님께서 푸시킨을 막아주시기만 한다면 충분히 해볼 만도 해. 이탄 님의 말씀처럼 푸시킨 영지는 우리에게 전 병력을 돌릴 수 없을 테니까.'

루건에게 살짝 자신감이 붙었다.

루건이 긍정적으로 검토를 하는 사이, 수투루는 반대 의견을 내었다.

[하오나 이탄 님, 만약 저희가 전병력을 동원하여 푸시킨 영지를 공격한다면 이웃한 파항 놈들이 가만히 있겠습니까? 그놈들도 분명히 저희의 측면을 칠 겁니다.]

수투루의 주장이 옳았다. 사방에 적에게 둘러싸인 것은 푸시킨 영지만이 아니었다. 앙리망의 주변에도 군침을 흘리는 늑대들이 우글거렸다.

'수투루의 말이 맞아.'

'과연 이탄 님은 무슨 답변을 내놓으실까?'

이자벨라를 비롯한 악마종들의 시선이 이탄에게 쏠렸다.

이탄이 검지를 좌우로 까딱였다.

[후훗. 우리가 푸시킨으로 치고 올라가면, 주변의 늑대들이 우리의 배후를 물어뜯을 거다? 그건 말도 안 되는 소리지. 물론 우리가 푸룸라로 쳐들어가면 파항이 우리의 뒤를 집적거릴 테지. 파항 영지는 우리 앙리망 영지를 물어뜯을

기회만 노리는 곳이니까. 하지만 우리가 푸시킨을 공격한다면 이야기는 달라진다. 우리가 대놓고 푸시킨을 칠 것이라고 누가 예상을 했겠나? 원래 모든 생명체들은 예상 밖의 사태가 벌어지면 멈칫하는 법이거든. 그러니까 파항은 꼼짝도 못 할 거다. 자고로 늑대끼리 싸울 때는 다른 늑대가 끼어들 여지가 있으나, 사자들의 싸움에는 늑대가 감히 끼어들지 못하는 법이다.]

이탄의 말에는 자신감이 흘러넘쳤다.

[아아!]

이자벨라는 영리하게도 이탄의 말뜻을 알아들었다.

확실히 이탄의 주장은 일리가 있었다.

'푸시킨 영지는 이 일대에서 단연 넘버원이지. 그런데 우리가 그 강한 푸시킨에게 달려든다면? 그럼 파항 영주나 푸룸라 영주는 오히려 이게 무슨 사태인가 놀라서 머뭇거릴 수 있어.'

이자벨라가 보기에 이탄의 발상은 확실히 놀라웠다.

하지만 그만큼 위험도 컸다.

'만약에 북쪽의 대형 영지들이 제 타이밍에 푸시킨 영지를 압박해주지 않는다면? 혹은 파항이나 푸룸라가 이탄의 예상을 깨고 기다렸다는 듯이 앙리망 영지의 뒤를 친다면?'

그럼 앙리망은 사방에서 공격을 받아 존립 자체가 위태로워 질 것이다. 루건, 수투루, 북토는 침만 꼴깍 꼴깍 삼킬 뿐 아무런 의견도 꺼내지 못했다.

이탄이 코웃음을 쳤다.

[흥. 뭘 그렇게 망설이는 거야? 어차피 리후가가 내전에서 밀려서 죽었을 때부터 너희들의 운명은 벼랑 끝에서 나락으로 떨어지는 판국이었다. 그러다 이번에 나와 함께하면서 너희들의 위치가 다시 상승했지. 그때 너희들은 어떤 마음으로 나와 함께하기로 결심했나? 너희가 그 결심을 했을 때부터 이미 너희들 3명은 죽음을 각오한 것 아니었나?]

[윽.]

[그건!]

루건 등은 말문이 막혔다.

Chapter 5

이탄이 뇌파를 이었다.

[나락에서 벗어났다고 해서 안심하지 마라. 테인과 레스아가 죽은 그 순간부터 너희들의 운명은 이미 바람 앞의 촛

불 신세인 거다. 리후가의 딸이 도망치는 바람에 그 바람이
조금 더 거세졌을 뿐이지. 여기서 너희들에게 더 나빠질 게
뭐가 있겠나? 소극적으로 영지의 치안에만 신경을 쓰고 납
죽 엎드려 지내봤자 한 달쯤 뒤에는 폭풍이 몰아칠 거다.
그 폭풍에 휘말려 스러질 바에는 차라리 폭풍의 눈으로 먼
저 뛰어드는 편이 차라리 낫지. 안 그런가?]

이탄의 웅변은 구구절절 옳았다. 루건과 수투루, 그리고
북토는 반란에 가담할 때부터 이미 사자의 등에 올라탄 셈
이었다. 그렇게 한 번 사자의 등에 올라탄 이상 그들은 중
간에 내릴 수가 없었다.

'쿠웃. 어차피 죽을 판이라면 한 번 끝까지 달려가 볼 수
밖에.'

루건이 어금니를 꽉 물었다.

'가보자.'

'이왕에 내친걸음이야.'

수투루와 북토의 손등에도 힘줄이 툭 불거졌다.

피사노교의 적성 검사 결과에 따르면, 신탁사도 분야에 대
한 이탄의 재능은 고작 10퍼센트였다. 그래서 이탄은 '내가
미래를 예측하는 재능은 꽝인가 보구나.'라고 받아들였다.

그런데 희한하게도 이탄의 예언이 거짓말처럼 적중했다.

이자벨라의 즉위식이 거행된 지 채 한 달도 지나지 않은 7월 2일, 푸시킨 영지가 중대발표를 터뜨렸다.

—— 포 고 문 ——

얼마 전 앙리망 영지의 신임 영주로 즉위한 루아는 가짜다.

전 영주 앙리망의 손자이자 푸시킨 영지의 사위인 리후가가 루아라는 딸을 둔 것은 사실이다.

하지만 그 진짜 루아는 지금 우리 푸시킨 영지의 보호 아래 있다. 따라서 6월 11일에 즉위를 한 루아는 가짜다.

이에 우리 푸시킨 영지는 앙리망 영지가 다음과 같은 절차를 밟을 것을 촉구한다.

— 첫째, 가짜 루아의 즉위식은 무효로 처리한다.

— 둘째, 가짜 루아는 즉시 영주의 자리에서 내려와야 한다.

— 셋째, 가짜 루아의 사퇴 후 앙리망 영지는 절차에 따라 신임 영주를 뽑아야 한다.

— 넷째, 본 푸시킨 영지는 앙리망의 신임 영주의 후보로 진짜 루아를 추천한다.

이러한 포고문이 온 사방에 나붙었다.

푸시킨 영지의 발표는 공표와 동시에 큰 반향을 일으켰다. 특히 영주 즉위식을 막 끝낸 앙리망 영지가 폭풍에 휩싸였다.

앙리망을 둘러싼 주변 영지의 영주들은 이것을 절호의 찬스라고 생각했다.

'옳거니! 앙리망 영지가 또 한 번 내전에 휘말리겠구먼. 흐흐흐.'

'그렇다면 이번 기회에 영토를 넓혀볼까? 내전에 휘말린 앙리망 영지가 어디 제대로 대응이나 하겠어?'

주변의 영주들은 일제히 군침을 삼켰다.

그러는 동안 푸시킨 영지는 앙리망 영지로 사신을 보냈다. 가짜 루아를 호되게 몰아붙여서 앙리망을 흔들어 놓겠다는 것이 푸시킨 영지의 의도였다.

갓 즉위한 신임 영주가 푸시킨의 압박에 대응을 하기는 쉽지 않아 보였다. 루아(이자벨라)의 정통성이 훼손된 이상 앙리망 영지 곳곳에서 다른 의견들이 흘러나올 것이 뻔했다. 또한 제국 황실에서도 이번 논란이 가라앉을 때까지 루아의 즉위를 허락하지 않을 가능성도 다분했다.

푸시킨 영지의 입장에서 이것은 손을 대지 않고도 코를 풀 수 있는 절호의 찬스였다.

바로 그때 미친 일이 벌어졌다. 당황해서 어쩔 줄 몰라야 할 앙리망 영지가 오히려 기다렸다는 듯이 푸시킨을 물어뜯었다.

7월 2일 밤.

늦은 시각임에도 불구하고 앙리망 영지는 푸시킨의 주장에 반박하는 반박문을 전격적으로 발표했다.

—— 반 박 문 ——

하나, 우리 앙리망의 전 영주님은 푸시킨 영지에 의해 타살을 당했다.

하나, 전 영주이신 앙리망 님의 손자인 리후가 님도 푸시킨 영지에 의해 타살을 당했다.

하나, 그 후 푸시킨 영지는 꼭두각시인 테인과 레스아를 내세워 우리 앙리망 영지를 통치하려 획책했다.

하나, 영주님과 그 후견인이신 이탄 님께서 푸시킨 영지의 만행을 저지하고 꼭두각시들을 물리치자, 당황한 적들은 루아 영주님을 가짜라고 우긴다.

하나, 현명하게도 루아 영주님께서는 푸시킨 영지가 이런 논쟁을 유도할 것을 미리 짐작하셨다.

하나, 지금 이 순간부터 우리 앙리망 영지는 푸
시킨 영지를 적으로 규정한다.

하나, 전쟁이다!

위와 같은 반박문이 공표된 것은 시작에 불과했다. 앙리
망 영지는 반박문을 발표하는 것과 동시에 병력을 북상시
켰다.

루건, 수투루, 북토가 3개로 편성한 군단을 이끌고 북쪽
경계선을 넘었다. 이탄과 이자벨라도 영지의 장수들과 어
깨를 나란히 했다. 물론 코후엠도 울며 겨자 먹기로 전쟁터
에 끌려왔다.

경악스럽게도 이자벨라는 앙리망 영지에 수비병을 거의
남겨놓지 않았다. 치안병도 정말 최소로만 남겼다. 이자벨
라는 영지의 전군을 이끌고 그대로 북진을 해버렸다.

이는 미리 준비된 전쟁이 분명했다. 신임 영주가 푸시킨
영지를 상대로 미리 전쟁 준비를 해놓지 않았다면 이렇게
전격적인 대응은 불가능하리라.

덕분에 주변에는 이러한 소문이 돌았다.

[진짜로 푸시킨이 앙리망 영지에 작업을 해놓은 것일까?
진짜로 그들이 앙리망 전 영주를 암살했을까?]

[아마도 그랬겠지. 모르긴 해도 그동안 앙리망 영지가 쌓

인 게 많았나 봐. 그렇지 않고서야 앙리망 같은 어중간한 영지가 대형 영지인 푸시킨을 향해서 저렇게 미친놈처럼 달려들겠어?]

[그렇다면 푸시킨 영지에서 주장한 가짜 루아설도 거짓말이었겠네?]

[당연한 것 아냐? 그것도 다 조작이겠지.]

막상 전쟁이 터지자 루아가 진짜인지 가짜인지는 중요하지 않았다. 체급이 낮은 앙리망 영지가 겁도 없이 대형 영지에게 달려들었다는 점이 관심을 끌었다.

그것도 그냥 덤빈 게 아니었다. 앙리망 영지는 전 병력을 모아서 죽기 살기로 진격했다.

밤이 지나고 새벽이 터올 즈음, 이자벨라가 이끄는 영지군은 푸시킨 영지의 경계선을 넘어서 적의 첫 번째 성을 함락시켰다.

Chapter 6

수백 척의 마도전함이 푸시킨의 남쪽 성을 사정없이 폭격했다. 이어서 루건이 이끄는 돌격 군단이 성에 주둔 중이던 푸시킨의 병력들을 깡그리 몰살시켰다.

이자벨라는 성 하나를 박살낸 것으로 만족하지 않았다. 그녀는 곧바로 부하들을 채찍질해서 북상을 계속했다.

앙리망 영지의 기습공격 소식은 다음 날 아침이 되어서야 푸시킨 영주성에 전해졌다. 푸시킨 영주성이 발칵 뒤집힌 것은 당연한 일이었다.

[아니, 이 새끼들이 미쳤나?]

푸시킨의 여섯 번째 아들이자 영주의 대행직을 맡고 있던 가니발은 앙리망 영지의 침공 소식에 화를 내기보다는 어리둥절했다.

진짜 루아를 내세워서 앙리망 영지를 흔들어 보려는 계획은 가니발의 머리에서 나왔다. 가니발은 그렇게 앙리망 영지를 툭 건드려본 다음, 협상을 통해서 앙리망의 영토 일부를 빼앗아올 생각이었다.

솔직히 가니발은 앙리망 영지를 실제로 침공할 마음은 없었다. 푸시킨 영지의 현재 정황상 그건 어려웠다.

'굳이 우리가 병력을 동원하지 않아도 앙리망과 같은 약자들은 설설 기게 되어 있어. 모처럼 그럴듯한 약점을 잡았으나 한동안 앙리망 녀석들을 가지고 놀아야지.'

이게 가니발의 속셈이었다. 가니발은 악마종답게 고약하게 웃으면서 가짜 루아 사건을 터뜨렸다.

그런데 푸시킨 영지가 압박을 하기 무섭게 앙리망 녀석

들이 선제공격을 할 줄이야!

가니발은 어이가 없다 못해 헛웃음이 나왔다.

[크화하하하.]

가니발이 호통하게 웃었다.

[우헤헤헤헤헤.]

[히히힉. 힉힉.]

푸시킨 영지의 가신들이 덩달아 웃음을 터뜨렸다.

그러자 가니발이 버럭 소리를 질렀다.

[뭣들 하는 게야? 그렇게 한가하게 처웃을 시간이 있으면 병력이나 끌고 나가라고. 가서 그 가짜 루아 년을 붙잡아 와. 내가 직접 그년의 뇌를 해부해서 뇌 속에 뭐가 들었는지 보겠다. 어디서 감히 앙리망 따위가 우리 푸시킨 영지에 대들어? 어어엉?]

가니발의 눈에서 시뻘건 화염이 타올랐다.

그저 표현만이 아니었다. 실제로 가니발의 눈은 초고온의 열기를 내뿜는 화염 덩어리로 변했다.

[넵, 가니발 님.]

[명을 받들겠습니다.]

화들짝 놀란 가신들이 후다닥 뛰쳐나왔다. 푸시킨의 가신들은 급한 대로 예비 병력을 편성하여 남쪽으로 진군을 시작했다.

푸시킨 영지의 주력군이 모두 북쪽에 배치된 터라 예비 병력이 그리 많지는 않았다.

B급 마도전함 200척.

역마급 악마종 11,000여 명.

일반마급 악마종 60만 명.

불과 두 시간 만에 끌어 모은 병력은 이 정도가 전부였다.

[그래도 앙리망 따위를 징벌하기에는 충분하지.]

[남쪽의 비렁뱅이 따위가 감히 여기가 어디라고 쳐들어와? 아주 본때를 보여주마.]

[전구운— 출격하라.]

푸시킨의 가신들은 이빨을 뿌드득 갈면서 출전을 명했다.

가장 먼저 마도전함들이 동원되었다.

고오오옹! 고옹! 고오옹!

검은 바탕에 은색 문자가 새겨져 있는 마도전함 200척이 푸시킨 영주성 상공을 새까맣게 뒤덮으며 떠올랐다.

부정 차원은 문명이 고도로 발달된 곳이었다.

마치 위쪽 논의 물이 아래쪽 논으로 흘러넘치는 것처럼, 부정 차원의 문명도 그릇된 차원과 피사노교로 전해져 내려갔다. 그러므로 부정 차원의 마도전함은 피사노교의 그

것보다 훨씬 더 강력할 수밖에 없었다.

이것은 단순히 마도전함에 탑재된 무기가 강력하다는 의미만은 아니었다. 부정 차원의 B급 마도전함에는 또 다른 기능이 있었다. 마도전함 자체가 대규모 병력을 공간이동시키는 마법도구인 것이다.

200척의 마도전함이 각자 정해진 위치로 떠올랐다. 마도전함의 옆면에 새겨진 은색 문자가 휘황찬란한 빛을 토했다. 그 빛이 서로 연결되면서 어마어마한 크기의 대규모 이송마법진을 구성했다.

후왕!

하늘에서 작렬한 빛기둥이 60만 악마종들의 머리 위에 내리쬐었다.

[우워어어어!]

[가자!]

푸시킨 영지의 악마종들은 각자의 탈것에 올라탄 채 무기를 손에 들었다. 그리곤 고개를 위로 들어 쏟아지는 빛의 기둥을 올려다보았다.

전쟁터로 출전하는 악마종들의 눈동자가 잔혹한 살기를 머금었다. 자신보다 약자를 짓밟고 괴롭히러 출전하는 것은 악마종들의 보편적 즐거움이자 유흥거리였다. 푸시킨 영지의 악마종들이라고 해서 다를 리 없었다.

60만 명이 넘는 악마종들이 한순간에 사라졌다. 하늘에 떠 있던 200척의 마도전함들도 싹 다 자취를 감추었다.

같은 시각.

머나먼 남쪽 평야에서는 벼락이 콰콰쾅 내리쳤다. 그 벼락과 함께 눈 부신 빛의 기둥이 먹구름을 뚫고 내리쬐었다. 먹구름 사이에서 우르릉 우르릉 전하가 뛰놀았다.

하얀 전하가 파지지직 푸른 불통을 토해놓는가 싶더니, 이내 200척이나 되는 마도전함 함대가 그 모습을 드러내었다.

지상에서는 60만 명이 넘는 악마종 병사들이 그 모습을 드러내었다.

구불구불한 뿔을 가진 악마종부터 시작해서 메마른 고목을 연상시키는 악마종, 드래곤을 닮은 악마종에 이르기까지, 60만 병력의 모습은 제각기 달랐다. 악마종 병사들의 머리 위에는 푸시킨 영지를 상징하는 깃발이 세차게 펄럭였다.

따각, 따각, 따각.

푸시킨 진영의 노가신 한 명이 외뿔 흑마를 몰아서 군단의 선두로 나왔다. 깊게 눌러쓴 적색의 투구 사이로 노가신의 눈이 무섭게 번뜩였다.

Chapter 7

노가신의 시선이 향한 곳에는 앙리망의 군단이 포진 중이었다.

한데 그 수가 어마어마했다.

[앙리망의 촌것들이 다 함께 동반자살을 하려고 작당모의라도 했나? 설마 놈들이 영지민들을 죄다 끌고 온 것은 아니겠지?]

노가신은 기가 막혔다.

어이가 없게도 앙리망의 군단은 지평선 동쪽 끝에서 서쪽 끝까지를 가득 채우고도 넘쳤다. 그 뒤로도 새로운 병력들이 해일처럼 계속해서 밀려드는 중이었다.

그때였다. 1 미터나 되는 뻐드렁니를 가진 악마종이 쿵쿵쿵 걸어서 노가신의 옆으로 다가왔다.

[군단장님 말씀이 맞습니다. 저 정도 병력이면 앙리망 영지의 치안병들까지 싹 끌어모은 듯합니다. 놈들이 아주 작정을 했어요.]

뻐드렁니 악마종은 적색 투구의 노가신을 군단장이라고 불렀다.

뻐드렁니 악마종에 이어서 기다란 뱀의 몸뚱어리를 가진 악마종과 팔이 여럿 달린 악마종들이 차례로 다가왔다.

이들은 모두 푸시킨 영지의 선봉장들이었다.

늙은 군단장은 눈으로는 적진을 살피면서 선봉장들과 의견을 나누었다.

[놈들은 아군보다 병력이 수십 배는 더 많은 것 같으이.]

[흥, 그래 봤자 중급 영지의 하루살이들일 뿐입니다. 군단장님, 제게 중앙을 맡겨주십시오. 단숨에 저 버러지들의 진영을 돌파해 보이겠습니다.]

어깨가 떡 벌어지고 체형이 네모난 악마종이 투구 속에서 으르렁거렸다.

그 말에 뻐드렁니 악마종이 딴죽을 걸었다.

[크흥. 말도 안 되는 소리. 군단장님, 중앙은 제게 맡겨주십시오. 저희 일족이 겁대가리를 상실한 앙리망 놈들에게 피칠갑을 해주겠습니다.]

[아닙니다. 중앙은 저희에게 맡겨주셔야 합니다.]

선봉장들은 서로 중앙을 차지하겠다고 아우성을 쳤다. 수십 배가 넘는 적들을 보고도 망설이는 자는 없었다.

늙은 군단장은 이처럼 부하들의 패기 넘치는 모습이 보기 좋았다.

[크허허. 다들 피가 끓는가 보구먼? 좋아. 아주 좋아.]

늙은 군단장이 모처럼 활짝 웃을 때였다. 지평선 저 너머에서 나체의 악마종이 환상처럼 크게 떠올랐다.

이 악마종은 눈 깜짝할 사이에 뭉게구름이 되어 하늘을 뒤덮더니, 수 킬로미터가 넘는 몽둥이로 푸시킨 영지의 마도전함들을 콰앙! 내리찍었다.

거대 몽둥이에는 주홍색 눈알 수천 개가 빼곡하게 박혀 있었다. 주홍 눈알의 사이사이에는 노란색 눈알도 몇 개가 보였다.

적의 공격을 받은 즉시 푸시킨의 마도전함 주변에 마법 보호막이 반투명하게 떠올랐다. 어지간한 물리공격은 그대로 튕겨버리는 것이 이 마법보호막이었다.

한데 몽둥이에 박힌 수천 개의 눈알이 일제히 괴상한 빛을 내뿜는 것이 아닌가!

그 빛에 접촉하자 마도전함을 보호하던 마법의 보호막이 치지지직 꺼져버렸다. 직후, 수 킬로미터나 되는 거대 몽둥이가 마도전함 네 척을 연달아 내리찍었다.

쿠와앙! 쾅! 쾅! 쾅!

엄청난 폭음이 터졌다. 거대한 전함들이 몸통이 반으로 꺾인 채 시커먼 연기를 내뿜으면서 지상으로 추락했다.

푸시킨의 전함을 후려쳐서 추락시킨 장본인은 다름 아닌 루건이었다.

루건은 역마 최상급의 장수였으나, 보호막으로 감싸져 있는 마도전함을 단숨에 네 척이나 추락시킬 정도로 막강하지는 않았다.

그런 루건이 이처럼 단숨에 기선을 제압할 수 있었던 것은 이탄에게 하사받은 특수한 몽둥이 덕분이었다.

눈알이 빼곡하게 박힌 이 몽둥이는 예전에 이탄이 씨클롭 일족의 강자를 죽이고 빼앗은 전리품이었다.

지난 한 달 사이, 이탄은 아공간 박스 속에 처박아 두었던 보물들을 몇 점 꺼내서 부하들에게 나눠주었다.

이탄의 딴에는 나름 전쟁에 대비해 준비를 한 셈이었다.

그 보물들 가운데 씨클롭 일족의 몽둥이는 루건에게 돌아갔다.

원래 이탄이 이 몽둥이를 전리품으로 빼앗을 때만 하더라도 이 물건은 마도전함의 보호막들을 단숨에 찢어발길 정도로 위력적이지는 않았다.

한데 이탄이 몽둥이를 업그레이드시켰다. 눈알 달린 몽둥이에 뿔브 일족 왕의 재목의 시체를 통째로 갈아 넣은 것이다.

시체를 재료로 사용하여 무기를 강화하는 수법은 악마사원의 오랜 비전 가운데 하나였다. 이탄은 아나테마가 일수 도장을 찍으면서 눈물로 내놓은—사실은 아나테마가 스스로 내놓았다기보다는 이탄에게 갈취당한 것이지만— 비전 수법을 사용하여 보물들을 한 단계 강화시켰다.

그 노력이 지금 빛을 발했다. 루건이 휘두른 몽둥이에는 적의 방어막을 무력화시키는 '방어 무시' 강화가 스며들어 있었는데, 그 효과가 조금 전의 일격을 통해서 증명되었다.

[허!]

단매에 마도전함을 네 기나 박살 낸 뒤, 루건도 깜짝 놀랐다.

루건은 원래 '적함대의 마법보호막을 크게 후려쳐서 깜짝 놀라게 만들어야지.' 라는 속셈으로 선공을 날렸을 뿐이었다.

그런데 결과는 루건의 예상을 초월했다.

놀란 것은 루건만이 아니었다.

[오올!]

[대단한데?]

앙리망 병력의 우측 날개를 담당한 수투루도, 좌측 날개를 지휘하는 북토도 루건의 괴력에 눈에 휘둥그레졌다.

수투루와 북토의 심장이 갑자기 두근두근 뛰었다. 두 장수들은 조금 전 루건이 거둔 성과가 루건의 본래 실력이 아니라 무기 덕분임을 곧바로 알아차렸다.

[무기의 위력이 저 정도였단 말이지? 크화하.]

북토는 자신의 등에 꽂힌 창을 힐끗 돌아보았다.

원래 북토가 사용하던 주무기는 육중한 핼버드였다. 지

금도 북토의 오른손에는 그 애병이 들려 있었다.

다른 한편으로 북토는 등 뒤에 창을 하나 매고 있었는데, 이 창이 바로 이탄에게 하사받은 보물이었다.

특이하게도 창의 날에는 노란 눈알이 반듯하게 박혀 있었다. 노란 눈은 적진을 바라보면서 기괴하게 눈꺼풀을 깜빡거렸다. 창대에도 주홍색 눈알 7개가 일렬로 박혔다. 그 눈알들도 음산한 안광을 연신 내뿜었다.

이 창 또한 루건의 몽둥이와 마찬가지로 강화를 마친 상태였다. 이탄은 흐로클 일족 왕의 재목의 시체를 창에 갈아넣어 위력을 한층 업그레이드시켰다.

[어디, 이 창이 어느 정도 파워를 가졌는지 한번 시험해 볼까?]

북토가 창을 등에서 뽑아 전방으로 겨눴다.

츄츄츄츄 ─.

창날에 박힌 눈알이 노란색 광채를 찬란하게 발산했다. 창대에 박힌 7개의 눈알도 주홍색 광채를 토해놓았다.

Chapter 8

이탄에 의해서 강화된 창은 북토가 보유한 마나를 단숨

에 좌와악 빨아들이더니, 그 에너지를 모아서 단숨에 전방
으로 방출했다.

쭈왕—!

적진을 향해서 일직선으로 날아가던 노란 빔이 적들 바
로 앞에서 거대한 악마의 형상으로 바뀌었다.

이 악마는 다름 아닌 북토의 모습이었다.

수 킬로미터 크기로 환상처럼 일어난 악마의 형상은 두
손으로 창대를 움켜쥐고 거칠게 휘저었다.

[막앗!]

[젠장.]

푸시킨의 병력들이 화들짝 놀랐다.

선두에 선 장수들이 다급히 마나를 끌어올려 몸 앞에 쉴
드(Shield: 방패)를 둘렀다. 겹겹이 형성된 쉴드는 푸시킨
진영 앞에 일직선으로 쭉 늘어서서 철벽과도 같은 방어선
을 구축했다.

그 위로 북토의 환영이 떨어져 내렸다. 거대하게 확대된
노란색 창이 푸시킨 장수들이 만들어낸 쉴드를 후려쳤다.

쿠와앙!

둔중한 폭음이 울렸다. 푸시킨 진영의 쉴드가 일제히 터
져나가는 소리였다.

이탄이 북토의 창에 걸어준 강화는 '폭발'이었다. 창에

걸린 강화의 위력이 적의 쉴드들을 무참하게 깨부쉈다. 이어서 거대한 창의 환영이 무너진 쉴드의 안쪽으로 파고들면서 푸시킨 진영의 장수들을 그대로 찢어버렸다.

북토의 파격적인 일격에 일순간 전장이 조용해졌다.

[휘유우~. 대단한걸.]

북토가 혀를 내둘렀다.

이탄에게 하사받은 창은 정말로 굉장한 무기였다. 다만 한 번 창을 휘두를 때마다 북토가 보유한 마나가 썰물처럼 빠져나가는 것은 문제였다. 창이 뽑아가는 마나양이 얼마나 많았던지 북토는 머리가 핑 도는 느낌이었다.

그래도 이렇게 강력한 무기를 가졌다는 것은 유쾌한 일이었다.

[으하하. 으하하하.]

북토의 입꼬리가 마구 씰룩거렸다.

북토가 창의 위력을 시험해볼 즈음, 수투루도 근질거리는 손을 참지 못했다.

수투루는 검이 주무기였다. 그는 평생 검 외에 다른 무기는 사용해본 적이 없었다.

아쉽게도 이탄은 수투루에게 선물할 만한 검이 없었다. 그래서 이탄은 수투루에게 검을 한 자루 내놓으라고 명령한 뒤, 악마사원의 비전을 사용하여 그의 검을 강화시켜 주었다.

이때 이탄이 사용한 재료는 다름 아닌 비번 일족 왕의 재목의 시체였다.

비번은 불의 일족이었다. 그 시체를 재료로 사용한 덕분에 수투루의 검에는 강력한 불의 기운이 깃들었다.

수투루가 검을 뽑아 우아하게 허공을 베었다. 순간, 수투루의 검에서 뿜어진 기운이 푸시킨 진영까지 소리 없이 날아가 적의 선봉대를 수평으로 갈랐다.

추왁―!

선봉에 섰던 악마종 수백 명이 한꺼번에 허리가 끊겼다. 악마종들은 영문도 모르고 서 있다가 상체와 하체가 분리되었다.

수투루의 공격은 거기서 끝나지 않았다. 적들의 허리를 베고 지나간 즉시 검의 기운이 갑자기 시뻘겋게 물들었다. 그런 다음 그 기운이 마치 화염으로 휩싸인 거대한 새처럼 변해서 적진에 2차 공격을 퍼부었다.

펑! 펑! 퍼엉! 화르르륵!

해일처럼 밀려든 화염은 푸시킨 진영 깊숙한 곳까지 단숨에 뒤덮으며 악마종들을 활활 불태웠다.

[끄아악!]

[살려 줘.]

사방에서 비명이 난무했다.

이탄이 무기를 강화해준 덕분에 수투루의 검격이 훨씬 더 강력해졌다. 수투루는 비록 장님이라 그 모습을 눈으로 볼 수는 없었지만, 대신 감각으로는 충분히 느꼈다.

[오오올, 훌륭하구나.]

수투루가 희열에 찬 탄성을 내뱉었다.

전쟁터에 나온 지 불과 몇 분도 지나지 않아 푸시킨 진영이 우르르 흔들렸다. 루건과 북토, 수투루의 화려한 공격에 앙리망 진영의 사기는 크게 올라갔다.

[와아아, 최고다. 역시 루건 님이셔.]

[북토 님은 또 어떻고?]

[수투루 님은 왜 빼놓는데?]

반 강제로 징집되어 전쟁터로 끌려나왔던 앙리망의 병사들은 초반에 잡은 승기에 환호했다.

그때 이자벨라가 나섰다.

이자벨라는 3명의 악마종 장수들이 이탄에게 받은 무기를 시험해보는 장면을 보면서 크게 흥분했다. 그래서 군진 중심부의 안전한 곳에서 벗어나 단숨에 하늘로 솟구쳤다.

이자벨라가 품에서 조그만 전차를 꺼내서 하늘에 던지자 그 전차가 눈 깜짝할 사이에 하늘의 4분의 1을 뒤덮을 크기로 확대되었다.

이 전차는 그릇된 차원의 오대강족 가운데 하나인 리노 일족의 보물이었다. 이탄은 이 희귀한 아이템을 아공간 박스 속에 처박아두고 있다가 이번에 이자벨라에게 선물했다.

전차의 앞에는 리노 일족의 최상급 뿔 3개가 나란히 자리했다. 전차의 바깥쪽은 리노 일족의 최상급 비늘들로 빼곡하게 뒤덮였다. 전차의 바퀴는 뽈브 일족의 다리 가죽을 벗겨서 만들었다. 전차의 손잡이는 츄루바 일족의 최상급 털 재질이었다.

이 전차는 그릇된 차원을 발칵 뒤집어 놓을 만큼 귀한 재료들을 쏟아부어서 만든 보물 중의 보물이었다. 이 전차에 비하면 루건의 몽둥이나 북토의 창, 수투루의 검은 아무것도 아니었다.

그런데 이탄은 여기서 만족하지 않았다. 이탄은 악마사원의 비전을 동원하여 전차를 강화시켰다.

그것도 시체 하나만 사용하지 않았다. 이탄은 아공간 박스 속에 넣어두었던 시체들을 모두 꺼내서 무려 다섯 번이나 강화를 해버렸다.

5단 강화의 효과는 어마어마했다.

— 전차 주변 50 킬로미터 이내의 공기밀도 300 배 증가.

— 전차의 공격력 20퍼센트 증가.

— 전차 공격 발동 시 10퍼센트의 화염 공격 추가.

— 전차 공격 발동 시 적에게 10분간 환각 적용.

— 전차의 이동속도 30퍼센트 증가.

이상의 효과들이 전차에 부과되었다.

제4화

앙리망 . VS . 푸시킨 Ⅱ

Chapter 1

이자벨라는 이탄에게 이 귀한 선물을 받자마자 눈물을 글썽거릴 정도로 감격했다. 그리곤 어서 이 전차를 써보고 싶어서 안달이 났다.

펑! 소리와 함께 하늘에 거대한 전차가 등장했다.

다들 그 모습을 보면서 입을 쩍 벌렸다. 온통 순백색 바탕에 금빛 문자가 우아하게 아로새겨진 전차의 모습은 예술 작품과도 같은 느낌을 주었다. 동시에 이 전차는 강력한 위압감도 발산했다.

이자벨라는 전차에 탑승한 즉시 츄루바의 털로 만든 손잡이를 잡아당겼다.

콰릉!

순간, 주변 공간이 일그러지면서 전차가 사라졌다. 이윽고 이자벨라의 전차가 푸시킨 진영의 코앞에서 툭 튀어나왔다.

전차의 주변으로 하얀 스파크가 마구 튀었다. 전차는 등장과 동시에 적진을 향해서 그대로 돌격했다. 전차 전면부에 우뚝 솟은 3개의 뿔이 무시무시한 광채를 토했다. 전차 주변으로는 새하얀 번개가 마구 뛰놀았다.

적들은 이 갑작스러운 공격에 제대로 대응도 하지 못했다. 전차가 발산하는 강력한 환각에 노출된 탓이었다.

푸시킨 진영의 악마종들은 지금 무슨 사태가 벌어지고 있는지도 알지 못했다. 그저 멍하게 풀린 눈으로 전면만 바라보았다.

전차가 코앞까지 달려왔는데 방패로 앞을 막는 악마종이 없었다. 서둘러 몸을 피하는 악마종도 전무했다.

이보다 더 큰 문제는 보호막이 생성되지 않는다는 점이었다. 원래 푸시킨 악마종들은 적의 공격을 받는 즉시 마법 보호막이 발동하는 방어구를 갖추고 있었다. 한데 이자벨라의 전차는 그 기능마저 무산시켰다.

무방비 상태인 적들을 향해서 이자벨라의 전차가 돌진했다. 전차는 적 병력을 무자비하게 짓뭉겠다.

수많은 악마종들이 거대한 전차의 바퀴에 빨려들어 우두둑 가루가 되었다.

전차의 바퀴가 문어형 몬스터인 쁠브 일족의 다리 가죽으로 만들어진 터라 표면에 흡판이 빼곡했다. 이 흡판이 만들어낸 흡입력은 역마급의 악마종들도 거침없이 빨아들일 정도였다. 그러니 일반마들은 말할 것도 없었다.

그나마 푸시킨 진영의 군단장과 몇몇 선봉장들은 환각으로부터 비교적 빨리 벗어났다.

콰릉!

마침 이자벨라의 전차는 푸시킨 진영을 정면으로 돌파한 뒤, 진영 중심부에 머무르던 푸시킨의 군단장을 덮치는 중이었다.

[으헉?]

푸시킨 진영의 늙은 군단장이 기겁을 하며 자신의 허벅지에 칼을 꽂았다.

번쩍!

늙은 군단장의 몸뚱어리가 10 킬로미터 밖으로 이동했다.

스스로 자해를 하여 순간이동을 하는 것은 늙은 군단장의 특기였다. 이 독특한 능력 덕분에 늙은 군단장은 이자벨라의 전차에 들이받히지 않았다.

대신 군단장의 주변에 있던 악마종 정예부대는 이자벨라의 전차와 정면으로 충돌하여 떼몰살을 당했다.

이자벨라는 전차를 몰아서 단숨에 적진 중심부를 뚫어버린 뒤, 손잡이를 뒤로 확 꺾었다.

지상을 밀어버렸던 전차가 이번에는 90도 각도로 솟구쳤다. 그리곤 적의 마도전함 함대를 그대로 들이받았다.

검은 마도전함들은 그 크기가 보통이 넘었다. 하지만 이자벨라의 전차에 비할 바는 아니었다. 이자벨라의 전함이 거대한 고래라면, 푸시킨 영지의 B급 마도전함들은 꽁치 정도의 크기밖에 되지 않았다.

이자벨라가 전차로 한 번 쭉 밀었을 뿐인데 푸시킨의 마도전함 가운데 20척이 우르르 추락했다.

[오호호호호, 통쾌하구나!]

전차 안에서 이자벨라가 통쾌하게 웃었다. 그녀의 짜랑짜랑한 웃음소리가 전쟁터에 넓게 퍼졌다.

루건은 이때를 놓치지 않고 휘하 병력들에게 진군 명령을 내렸다.

[다들 하늘을 보아라. 영주님께서 선봉에 서계시다. 그런데 우리 군단이 후방에 머문다는 것이 말이 되느냐? 뭣들 하느냐? 어서 진격하라.]

[군단장님의 명을 받들겠습니다.]

[쿠워어어어ㅡ. 푸시킨 놈들을 때려죽여버리자.]

루건의 부하들이 용기백배하여 적진으로 달려들었다. 루건의 등 뒤에서는 지네를 거대하게 뻥튀기 시켜놓은 듯한 악마종이 흙먼지를 뿌옇게 일으키며 내달렸다. 하늘을 날 수 있는 악마종들은 일제히 날개를 펄럭이며 비행을 시작했다. 은신이 가능한 악마종들은 신비롭게 사라졌다가 수십 미터 앞에서 다시 나타났다.

루건이 먼저 출격하자 수투루도 곧바로 군단을 움직였다.

[전구ㅡ운, 진격하라. 푸시킨 놈들에게 본때를 보여줘라.]

수투루는 단지 뇌파로만 진군을 명하는 것이 아니었다. 본인이 선두에서 달리면서 검으로 X자를 그렸다.

화륵! 화르륵!

날카로운 검의 기운과 함께 시뻘건 화염이 해일처럼 일어나 적진을 향해서 밀려들었다.

수투루의 부하들은 화염의 뒤를 졸졸 쫓아서 진격했다.

루건과 수투루가 일제히 출격하는데 북토의 군단만 뒤에 남을 리 없었다.

[뭣들 하는 게야? 왜 우리가 꼴찌냐고? 어서 출전하라!]

북토는 부하들을 향해서 우렁찬 고함을 내질렀다. 그런

다음 스스로 선봉에 섰다. 북토는 한 손에는 핼버드를, 다른 손에는 이탄에게 하사받은 창을 움켜잡았다.

[북토 님을 따르자.]

[쿠우워어어—.]

중장갑으로 무장한 북토의 군단이 적진을 향해서 치달렸다. 지축이 우두두두 울렸다.

앙리망군이 본격적으로 돌격을 시작하자 푸시킨 진영도 가만히 있지 않았다. 푸시킨 진영에서는 늙은 군단장이 바락바락 악을 썼다.

[캬악! 앙리망의 촌것들이 덤벼든다. 푸시킨의 악마들이여, 놈들에게 본때를 보여주자.]

[크와아아악!]

우렁찬 함성과 함께 푸시킨의 진영도 맞대응을 시작했다.

우르릉, 우르릉, 우렛소리와 함께 푸시킨 악마종들의 앞쪽에 푸른 마법보호막이 나타났다. 보호막의 뒤에서 온갖 종류의 악마종들이 마나를 끌어올렸다.

퍼엉! 퍼어엉! 퍼엉! 펑!

고목나무를 닮은 악마종들은 수십 톤이 넘는 바위를 움켜쥐고는 곡사포를 쏘듯이 하늘로 내던졌다.

수 킬로미터를 날아온 대형 바위들이 막 돌격을 시작한

앙리망군 머리 위로 쾅쾅 떨어졌다. 대형 바위에 얻어맞은 앙리망 악마종들이 머리가 터져 죽었다.

Chapter 2

푸시킨 측은 투석 공격에 이어서 또 다른 원거리 공격을 퍼부었다. 투구 모양의 곤충형 악마종들을 출격시킨 것이다.

지이이잉―.

이 곤충형 악마종들은 복부를 푸르게 물들이는가 싶더니, 이윽고 입에서 푸른 빔을 한 다발씩 내쏘았다.

쭈웅! 쭈웅! 쭈웅! 쭈웅!

일직선으로 날아온 빔 다발이 앙리망군의 선두를 날려버렸다.

[흥. 모두 내 뒤로 피해라.]

수투루가 즉시 대응명령을 내렸다.

부하들이 수투루의 뒤로 몸을 피하는 동안, 수투루는 이탄이 강화해준 검을 휘둘러서 검막을 형성했다.

퍼퍼퍼퍼펑!

곤충형 악마종들이 쏘아낸 푸른 빔들은 수투루의 검막

위에 부딪치면서 화려한 불똥을 만들어내었다. 놀랍게도 수투루의 검막은 적군이 쏘아낸 푸른 빔 수천 다발을 그대로 막아내었다.

그게 끝이 아니었다. 수투루가 만들어낸 검막 위로 화염이 화르륵 일어나는가 싶더니, 그 화염이 거대한 드래곤의 모습으로 변해서 푸시킨 진영으로 돌진했다.

화염의 드래곤이 적의 마법보호막을 정면으로 들이받았다.

뻐엉!

푸시킨 진영의 마법보호막으로부터 가죽북 터지는 소리가 크게 울렸다. 어마어마한 충격파가 보호막 안쪽까지 뒤흔들었다. 푸른 빔으로 원거리 공격을 퍼붓던 곤충형 악마종들은 중심을 잃고 뒤로 벌렁 나자빠졌다.

그 모습을 본 수투루의 부하들이 용기백배하여 함성을 내질렀다.

[역시 수투루 님이시다.]

[우와아아!]

수투루가 검막으로 솜씨를 뽐내기 무섭게 북토도 실력을 드러내었다. 북토는 널찍한 핼버드의 날을 수평으로 휘둘렀다.

핼버드에서 솟구친 빛이 장막이 되어 적의 공격을 차단

했다. 수투루가 검막을 쳐서 부하들을 보호한 것처럼 북토도 비슷한 선택을 했다.

루건은 달랐다. 수투루와 북토가 방어막으로 적의 공격을 막아내는 데 치중했다면, 루건은 일체의 방어를 포기한 채 눈알 달린 몽둥이만 마구잡이로 휘둘렀다.

퓨퓨퓨퓨퓨퓽!

루건의 몽둥이에 박힌 수천 개의 눈알이 사방으로 주홍색 빛을 쏘았다. 푸시킨 진영에서 발사한 푸른 빔과 루건의 주홍색 빛이 허공에서 마구 교차했다.

푸른 빔에 맞아서 루건의 부하들이 퍽퍽 고꾸라졌다.

그에 비례하여 푸시킨 진영의 곤충형 악마종들도 주홍빛에 관통당해 픽픽 쓰러졌다. 양측이 모두 피해를 본 셈이었다.

어쨌거나 루건의 활약 덕분에 적의 공격이 주춤했다. 루건과 그 부하들은 이 틈을 놓치지 않고 무섭게 치달렸다. 그 결과 앙리망군은 비교적 약한 피해만 입은 채 두 진영 사이의 간격을 좁히는 데 성공했다.

두두두두두!

마침내 양진영 사이의 간격이 직접 치고받고 싸울 정도까지 줄어들었다. 더 이상 원거리 공격은 의미가 없었다. 이제는 서로의 얼굴에 직접 피를 튀며 싸우는 백병전의 시간이 도래했다.

푸시킨 .VS. 앙리망.

앙리망 .VS. 푸시킨.

죽고 죽이는 전투의 본격적인 서막은 이제야 비로소 시작된 셈이었다.

콰아아아아앙!

대규모 병력이 넓은 평야에서 격렬하게 충돌했다. 맨틀과 맨틀이 충돌하는 듯한 세찬 맞부딪침은 동서 방향으로 기다란 띠, 혹은 전선을 형성하면서 발생했다.

무려 10 킬로미터에 걸쳐서 형성된 전선에서는 병장기 부딪치는 소리와 온갖 고함 소리, 그리고 비명과 욕설이 난무했다. 양측이 첨예하게 맞부딪치는 그 충돌 지점으로부터 시작된 살육은 빠르게 후방으로 전파했다.

[크할할할. 다 죽어버려랏.]

루건이 커다란 몽둥이로 적병들의 머리통을 으깨버리면서 깊숙이 파고들었다. 온몸의 터럭이란 터럭은 다 휘날리면서 살육을 일삼는 루건의 행태는 피에 미친 전쟁광이나 다름없었다.

중앙 전선에서 루건이 미쳐 날뛰는 동안, 전선의 양쪽 날개에서는 수투루와 북토가 피의 향연을 벌이면서 적진 깊숙이 진격했다.

수투루는 붉은 화염이 넘실거리는 검을 회오리치듯 몰아치며 적들의 목을 베었다. 북토는 핼버드와 창을 번갈아 휘둘러 전진을 휘저었다. 푸시킨의 악마종들은 감히 이 3명의 장수들을 감당하지 못하고 쭉쭉 밀렸다.

물론 앙리망 영지에만 강자가 있는 것은 아니었다.

[이놈들, 다 죽여버린다. 후욱! 후욱! 후욱!]

[어디서 허접한 것들이 우리 푸시킨 영지에 덤벼들어? 엉?]

푸시킨 영지가 자랑하는 선봉대장들도 거칠게 숨소리를 내뱉으며 앙리망 영지의 병사들을 도륙했다.

푸시킨 진영의 선봉대장 가운데 한 명은 메기를 닮은 악마종이었다. 그런데 그냥 메기가 아니라 몸체의 길이가 3킬로미터나 되는 초대형 메기였다. 그 선봉대장이 평원의 땅거죽을 뚫고 불쑥 튀어나와 앙리망의 병사들 수십 명을 한 입에 집어삼켰다.

또 다른 푸시킨의 선봉대장은 사람의 몸에 상어의 머리를 가진 녀석이었다. 그는 10 미터가 넘는 삼지창으로 앙리망 영지의 악마종 열댓 명을 일격에 꿰뚫었다.

온몸이 단단한 암석으로 이루어진 푸시킨의 선봉대장은 감당하기 힘든 괴력을 발휘하며 앙리망 진영을 일직선으로 돌파했다. 그의 발밑에서 앙리망의 병사들이 짓밟혀 퍽퍽 터져나갔다.

지상에서 혈투가 벌어지는 동안 하늘에서는 이자벨라가 순백의 전차를 몰아 푸시킨의 마도전함 함대와 접전을 벌였다.

아니, 엄밀하게 말해서 이것을 접전이라고 부를 수는 없었다. 이자벨라의 전차는 압도적인 위력으로 하늘을 종횡했다. 거대한 전차가 코앞으로 날아올 때마다 푸시킨의 함대는 허겁지겁 피하기에 바빴다.

그 와중에도 적 전함들은 이자벨라의 후방으로 우회하여 광선을 쏘았다. 때로는 몇십 척의 마도전함들이 서로 연계하여 마법진을 펼치기도 했다.

그렇게 애를 써도 이자벨라의 전차를 막기는 쉽지 않았다. 푸시킨 진영의 함대는 정말 가까스로 버텼다.

Chapter 3

한편 푸시킨의 늙은 군단장은 이마에 제3의 눈을 개방했다. 그런 다음 제3의 눈으로 10 킬로미터가 넘는 넓은 전장을 고르게 살피며 지휘했다.

[제10선봉대의 대장은 활을 쏴서 마도전함 함대를 측면

지원하라. 제2 선봉대장은 오른쪽 날개를 보강해. 제8 선봉대와 제9 선봉대는 중앙으로 이동!]

늙은 군단장이 뇌파를 보낼 때마다 푸시킨의 병력들은 상부의 지휘를 칼같이 따랐다.

군단장이 이렇게 전장 전체를 조망하면서 적재적소에 병력을 투입한 덕분에 푸시킨 진영은 병력의 열세에도 불구하고 쉽게 밀리지 않았다.

늙은 군단장은 땀을 뻘뻘 흘리면서 지휘를 하는 한편, 서둘러 푸시킨 영지와 통신을 연결했다.

[앙리망 놈들이 미쳤다. 놈들이 영지의 전 병력을 몰고 처들어온 게 분명해. 아군이 열세이니 서둘러 지원병력을 급파하라. 어서 서둘러. 어서!]

늙은 군단장은 뇌가 과열될 정도로 크게 호통을 쳤다.

군단장의 긴급지원 요청이 푸시킨 영지로 날아간 그 순간, 그의 앞쪽의 공기가 꿀렁 움직였다. 일렁거리는 공기 속에서 검푸른 연기가 펑! 소리와 함께 피어올랐다.

[씨발, 기체화 마법이다.]

군단장 직속의 호위병들이 기겁했다.

[제기랄. 앙리망 영지의 암살자가 기체로 변하여 이곳까지 침투했나 보구나.]

[어서 군단장님을 보호햇!]

호위병들은 스크럼을 짜듯이 늙은 군단장의 앞을 에워쌌다.

하지만 상대가 너무 나빴다. 호위병들 앞에 나타난 자의 정체는 다름 아닌 이탄이었다.

검푸른 연기가 빈 허공에서 뭉치면서 뼈만 남은 말의 모습으로 변했다.

리콜 데쓰 호스(Recall Death Horse: 사령마 소환) 초현!

피사노교의 흑마법이 부정 차원에서 그 위력을 드러내었다. 이탄은 사령마를 소환하여 유령처럼 적진을 돌파한 다음, 적의 지휘관을 곧바로 노렸다.

그에 맞서서 푸시킨의 호위병들은 온몸에 철갑을 두른 채 바위게처럼 바짝 밀착하여 벽을 쌓았다.

늙은 군단장은 단단하게 짜여진 철갑의 벽 뒤로 몸을 숨겼다.

"웃차."

그 순간 이탄이 사령마의 등을 박차고 점프했다.

이탄과 적장 사이의 거리는 약 80 미터.

이탄은 마치 날개 달린 뱀이 허공을 날아 먹이를 덮치는 것처럼 눈 깜짝할 사이에 80미터의 간격을 좁혔다. 그런 다음 적들이 만들어낸 철갑 벽을 어깨로 들이받았다.

꽈앙!

금속 터지는 굉음이 울렸다.

[꾸웩!]

[크악!]

이탄과 충돌한 즉시 적 호위병들은 피보라로 변했다. 살점이 낱낱이 흩어졌다.

이탄은 단단한 철갑 벽을 종잇장처럼 찢어버린 뒤, 단숨에 적장의 목줄기를 손으로 붙잡았다.

[헉?]

깜짝 놀란 적 군단장이 뾰족한 단검으로 자신의 허벅지를 찔렀다. 스스로 자해를 하여 순간이동하는 것은 늙은 군단장의 회피 기술 가운데 하나였다. 늙은 군단장은 이번에도 이 독특한 마법으로 위험을 회피하려 들었다.

실패였다. 늙은 군단장의 잔꾀는 이탄에게는 통하지 않았다. 늙은 군단장이 500여 미터 밖으로 번쩍 이동한 순간, 이탄의 몸도 펑! 하고 흩어졌다. 그런 뒤 이탄은 500 미터 밖의 적장 앞에 다시 나타났다.

와득!

이탄은 단숨에 적장의 목을 붙잡고 목뼈를 꺾었다. 동시에 이탄의 왼손은 적장의 옆구리 속에 푸욱 틀어박혔다.

[끄아악.]

늙은 군단장이 찢어져라 비명을 질렀다.

이탄은 상대가 고통스러워하거나 말거나 신경 쓰지 않았다. 그저 상대의 옆구리 속에 팔꿈치까지 손을 깊숙이 박아 넣은 뒤, 적이 가진 보울을 더듬어 찾았다. 그러는 바람에 군단장의 내장은 엉망으로 뜯겨나갔다.

"옳거니. 여기 있었구나."

이탄이 쾌재를 불렀다. 마침내 이탄의 손끝에 목표물이 잡힌 것이다. 이탄은 늙은 군단장의 보울을 붙잡아 쑥 뽑았다.

[끄어어, 끄아아악!]

늙은 군단장이 괴성을 마구 질렀다. 군단장은 목숨과도 같은 보울을 빼앗기게 되자 안색이 급격히 어두워졌다.

[안 돼. 끄어어, 안 돼. 제에발~. 역마 최상급에 오르기까지 내가 얼마나 노력을 했는데, 안 된다고. 끄어어억.]

늙은 군단장이 세차게 도리질을 했다.

이탄이 피식 웃었다.

[안 되긴 뭐가 안 돼?]

이탄은 왼손으로 상대의 보울을 꺼내는 것과 동시에 오른손에 스냅을 좌악 주었다. 손을 터는 듯한 그 동작 한 방에 늙은 군단장의 목줄기가 그대로 끊겼다. 군단장의 머리통이 데구르르 굴러떨어졌다.

순간 주변에 정적이 흘렀다. 이탄을 에워싸고 있는 적 병력들은 이탄이 군단장을 살해하는 장면을 두 눈으로 똑똑히 목격하고야 말았다.

[앗! 저놈이 군단장님을 해쳤다.]

[저놈을 잡아라.]

이곳은 푸시킨 진영 한복판이었다. 적들이 구름처럼 몰려들어 이탄을 공격했다.

이탄이 코웃음을 쳤다.

"훗. 너희들이 먼저 달려들겠다면 얼마든지 환영이지."

이탄은 수천 마리의 개구리 떼를 향해서 덮치는 뱀처럼 차갑고 무감정한 눈으로 몸을 날렸다.

이탄의 머리 위로 떨어졌던 적의 무기들이 100배의 반탄력에 의해 산산조각 났다. 그렇게 잘게 부서진 병기의 파편들이 적들의 몸을 관통하면서 뒤로 확 지나갔다. 허공에 피보라가 짙게 뿜어졌다.

이탄은 비릿한 피보라 속으로 뛰어들어 다시 한번 적들을 덮쳤다.

이러한 과정이 몇 차례 반복되면서 이탄의 주변에는 수십 미터나 되는 피구름이 뭉쳤다.

조금 더 시간이 흐르자 이탄이 만들어낸 피구름은 수백 미터가 넘는 크기로 확대되었다. 이탄은 그 큰 피구름을 우르르 몰고 다니면서 적 악마종들을 지워나갔다.

이탄에게 스친 악마종은 어김없이 피구름의 일부가 되었다. 이탄에게 붙잡힌 악마종은 하나도 빠지지 않고 온몸이 찢어졌다.

이탄은 손에 잡힌 것은 무엇이든 가리지 않고 찢었다. 팔이 잡히면 팔을 찢었다. 다리가 잡히면 다리를 찢었다. 머리가 잡히면 상대의 머리를 찢었다. 심지어 이탄은 방패나 창, 도끼도 마구 찢어댔다.

역마 상급의 선봉대장들도 이탄의 손에 걸리면 일반마와 다를 바가 없었다. 이탄의 손아래선 모두 다 공평하게 몸이 분해되고, 뼈가 분리되고, 내장이 절단되었다.

이탄이 날뛰는 모습을 하늘에서 내려다보면, 마치 피구름으로 만든 지우개가 생명체들을 슥슥슥 지우면서 지나다니는 것 같았다. 혹은 시뻘건 분쇄기가 악마종들을 갈아버리면서 종횡무진하는 것처럼도 보였다.

Chapter 4

전투는 질기도록 오래 계속되었다. 부정 차원의 악마종들은 교활하여 몸을 사리는 경우도 많았으나, 한번 눈이 뒤집히면 광기에 젖어서 죽을 때까지 싸우기도 하였다.

지금은 후자에 해당했다.

푸시킨 진영은 앙리망군에 비해서 병력이 열세였다. 게다가 지휘관도 이미 이탄의 손에 죽었다.

이러한 열세에도 불구하고 푸시킨군은 단 한 발도 물러서지 않았다. 푸시킨군 가운데 전갈을 닮은 악마종은 끝까지 꼬리를 휘둘러 온 사방으로 독침을 뿌렸다. 염소머리 악마종도 쇠도리깨를 휘두르며 무표정하게 싸움에 임했다.

선봉대장급만 용감한 것이 아니었다. 최하급 말단의 푸시킨 병사들도 도망치거나 물러서지 않았다.

이것은 앙리망군도 마찬가지였다. 앙리망의 병사들 가운데 후퇴를 고민하는 악마종은 아무도 없었다.

[쿠헐헐. 이놈들. 다 죽여주마.]

루건이 몽둥이를 휘두를 때마다 적병들의 머리가 수박처럼 터져나갔다. 루건은 한 손으로 몽둥이를 휘두르고, 다른 손으로 적병들을 붙잡아 뾰족한 이빨로 적들의 머리통을 뜯어먹었다.

루건만 미쳐 날뛰는 것이 아니었다. 전선의 날개 부분에서는 장님 악마종인 수투루가 광기에 젖어 검을 휘둘렀다. 그때마다 수투루의 검에서 불길이 무지막지하게 일어나 온 사방으로 확산되었다.

전선의 반대편에선 북토가 핼버드를 한 번 휘두르고 창

을 푹 찔렀다. 그럴 때면 푸시킨 병사들이 떼죽음을 당했다.

앙리망의 세 장수가 무섭게 활약하는 동안 앙리망의 일반 병사들도 눈에 벌겋게 핏발을 세우고는 미친놈처럼 적과 싸웠다.

하늘에서는 이자벨라가 200기나 되는 적 전함들을 거의 다 추락시킨 상황이었다.

이탄은 몸 둘레에 직경 180 미터나 되는 피구름을 형성하여 적의 후방을 훼멸시켰다. 이탄의 피구름에 접하는 즉시 적병들은 물에 녹아버리는 설탕처럼 사르륵 사라졌다.

그렇게 앙리망 측이 승기를 잡았을 때였다. 푸시킨 영지에서 긴급 편성하여 파병한 지원군이 드디어 전쟁터에 도착했다.

꽈릉! 꽈르릉!

멀쩡하던 하늘에선 전하의 폭풍이 쉴 새 없이 몰아쳤다. 눈부신 전하의 향연은 허공의 어느 한 지점을 기점으로 하여 넓게 전파해나갔다. 그 전하 속에서 푸시킨 영지의 마도 전함 수백 척이 새롭게 모습을 드러내었다.

[쿠헐?]

루건이 몽둥이질을 잠시 멈췄다.

[푸시킨 놈들이 추가 병력을 보내나 보구나. 쿠허헐.]

루건은 얼굴에 튄 피를 손등으로 닦으며 보랏빛 하늘을 올려다보았다.

그보다 한참 떨어진 곳에서는 수투루가 말없이 검자루를 고쳐 쥐었다. 수투루의 예리한 감각이 새로 등장한 적들에게 꽂혔다.

북토도 핼버드를 대지에 쿵 내리꽂고는 잠시 싸움을 멈췄다. 북토의 시선이 보랏빛 하늘로 향했다.

[크흐흐. 푸시킨 놈들아, 얼마든지 오너라.]

북토는 입술 사이로 웃음을 흘렸다. 그러면서 북토는 육중한 핼버드의 날로 부츠 옆면을 탁탁 때려서 신발에 덕지덕지 달라붙은 살점들을 털어내었다.

진득한 피비린내에 이성을 잃은 것은 이들 세 장수만이 아니었다.

[오호호호호!]

이자벨라는 순백의 전차를 몰고서 새로 등장한 적 함대를 향해서 달려들었다. 전차 앞에 뾰족하게 솟구친 3개의 뿔에서 새하얀 벼락이 몰아쳤다.

그보다 한발 앞서 이탄이 허공으로 몸을 날렸다.

좌라라락—.

이탄의 몸뚱어리가 수도 없이 늘어났다. 허공으로 점프하는 이탄의 앞에도 이탄이 있고, 이탄의 뒤에도 이탄이 있었다. 이탄은 무려 1,000개의 분신을 만든 뒤, 그대로 거신 강림대진을 펼쳤다.

이게 끝이 아니었다. 이탄은 거신강림대진과 함께 백팔 수라의 술법도 발휘했다.

콰콰쾅!

먹장구름 사이에서 새롭게 벼락이 내리쳤다. 그 벼락을 타고 고대의 신, 즉 거신이 부정 차원에 강림했다.

한데 이번 거신은 그동안 이탄이 불러냈던 거신과는 생 김새가 달랐다. 이탄이 오염된 법력으로 거신강림대진을 발휘한 탓이었다. 이 거신은 머리 양쪽에 뿔이 구불구불하 게 돋아 있었으며, 으스스한 마기를 물씬 풍겼다.

그 거신이 백팔수라의 술법에 의하여 머리가 18개로 늘 어났다. 팔은 36개가 되었다. 다리도 36개였다.

백팔수라(百八修羅) 제2식 수라군림(修羅君臨) 작열!

눈 깜짝할 사이에 수 킬로미터 크기로 커진 거신이 괴물 수라, 아니 악귀수라로 변하여 적의 함대로 뛰어들었다.

푸시킨 영지의 지원병력은 막 공간이동을 하려던 참이었 다. 그런데 갑자기 거대한 악귀수라가 나타나 전하의 향연 속으로 뛰어들었다. 악귀수라의 발밑에는 검보라빛 구름이 일어나 불길하게 일렁거렸다.

쿠쿠쿠쿵!

악귀수라의 수라군림에 휘말리면서 마도전함 수십 척이 단숨에 박살 났다. 거대한 전함들이 부서지고 망가진 채 우수수 추락하는 모습은 마치 꿈속에서나 볼 듯한 장면이었다.

그렇게 적 전함들을 부수면서 하늘로 솟구쳤던 이탄의 악귀수라가 허공에서 방향을 180도 틀었다.

악귀수라는 눈 깜짝할 사이에 15 킬로미터 상공까지 솟구친 상태였다. 악귀수라의 머리 위에 뜬 별은 손에 잡힐 듯이 가까워졌다.

그 상태에서 악귀수라는 휙 등을 돌려 별을 등지더니, 저 아래 쪽의 적 함대를 36개의 시뻘건 눈으로 노려보았다.

Chapter 5

백팔수라 제2식 수라군림 재장전!

발사!

수 킬로미터 크기의 악귀수라가 검보라빛 구름을 몰고서 쏜살같이 내리꽂혔다. 귀청을 찢는 굉음과 함께 푸시킨 진영의 마도전함 수십 척이 또다시 부서져 내렸다.

[안 돼. 어서 기수를 돌려라.]

[모두 피햇! 도저히 감당할 수 없는 괴물이다.]

운 좋게 악귀수라에게 들이받히지 않은 마도전함 속에서 푸시킨 함장들이 마구 뇌파를 터뜨렸다.

그렇게 푸시킨 측의 함대가 뒤로 물러서려 할 때였다.

콰릉!

그 뒤를 이자벨라의 전차가 덮쳤다.

이자벨라의 전차는 이탄의 악귀수라보다 크기가 10배는 더 컸기에 전차가 한 번 훑고 지나가자 무수히 많은 마도전함들이 으깨져 나갔다.

부정 차원의 B급 마도전함은 공격력도 막강하지만 그 밖에도 수많은 마법적 기능을 가지고 있는 전략병기였다. 전쟁터에서 마도전함의 역할은 정말 중요했다.

그 가운데 대표적인 기능이 바로 아군 병력을 대규모로 공간이동 시키는 것이었다.

한데 푸시킨의 함대는 아군 병력을 추가로 불러오기도 전에 이탄과 이자벨라에 의해서 박살 났다. 그 바람에 푸시킨 영지의 지원병력들의 공간이동도 어이없이 중단되었다.

[아, 안 돼.]

푸시킨의 선봉대장 가운데 한 명이 하늘을 향해서 안타깝게 손을 뻗었다.

직후, 루건의 몽둥이가 뚝 떨어져서 그 선봉대장의 머리통을 후려갈겼다. 선봉대장의 머리가 산산이 깨지면서 피와 뇌수가 사방으로 튀었다.

[쿠홀. 안 되긴 뭐가 안 돼?]

루건은 죽은 적장을 향해서 흉측하게 입술을 씰룩거렸다. 그런 다음 루건은 적의 잔당들을 향해서 또다시 거구를 날렸다.

평원 전투를 압승으로 끝마친 뒤, 이탄과 이자벨라는 푸시킨 영지의 남부 거점까지 장악해버렸다.

[늑대가 사자의 엉덩이를 물어버렸다.]

[앙리망이 독하게 달려들어 푸시킨에게 한 방 먹였다.]

이 놀라운 소식이 주변 영지에 쫙 퍼졌다.

악마종들은 곧 푸시킨이 앙리망 영지를 응징할 것이라 예상했다. 혹자는 그 전에 파항이나 푸룸라가 달려들어 앙리망 영지의 옆구리를 물어뜯을 것이라고 주장했다.

의외로 파항 영지는 앙리망으로 진격하지 못했다.

파항 영주는 군사들을 잔뜩 모아놓고 있었으나, 직접적으로 앙리망 영지에 쳐들어가지는 못했다.

앙리망이 감히 푸시킨을 상대로 전면전을 벌이다니!

예상치 못한 전개에 파항 영주는 진격 결심을 내리지 못하고 머뭇거릴 수밖에 없었다.

'앙리망 영지의 신임 영주가 쳐돌았나? 아니면 내가 모르는 독침 한 방을 숨겨놓았나? 그것도 아니면 저 북쪽의 대형 영지와 미리 언질을 주고받았나? 아니면 자포자기하는 심정으로 같은 죽자는 겐가?'

파항 영주의 머릿속에서 다양한 경우의 수가 맴돌았다.

첫 번째 경우, 만약 앙리망의 신임 영주가 미친년이라면?

자고로 미친년과 머리끄덩이를 붙잡고 싸우는 것은 번듯한 악마종이 할 일이 아니었다. 체면이고 뭐고 다 망가지기 때문이었다.

두 번째 경우, 만약 앙리망의 신임 영주가 치명적인 독침한 방을 숨긴 것이라면?

괜히 파항 영지가 앙리망을 건드렸다가 그 독침이 푸시킨이 아니라 파항으로 날아오는 수가 있었다.

세 번째 경우, 만약 앙리망의 신임 영주가 북쪽의 대형영지들과 교감을 가지고 이 전쟁을 시작한 것이라면?

그런 상황에서 파항 영지가 전쟁에 참여하는 것은 사자들의 싸움에 늑대가 끼어드는 꼴이었다. 설령 파항이 앙리망의 영토를 빼앗는다고 하더라도, 나중에 북쪽의 사자들이 치고 내려올 명분을 줄 우려가 컸다.

네 번째 경우, 만약에 앙리망의 신임 영주가 자포자기하는 심정으로 같이 죽자고 덤비는 상황이라면?

이것은 첫 번째와 답이 같았다. 함께 죽자고 덤비는 적은 피하는 게 상책이었다.

[크우우, 제기랄. 네 가지 경우의 수를 모두 고려해 봐도 지금 앙리망 영지를 건드리는 것은 안 되겠네. 섣불리 군대를 움직이지 말고 조금 더 상황을 지켜봐야겠구나.]

파항 영주는 결국 머뭇거리기만 할 뿐, 텅 빈 앙리망 영지로 쳐들어가지 못했다.

이것은 푸룸라의 영주도 마찬가지였다.

푸룸라도 혹시 몰라서 앙리망 영지 근처로 병력을 집결시켜놓기는 했다. 하지만 막상 앙리망으로 진격 명령을 내리지는 못했다.

남부의 조무래기 영지들이야 말할 것도 없었다.

결과적으로 이탄의 예측은 기가 막히게 맞아떨어졌다.

한편 북쪽의 대형 영지들은 이게 기회다 싶어서 병력을 움직였다. 푸시킨의 북쪽 전선에 불온한 기운이 감돌았다.

푸시킨 영지의 눈높이에서 보았을 때 앙리망 영지가 늑대라면 북쪽의 영지들은 덩치 큰 숫사자들이었다. 그 숫사자들이 어슬렁거리면서 기회를 노리자 푸시킨 영주는 머리에서 김이 모락모락 피어올랐다.

[빌어먹을.]

푸시킨이 세차게 발을 굴렀다.

푸시킨은 당장에라도 남쪽으로 내려가 저 앙실방실한 루아 년을 압살해버리고 싶었다.

한데 지금 도저히 북쪽 전선에서 발을 뺄 형편이 아니었다. 호시탐탐 기회를 노리는 북방의 라이벌들 때문이었다.

결국 푸시킨은 이 분노를 여섯째 아들에게 터뜨렸다.

푸시킨의 여섯째 아들이자 영주성에서 영주의 대행 역할을 맡고 있던 가니발은 갑작스럽게 부친의 호출을 받았다.

푸시킨은 가니발의 앞에 홀로그램 형태로 모습을 드러내었다. 그리곤 대뜸 호통부터 쳤다.

[가니발, 이 멍청한 녀석!]

[아버님. 죄송합니다.]

가니발이 바닥에 납죽 엎드렸다.

푸시킨은 뒤통수에 돋아난 길고 뾰족한 뿔을 좌우로 흔들면서 여섯째 아들을 다그쳤다.

[이런 미친 놈. 대체 남쪽의 조무래기들 관리를 어찌 하는 게야? 이 험악한 북쪽에서 애비와 네 형들이 피를 흘리며 싸우는 동안, 네 녀석은 후방에서 편히 뒹굴뒹굴 하니까 심심해서 미치겠냐? 왜 시키지도 않은 짓을 벌여? 왜 가짜를 내세워서 앙리망 영지를 집적거리냐고. 네놈이 하도 못살게 구니까 앙리망 놈들이 꼭지가 돌아서 죽음을 무릅쓰

고 달려는 것 아냐. 이게 무슨 개망신이냐?]

푸시킨은 이번 사태가 가니발이 벌인 일일 거라고 믿었다. 그게 아니라면 앙리망 영지 따위가 이렇게 미쳐서 날뛰는 것이 말이 되지 않았다.

푸시킨이 생각하기에 이번 전쟁의 결말은 뻔했다.

중대형 영지 주제에 감히 푸시킨 영지에 달려든 대가로 앙리망 영지는 초토화가 될 것이다. 앙리망의 신임 영주도 결국 단두대에 올라가 목이 잘릴 테지. 푸시킨 영지의 입장에서는 위엄을 유지하기 위해서라도 앙리망이라는 미치광이 늑대를 응징하지 않을 수는 없었다. 그러니 앙리망 영지의 참혹한 미래는 이미 정해진 셈이었다.

문제는 그 결말에 이르기까지 푸시킨 영지가 입어야 할 상처였다.

Chapter 6

우선 푸시킨 영지는 대외적으로 개망신을 당했다.

[오죽 못났으면 대형 영지가 중대형 따위에서 엉덩이를 물려?]

[크크큭. 푸시킨도 이제 늙어서 갈 때가 되었나 봐.]

북쪽의 대형 영주들뿐 아니라 수도의 고위급 귀족들까지도 이런 이야기를 수군거렸다. 그 비웃음이 푸시킨의 귀에까지 생생하게 전달되었다.

푸시킨은 뚜껑이 확 열렸다. 그는 당장에라도 여섯째 아들 가니발을 죽여 버리고 싶었다.

푸시킨의 다른 아들들도 일제히 들고 일어나 가니발을 성토했다.

[가니발 녀석이 아버님의 총애를 믿고 너무 막 나간 것 같습니다.]

[이번 일이 장차 군율에 해가 될까 걱정됩니다. 영주님께서 뭔가 조치를 취해주십시오.]

푸시킨의 아들들은 푸시킨에게 이렇게 아뢰었다.

이러한 의견은 겉으로는 담백해 보였으나 실상은 그렇지 않았다. 푸시킨의 아들들은 부친의 입장을 고려해서 많이 순화한 것일 뿐, 사실 이 표현 속에는 가니발에 대한 분노와 질투가 숨어 있었다.

푸시킨도 아들들에게 대꾸할 말이 없었다. 가니발이 능력이 부족한 데도 영주 대행 자리에 앉힌 것은 푸시킨의 의지였기 때문이다.

이런 상황에서 가니발이 푸시킨의 얼굴에 먹칠을 했다.

자고로 영주의 얼굴에 먹칠을 한 자는 죽음으로 다스리

는 것이 율법이었다. 그러니까 이번 사태를 그냥 놓아두면 푸시킨이 망신을 당한 것으로 끝나지 않을 터였다. 가니발의 형들은 두고두고 이번 일을 들먹이며 가니발을 죽이려고 들 것이다.

푸시킨이 가니발을 불러서 호되게 호통을 친 이면에는, 가니발에 대한 분노도 있었지만 가니발을 걱정하는 마음도 공존했다.

한데 가니발은 푸시킨의 심정도 모르고 변명만 해대었다.

[아버님, 송구하오나 앙리망 영지의 신임 영주는 진짜가 아닙니다. 그 여자는 앙리망의 증손녀가 아닌 가짜이고, 진짜 증손녀는 이미 제가 확보를 해놓…….]

[닥쳐라!]

푸시킨이 진짜로 화를 내었다.

홀로그램에 불과해 보이지만, 푸시킨이 진짜로 힘을 끌어올리자 그 권능이 어마어마한 거리를 뛰어넘어 가니발의 목을 콱 움켜쥐었다. 마치 유령과도 같은 손이 나타나 가니발의 숨통을 틀어쥐고 앞뒤로 흔들었다.

[크엇? 켁켁켁. 케엑.]

가니발의 얼굴이 시뻘겋게 물들었다.

유령 손은 가니발의 목줄기 속으로 파고들었다. 가니발

의 목에서 피가 뚝뚝 흘렀다.

푸시킨이 으르렁거렸다.

[가니발, 네놈이 진정 죽고 싶은 게냐? 내가 그렇게 아버지라 부르지 말고 영주라고 부르라 했는데도 네놈은 귓등으로도 내 말을 듣지 않는구나. 그게 다 네 형들이 너를 죽일 빌미를 주는 것임을 왜 모르느냐? 게다가 뭐? 앙리망의 신임 영주가 가짜라고? 너는 그게 말이 된다고 생각하느냐? 상대가 가짜라면 찔리는 바가 있어서 오히려 더 웅크리게 마련이지, 이렇게 미친년처럼 광분해서 달려드는 게 말이 돼? 어엉?]

부친의 폭언에 가니발은 사색이 되었다.

듣고 보니 부친의 말이 맞는 것 같았다.

'맞아. 상대가 가짜 루아라면 내가 사신을 보냈을 때 찔끔해서 어떻게든 이 일을 덮으려고 들었을 테지. 나도 그걸 기대했었고 말이야. 한데 상대는 분통이 터진 듯 다짜고짜 쳐들어왔어. 혹시 내가 속았나? 자신이 진짜 루아라고 주장하는 고년에게 속은 겐가?'

가니발은 이제 뭐가 진실인지 거짓인지 헷갈렸다.

푸시킨은 여섯째 아들의 동공이 바르르 흔들리는 모습을 보자 더욱 화가 났다. 푸시킨은 가니발을 휙, 내동댕이쳤다.

[케엑. 켁켁. 켁.]

가니발은 바닥에 엎드려 자신의 목을 움켜쥐었다. 가니발의 목둘레에서는 아직도 피가 뚝뚝 떨어졌다.

푸시킨이 그런 가니발을 한심하다는 듯이 내려다보았다.

[무마해라.]

[네? 네에?]

가니발이 부친의 뜻을 알아듣지 못해서 고개를 치켜들었다.

푸시킨이 이마를 찌푸렸다.

[이번 사태 말이다. 네놈이 저질렀으니 네놈이 책임지고 무마해라. 앙리망 놈들과 협상을 하든, 지랄을 하든, 어떻게든 끝내라. 더 이상 놈들과 으르렁거릴 수가 없다. 북쪽 전황이 심상치 않다.]

[하오나 아버님, 아니 영주님. 이대로 앙리망의 계집 영주와 협상을 하는 것은 말도 안 됩니다. 우리 위대한 푸시킨 영지가 어째서 앙리망 따위와 종전 협상을…….]

[닥쳐!]

푸시킨이 가니발의 말을 중간에 끊었다. 푸시킨은 주먹을 꽉 움켜쥐고는 노여움을 드러내었다.

[제발 그 아가리 좀 닥치라고.]

[여, 영주님.]

[나라고 마음이 너그러워서 앙리망 따위와 종전 협상을

하라는 것인 줄 아느냐? 지금 이곳에서는 세 마리의 숫사
자들과 우리 푸시킨 영지 사이에 싸움이 터질 판국이다. 이
런 상황에서 나더러 엉덩이에 늑대 새끼 한 마리를 매달고
서 세 마리의 숫사자와 싸우란 말이냐? 이런 멍청한 놈. 북
쪽의 정세가 얼마나 긴박하게 돌아가는지 알지도 못하면서
늑대 따위를 상대로 개수작을 벌여서 이 꼴을 만들어?]

[허억! 죄송합니다. 영주님. 제가 죽을죄를 지었습니다.
크우욱.]

가니발은 그제야 돌아가는 상황을 눈치채고는 이마를 바
닥에 쾅쾅 찧었다. 가니발의 이마가 깨져 피가 묻어났다.

푸시킨도 그제야 마음이 조금 풀렸다.

푸시킨은 마음이 조금 누그러지기는 했으나 일부러 노여
운 표정을 풀지 않은 채 뇌파를 이었다.

[북쪽의 정세가 안정되고 나면, 앙리망 놈들을 다시 손봐
줄 게다. 감히 우리에게 덤벼든 놈들을 그냥 놔둘 수는 없
지. 하지만 그것은 나중 일이다. 우선은 북쪽 전선에 집중
해야 하니까 놈들을 자제시켜라.]

[네넵.]

가니발이 냉큼 대답했다.

Chapter 7

푸시킨은 아예 날짜까지 못 박았다.

[가니발. 네게 사흘의 시간을 주겠다. 그 안에 이번 일을 말끔하게 정리해. 그럼 네 형들이 너를 해치라는 주장은 내가 막으마. 하지만 만약에 네가 이번 일을 사흘 안에 해결하지 못하면? 그럼 나도 더 이상 너를 봐줄 수 없다. 너를 영주 대행의 자리에서 끌어내린 뒤, 서쪽의 광산 잡역부로 보내버릴 것이야.]

[허억! 아버……, 아니 영주님. 알겠습니다. 무조건 사흘 안에 남쪽을 조용히 만들겠습니다. 저를 한 번만 더 믿어주십시오.]

가니발의 얼굴이 하얗게 질렸다.

가니발의 입장에서는 영주 대행의 자리에서 끌어내려지는 것이 문제가 아니었다. 광산에서 허드렛일을 하는 것도 문제가 아니었다. 서쪽 광산으로 끌려가는 것이 그에게는 가장 심각한 문제였다.

영토 서편의 광산은 큰형의 지배를 받는 곳이었다. 그리고 가니발의 큰형은 가니발과 사이가 극도로 나빴다.

'큰형, 그 새끼는 독사 같은 놈이지. 만약 내가 서쪽 광산으로 끌려간다면 그 새끼는 분명히 나를 암살하거나 아니면 내 보울을 깨뜨려서 나를 일반마 수준으로 떨어뜨리려고 들 게야. 크으으. 그것만은 안 돼. 절대 안 돼.'

미지의 암살자에게 암습을 받아 보울이 깨진다는 상상만 해도 가니발은 손이 벌벌 떨렸다. 가니발은 이 분노와 두려움을 오롯이 진짜 루아에게 퍼부었다.

'이런 제기랄. 고년이 나를 속였어. 뭐? 자기가 앙리망의 진짜 증손녀라고? 가짜가 앙리망 영지의 신임 영주가 되었으니 이를 바로잡아 달라고? 제기랄. 그딴 년에게 속은 내가 병신이지. 뿌드득. 내가 다른 것은 몰라도 네년만큼은 그냥 두지 않는다. 뿌드드득.'

가니발은 이가 깨질 정도로 이를 갈았다. 뼈가 으스러질 정도로 주먹도 움켜쥐었다.

다음 날.

푸시킨 영지에서 보낸 사신이 이자벨라를 찾아왔다. 사신은 가니발의 특명을 받아 종전을 제안했다.

내가 가짜에게 속아 앙리망 영지의 정통성을 가진 후계자를 알아보지 못하였다. 이는 나의 허물임을 인정하노라.

내가 기꺼이 나의 허물을 인정하는 것은 남쪽의 작고 약한 영지를 배려하기 위함이니, 앙리망의 신임 영주는 현명하게 판단하여야 할 것이다. 너희가 나의 작은 허물을 빌미로 삼아 감히 우리 푸시킨 영지로부터 배상을 받아낼 것이란 헛된 희망을 품는다면, 그 응징은 깊고도 치명적일 것이다.

다만 너희가 이제라도 현실을 깨닫고 물러나고자 한다면, 나는 이번 일의 죄과를 더 이상 묻지 않으려 한다.

너희 앙리망은 작고 우리 푸시킨은 크니, 작은 영지가 큰 영지에게 덤비는 것은 죽을죄이니라.

너희가 저지른 큰 죄와 나의 작은 허물을 맞바꾸고자 하는 것은 나의 너그러움일진대, 너희는 나의 너그러움을 오판하여 계속 덤벼드는 잘못을 범하지 마라. 그것은 결국 앙리망 영지의 무수한 악마종들의 멸족으로 이어질 것이니라.

다만 나의 허물도 있으니, 나를 속였던 가짜 루아를 너희에게 넘겨주마.

— 푸시킨 영주 대행 가니발 씀

푸시킨 영지의 사신이 이자벨라에게 올린 편지에는 위와 같은 내용이 적혀 있었다. 이자벨라는 사신이 보는 앞에서 이 편지를 이탄에게 건네주었다.

이탄은 이자벨라의 뒤에 서서 편지를 쭉 읽어내려갔다.

사신이 이탄을 힐끗힐끗 보았다.

'신임 영주의 뒤쪽에 앉았다는 것은, 저 어려 보이는 악마종이 신임 영주의 배후라는 뜻이겠지? 아마도 저자가 소문에 들리는 이탄이라는 자일 텐데, 과연 정체가 뭘까? 혹시 북쪽의 대형 영지에서 파견한 자일까?'

사신이 열심히 짱구를 굴리는 동안, 이탄은 이자벨라와 의견을 나누었다. 이자벨라가 사신을 돌아보았다.

[가서 네 주인에게 전하여라.]

[듣고 전하겠습니다. 영주님께서는 말씀하시지요.]

사신은 정중하게 이자벨라의 뇌파에 귀를 기울였다.

[나의 정통성을 훼손하고자 하는 그 가짜가 문제의 발단이었다. 그 가짜 계집을 우리 앙리망 영지에 넘겨서 합당한 벌을 받도록 하는 것은 마땅한 이치이니 나 루아는 가니발 영주 대행님의 현명한 판단에 감사를 표한다.]

이 말에 사신의 얼굴이 확 밝아졌다. 사신은 손으로 자신의 수염을 쓸어내렸다.

[어허험. 영주님의 판단이 참으로 현명하십니다.]

이자벨라가 뇌파를 이었다.

[문제가 해결되었으니 더 이상 우리가 푸시킨 영지에 달려드는 죄를 범할 수는 없는 노릇이지. 오늘 중으로 그 가짜를 우리에게 넘긴다면 우리는 더 이상 북쪽으로 진격하

지 않을 것이다.]

[그 또한 현명한 판단이십니다.]

사신이 손뼉을 치면서 이자벨라의 말에 맞장구를 쳤다. 이자벨라는 사신의 의도대로 움직이는 것 같았다.

바로 그때 일이 꼬였다. 이자벨라가 갑자기 폭탄선언을 터뜨린 것이다.

[약속대로 우리는 더 이상 북쪽으로 진격하지 않겠다. 하지만 다시 뒤로 물러날 수도 없는 노릇이지.]

이자벨라는 지금까지 점령한 땅을 토해놓지 않겠다고 선언했다.

사신은 어찌나 놀랐던지 숨이 콱 막혔다.

[아니, 영주님, 지금 뭐라고 하셨습니까? 우리 푸시킨 영지의 일부를 점령한 채 물러나지 않겠다고 말씀하신 게 맞습니까? 그건 강탈입니다.]

이자벨라가 입꼬리를 살짝 비틀었다.

[강탈이라니? 그게 무슨 소리야? 우리가 어찌 푸시킨 영지를 강탈하겠어? 다만 너그러우신 가니발 영주 대행께서 반성하는 의미로 우리에게 이 영토를 선물하시는 것이겠지.]

[커헉! 선물이라고요?]

사신은 말도 안 된다는 듯이 반문했다.

이자벨라가 다소 억지스러운 주장을 펼쳤다.

[그 가짜 루아로 인하여 나의 정통성이 훼손되었어. 이 상태에서 우리가 그냥 병력을 물리면 주변 영지들이 뭐라고 손가락질하겠나? 내가 뭔가 구린 구석이 있으니까 꼬리를 말았다고 비난하지 않을까?]

사신이 펄쩍 뛰었다.

[영주님, 그게 무슨 말씀입니까? 아니, 앙리망 영지가 우리 푸시킨을 상대로 전쟁을 시작했는데도 너그러우신 가니발 님께서는 그 죄를 덮겠다고 하셨습니다. 그런데 누가 영주님이 구리다고 비난하겠습니까? 괜히 억지를 부리셔서 전쟁을 지속하게 만들지 마시지요. 그러다 앙리망 영지는 풀 한 포기 남지 않을 것입니다.]

사신은 이자벨라를 협박하듯 으르렁거렸다.

그때 이탄이 끼어들었다.

[전쟁을 지속해.]

이탄은 사신이 아니라 이자벨라를 향해서 이렇게 주장했다.

Chapter 8

[뭐요?]

사신이 분노한 눈으로 이탄을 노려보았다.

이탄은 사신 따위는 거들떠보지도 않았다. 그는 오직 이 자벨라하고만 대화했다.

[괜히 망설이지 말고 전쟁을 지속하라고. 여기서 물러서면 주변 영지들이 너의 정통성을 의심할 거다. 차라리 이참에 전쟁을 계속해서 확실하게 결착을 짓는 편이 나아. 어차피 영주의 정통성이 의심을 받으면 앙리망 영지는 분열될 수밖에 없고, 그러면 푸시킨 영지가 손을 대지 않아도 파항 영지 등이 앙리망 영지를 공격할 거야. 그렇게 될 바에는 확실하게 마무리를 짓는 편이 차라리 낫잖아? 우리가 지원을 계속해줄 테니까 조금 더 전쟁을 지속해보라고.]

이탄은 영악했다. 이탄은 [앙리망 영지에 지원을 계속해 주겠다.]라고 표현하였는데, 사신의 뇌에는 그 이야기 마치 '나는 북쪽의 대형 영지에서 파견한 악마종이며, 나와 북쪽 영지들은 앙리망 영지가 푸시킨 영지와 계속 싸울 수 있도록 뒤에서 후원하겠다.' 라는 말처럼 들렸다.

'이런 빌어먹을. 역시 북쪽 놈들이 앙리망 영지를 뒤에서 부추기고 있었구나!'

사신은 가슴이 철렁했다.

더 큰 문제는, 이탄의 주장이 그럴듯하게 들린다는 사실이었다. 이탄의 말처럼 신임 영주가 정통성을 의심받으면 그 영지는 필연적으로 분열될 수밖에 없었다.

'그 상황에서 파항 영지가 앙리망 영지를 툭툭 건드린다면? 혹은 푸룸라가 앙리망 영지의 일에 개입한다면?'

그럼 신임 영주 이자벨라는 괴로운 처지가 될 수밖에 없었다.

이탄이 이자벨라를 향해서 악마처럼 속삭였다.

[어차피 네가 흔들리는 순간, 주변의 늑대들은 우르르 달려들어서 너의 앙리망 영지를 뜯어먹으려고 들 거야. 그럴바에는 계속해서 푸시킨 영지를 물고 늘어져서 확실하게 정통성을 인정받는 편이 낫지. 설령 그러다 앙리망 영지에 풀 한 포기 남지 않는다고 하더라도, 어차피 늑대들에게 뜯어 먹히나, 사자에게 물려 죽으나 마찬가지 아니야?]

사실 이탄의 이 말은 이자벨라가 아니라 사신더러 들으라고 한 소리였다. 실제로 사신의 뇌에는 이탄의 이야기가 악마의 속삭임처럼 들렸다.

[으으음.]

이자벨라가 고뇌에 찬 표정을 지었다. 이탄의 부추김에 마음이 흔들린 듯 이자벨라가 입술을 움찔거렸다.

사신은 다시 한번 가슴이 철렁했다.

'이건 최악이다. 앙리망의 신임 영주가 이자의 꼬드김에 넘어가면 우리 푸시킨 영지도 피해를 볼 수밖에 없어. 제기랄.'

사신이 입술을 꽉 깨물었다.

그때 이탄이 쐐기를 박았다.

[설령 푸시킨이 앙리망 영지의 풀 한 포기 남기지 않는다고 하더라도 너는 다치지 않아. 우리가 앙리망 영지 전체를 구하지는 못하더라도 네 생명 하나만큼은 절대적으로 안전하게 보호할 수 있거든. 그러니까 잘 생각해.]

이 말이 결정타였다. 이자벨라가 결심을 한 듯 입술을 꾹 깨물었다.

콰콰쾅!

사신의 귀에는 천둥이 내리치는 듯했다.

[잠깐!]

사신이 이자벨라를 향해서 손바닥을 내밀었다. 그런 다음 사신은 무서운 눈으로 이탄을 노려보면서 뇌파를 보냈다.

[영주님, 이자가 누구인지 모르겠으나 이자의 말만 듣고서 섣부른 판단은 삼가시기 바랍니다. 보아하니 이 자는 영주님과 우리 푸시킨 영지 사이에 이간질을 시키려나 본데, 그 말을 들으셨다가는 자칫하다가 큰일이 날 수 있습니다.]

[하지만 나도 어쩔 수 없잖아. 이대로 우리 앙리망군이 철수하여 돌아간다면 주변에서는 내가 구린 구석이 있어서 병력을 후퇴시켰다고 소문이 날 것 아냐?]

이자벨라가 어깨를 으쓱했다.

사신은 진땀을 흘렸다.

[아니, 주변에서 누가 그런 오해를 한단 말입니까? 그건 너무 과한 억측입니다. 좋습니다. 영주님께서 후퇴하신다면, 우리 푸시킨 영지에서는 공식적으로 영주님의 정통성을 인정하는 발언을 공표하겠습니다.]

이탄이 또 끼어들었다.

[흥! 가짜 루아에게 속아서 일을 이 지경으로 만든 영주 대행의 공표를 누구 믿겠어? 루아 영주, 그러지 말고 더 북쪽으로 진격하는 게 좋아. 우리가 적극적으로 병력과 물자를 지원한다니까.]

[으으음, 역시 그 편이 낫겠죠?]

이자벨라는 이탄의 속삭임에 넘어가려는 것처럼 연기를 했다.

그러자 사신은 똥줄이 탔다.

[잠깐만! 루아 영주님, 이 자리에서 섣불리 판단을 내리지 마십시오. 일단 하루만 더 기다려 주십시오. 제가 가니발 영주 대행님께 한 번 더 의사를 여쭤보고 오겠습니다. 지금 영주님께서 진격하신 곳까지를 앙리망의 영토로 넘겨드리는 방안에 대해서 한 번 의견을 여쭤보겠단 말입니다.]

이탄이 또 초를 쳤다.

[에이, 설마. 푸시킨 영지가 영토를 내준다고? 푸시킨 영지는 그렇게 너그러운 곳이 아니야. 괜히 사신의 사탕발림에 속지 말고 전쟁을 계속하자고.]

[아아아. 그런가요?]

이자벨라는 혼란스러운 듯 머리를 가로젓다가 사신을 획 노려보았다.

[영주님.]

사신은 침을 꿀꺽 삼켰다.

만약 이자벨라가 전쟁을 계속하기로 마음을 먹는다면 사신도 끝장이었다. 최악의 경우 이자벨라는 이 자리에서 사신의 목을 베어서 가니발에게 돌려보낼지도 몰랐다.

다행히 이자벨라는 그렇게까지 과격하지는 않았다.

[반나절의 시간을 주마. 돌아가서 가니발 님의 뜻을 여쭤보고 다시 와라. 만약 가니발 님께서 본인의 허물을 인정하신다면, 당연히 우리가 점령한 곳까지를 우리 앙리망의 영토로 인정해주시겠지. 그럼 세상의 그 누가 이 루아의 정통성을 의심하겠는가. 하지만 만약에 가니발 님께서 우리에게 영토를 다시 토해놓고 꺼지라고 한다면, 그것은 내 정통성을 흔드는 일이 될 것이다. 그렇다면 나와 우리 앙리망의 악마종들은 다 함께 죽는 한이 있더라도 전쟁을 계속할 수밖에 없구나. 어차피 나중에 늑대들에게 물려서 죽으나, 지

금 사자에게 물려서 죽으나 마찬가지니까.]

사신이 울상을 지었다.

[영주님, 반나절은 너무 촉박합니다. 가니발 대행님도 푸시킨 영주님과 상의할 시간이 필요합니다.]

Chapter 9

이탄이 또 끼어들었다.

[거 참 답답하네. 무엇하러 반나절이나 기다려? 저들이 네 정통성을 인정하면 당장 이곳까지를 앙리망의 영토로 인정해 주겠지. 괜히 시간을 끌면서 네 정통성을 흔들어보려는 수작이라니까. 루아 영주, 그러지 말고 어서 진격해. 네 뒤에는 우리가 있다니까.]

[아우 쫌!]

사신이 이탄을 향해서 버럭 소리를 쳤다.

사신은 그렇게 무심결에 화를 낸 뒤, 이탄이 무저갱과 같은 눈으로 노려보자 찔끔 놀라서 목을 움츠렸다.

결국 사신은 이탄과 이자벨라가 바라는 대로 행동했다.

[좋겠습니다. 신임 영주님의 말씀처럼 반나절 안에 우리 푸시킨 영지의 공식 입장을 들고서 다시 찾아뵙겠습니다.

그때까지는 저 이간질쟁이의 말을 듣지 마시고 기다려 주십시오. 그게 서로에게 좋을 겁니다.]

사신은 이 말을 남기고는, 후다닥 푸시킨 영지로 돌아갔다.

뒤에 남은 이탄과 이자벨라가 서로의 얼굴을 마주 보았다.

[풉! 이탄 님, 어쩜 그렇게 능청스럽게 연기를 잘하세용?]

이자벨라가 허리를 묘하게 비틀면서 코맹맹이 소리를 내었다.

[나보다는 영주가 더 뛰어나던데?]

이탄이 어깨를 으쓱했다.

이자벨라의 앞을 물러나온 사신은 부랴부랴 푸시킨 영주성으로 복귀했다. 그는 영주 대행인 가니발을 찾아가 자신이 앙리망 영주성에서 보고 들은 이야기를 그대로 전달했다.

[크으읔. 이런 건방진 것.]

사신의 말을 듣자마자 가니발은 속이 부글부글 끓어올랐다. 하지만 가니발 혼자서 이 중차대한 일을 결정내릴 수는 없었다.

가니발은 부친에게 이 일을 다시 의논하였다.

예상대로 푸시킨이 크게 노했다.

[뭐라? 앙리망 놈들이 감히 나의 영토를 자신들 것으로 인정해 달라고 한다고? 이런 미친놈.]

어찌나 화가 났던지 푸시킨은 공간을 뛰어넘어 유령 손으로 가니발의 팔뚝을 붙잡아 뚜둑 부러뜨렸다.

[끄악! 영주님. 끄흐으으.]

가니발은 부친의 홀로그램 영상 앞에 엎드려 신음했다.

푸시킨은 아들의 팔을 부러뜨리고도 화가 가라앉지 않았다.

[오냐 오냐 해줬더니 이제 한낱 늑대새끼가 사자의 콧수염을 뽑으려고 드는구나. 크와악.]

푸시킨의 홀로그램 영상이 가니발을 걷어찼다. 가니발의 옆구리에서 끔찍한 소리가 울렸다. 푸시킨은 현재 머나먼 북쪽 전선에 머물고 있건만, 놀랍게도 그의 발은 공간을 건너뛰어 가니발에게 실질적인 타격을 입혔다.

[크왁.]

갈비뼈가 으스러진 가니발이 몸을 새우처럼 구부렸다.

푸시킨이 신음하는 여섯째 아들을 무섭게 노려보았다. 처음에 앙리망 영지로 쏠렸던 푸시킨의 분노가 이번에는 못난 아들에게 쏟아졌다.

[이런 머저리 같은 놈. 네놈이 병신 짓을 하는 바람에 내가 이 수모를 겪는구나. 이 푸시킨이 하찮은 늑대 새끼에게 이런 수모를 겪어. 끄으으.]

[크흐흑, 영주님…….]

[꼴도 보기 싫다. 네가 맡았던 영주 대행의 자리는 오늘부로 끝이다.]

[아악! 영주님, 제발 살려주십시오. 저를 내치시더라도 서쪽 광산으로 보내지는 마십시오. 그곳에 일꾼으로 끌려가면 저는 죽습니다. 크흐흑.]

가니발이 두 손을 머리 위로 들고 싹싹 빌었다.

아들의 못난 모습에 푸시킨은 더욱 화가 치밀었다.

[차라리 죽어라. 네놈이 저지른 짓을 생각하면 차라리 죽는 편이 나을 게다.]

푸시킨의 냉정한 말이 비수가 되어 가니발의 심장을 후벼 팠다.

[크흐흑. 영주님, 제가 잘못했습니다. 제게 사흘만 더 시간을 주십시오. 제가 손수 전장에 나가겠습니다. 가서 사흘 안에 앙리망 놈들을 일망타진하겠습니다.]

[뭐어?]

푸시킨이 눈을 치켜떴다.

가니발은 눈물이 그렁한 눈으로 고개를 치켜들었다.

[영주님, 저는 더 이상 영지에 피해를 입히지는 않을 것입니다. 북쪽의 병력을 제게 보내주실 필요는 없습니다. 이곳에 남은 병력만 끌어모아서 제가 그 늑대 놈들과 싸우겠습니다. 영주님, 제가 죽더라도 서쪽 광산이 아니라 앙리망

놈들과 싸우다가 장렬하게 전사하게 해주십시오. 크흐흐흑.]

[닥쳐라.]

푸시킨이 손을 수평으로 쓸었다. 그리곤 새로운 사실을 털어놓았다.

[너를 속였던 그 가짜 루아에 대해서 내가 뒷조사를 해보았느니라.]

[아!]

가니발이 눈을 동그랗게 떴다.

푸시킨의 뇌파가 계속되었다.

[네가 속을 만도 하더구나. 내가 보기에도 그 가짜 년이 그럴듯하게 준비를 잘 해놓았어. 그년을 호위하는 자들은 분명히 리후가의 친위대였더라.]

가니발은 암흑 속에서 한 줄기 빛을 찾은 것처럼 호응했다.

[그렇습니다. 영주님 말씀처럼 그년이 하도 세팅을 잘 해놓아서 제가 그만 그년의 함정에 빠졌습니다.]

푸시킨은 가소롭다는 듯이 지적했다.

[빠진 놈이 병신이지.]

[……. 그건 그렇습니다. 제가 병신입니다.]

가니발은 고개를 푹 숙였다.

푸시킨은 이번에 새롭게 알게 된 사실을 아들에게 털어놓았다.

[한데 말이다. 고 요망한 년의 곁에 붙어 있는 친위대장이 셰도우라 불린다던데, 그 셰도우가 알고 보니 라이너 일족이더라.]

[헉!]

가니발의 눈동자가 마구 흔들렸다.

라이너는 푸시킨 영토와 경계를 맞대고 있는 적수들 가운데 한 곳이었다. 라이너 일족은 대대로 암습과 암살에 능하고 은신 능력이 뛰어나 상대하기 아주 까다로웠다.

가니발이 떨리는 뇌파로 물었다.

[하오면 영주님, 이번 사태의 배후에 라이너 놈들이 있다는 뜻입니까?]

[그렇다. 너를 속인 그 가짜 년과 그년의 친위대장, 그리고 앙리망 신임 영주의 곁에 붙어 있다는 그 젊은 악마종, 모두 다 라이너 놈들임에 틀림없을 게다. 크으으윽, 찢어 죽을 연놈들 같으니라고.]

푸시킨은 확신에 차서 으르렁거렸다.

사실 이것은 오해였다. 셰도우가 라이너 일족인 것은 맞지만, 그는 라이너 일족의 사주를 받아서 이번 일을 꾸민 게 아니었다. 오히려 셰도우는 라이너 일족과 인연을 끊고

충심으로 진짜 루아를 보살폈다.

셰도우가 섬기는 대상이 진짜 루아인 점도 분명한 사실이었다.

한데 셰도우가 라이너 일족이라는 점 때문에 푸시킨은 오해를 했다.

Chapter 10

'이크! 이번 사태의 배후에 라이너 놈들이 도사리고 있었구나!'

처음 이 사실을 알게 되었을 때 푸시킨은 정신이 번쩍 들었다.

그렇다면 놈들은 쉽게 물러설 리 없었다. 어떻게든 앙리망 영지를 부추겨서 이번 전쟁을 계속하려 들 것이 뻔했다.

푸시킨은 분해 죽겠다는 표정으로 가니발에게 명을 내렸다.

[닥치고 앙리망 영지와 분쟁을 종료해라. 놈들에게 당한 모욕은 나중에 북방이 정리된 이후에 내가 직접 갚아줄 것이야. 그러니 일단 그때까지는 놈들이 하자는 대로 해. 그것만이 라이너 놈들이 쳐놓은 덫을 피하는 방법이다.]

결국 푸시킨은 이자벨라에게 한발 양보할 수밖에 없었다.

푸시킨이 결정을 내렸으니 가니발은 그 뜻을 따를 수밖에 없었다.

[영주님의 말씀을 받들어서 앙리망 영지와 당장 종전 협상을 진행하겠습니다.]

푸시킨은 한 술 더 떴다.

[앙리망 영지와 종전 협상을 할 때 황법인증도 추진하여라.]

황법인증이란 제국의 군주의 이름을 빌려서 공증을 받는 절차를 의미했다.

두 영지가 황법인증을 받아서 종전 협상을 하게 되면 당분간 두 영지, 즉 푸시킨과 앙리망 영지는 전쟁을 재개할 수 없었다. 감히 황법인증을 어기는 곳은 제국의 군주로부터 직접 철퇴를 얻어맞기 때문이었다.

제국의 군주가 이러한 제도를 만든 이유는 간단했다.

군주인 세불은 영주들끼리 치열한 경합을 벌이는 것을 막지 않았다. 경합과 전쟁을 통해서 제국의 무력이 더 강해진다는 것이 세불의 판단이었다.

하지만 극단적인 전쟁 끝에 영지 하나가 전멸을 하게 된다면?

이는 세불 제국 전체의 관점에서 보았을 때 손해였다. 하여 세불 군주는 황법인증을 받아서 화해를 한 영지들은 최소한 10년 내에는 다시 전쟁을 일으키지 못하도록 엄격한 규정을 만들었다.

푸시킨이 황법인증을 거론하자 가니발이 난색을 표했다.

[하오나 영주님, 황법인증을 받게 되면 앙리망 놈들에게 빼앗긴 영토를 찾기 어려울 수 있습니다.]

[흥! 그거야 황법인증 기간을 10년으로 제한하면 그만이지. 나는 그 10년 안에 북방의 전운을 가라앉힐 생각이다. 그런 다음 황법인증이 종료되는 10년 뒤, 앙리망 놈들을 내 손으로 갈가리 찢어놓을 것이야. 끄으으음.]

푸시킨은 분노에 차서 으르렁거렸다.

[알겠습니다. 영주님의 말씀대로 거행하겠습니다.]

가니발도 더는 반대하지 못하고 황급히 부친의 말을 받들었다.

얼마 후, 앙리망 영지와 푸시킨 영지 사이에 종전이 선포되었다.

그것도 그냥 종전이 아니라 황법인증을 받은 종전 선포였다. 최소한 향후 10년 동안에는 앙리망과 푸시킨 사이에 전쟁이 벌어질 수 없었다. 먼저 전쟁을 일으키는 영지는 군주 세불의 철퇴를 맞게 될 것이었다.

뜻밖의 사태에 주변 영주들이 당황했다. 이번 전쟁이 벌어지기 전, 주변의 모든 영주들은 앙리망의 신임 영주가 미쳤다고 생각했다.

[감히 대형 영지인 푸시킨을 상대로 전쟁을 일으키다니, 앙리망의 신임 영주가 돌았구나.]

[아마도 조만간 앙리망 영지는 푸시킨에 의해서 처절하게 망가질 게야. 그리고 앙리망의 신임 영주는 죽임을 당하거나 노예로 끌려가겠지.]

다들 이렇게 주장했다.

그런데 그 예상이 빗나갔다. 앙리망 영지는 망가지지 않았다. 신임 영주인 이자벨라도 죽거나 노예가 되지 않았다.

그러기는커녕 오히려 앙리망 영지는 푸시킨의 남쪽 성 일부와 넓은 평야까지 영토를 넓혔다. 당혹스럽게도 푸시킨은 앙리망의 이러한 행위를 용납했을 뿐 아니라 오히려 앙리망 측과 종전 협상을 맺어버렸다.

파항 영주는 기가 막혔다.

[어찌 이럴 수가 있나? 어찌 이럴 수가!]

푸룸라 영주도 어이가 없어 고개만 절레절레 내저었다.

[이게 뭐야? 그냥 이렇게 끝나는 거야?]

두 영지가 황법인증 절차 아래 서로 종전 협상을 맺고 안정을 되찾는 동안, 이 일대에는 몇 가지 변화가 나타났다.

우선 이자벨라는 빠르게 영지를 안정화시켰다. 권력도 완벽하게 장악했다.

이것은 당연한 일이었다. 푸시킨이라는 거물을 상대로 용감하게 싸웠다는 사실 하나만으로도 이자벨라는 절대적인 권위를 갖게 되었다. 앙리망 영지의 그 누구도 감히 이자벨라의 말을 거역할 엄두를 내지 못하였다.

루건, 수투루, 북토로 이어지는 장수들이 적극적으로 충성을 바친 것도 이자벨라가 권력을 공고히 하는 데 도움이 되었다.

한편 푸시킨 영지에는 한바탕 피바람이 불었다.

우선 가니발은 영주 대행의 자리에서 파면되어 북방의 전쟁터로 끌려갔다.

가니발을 대신하여 푸시킨의 맏아들이 영주 대행이 되어 영주성으로 자리를 옮겼다.

가니발은 비록 영주 대행의 자리에서 쫓겨났으나, 서쪽 광산으로 끌려가지는 않았다. 가니발의 입장에서는 이것만으로도 감지덕지였다.

한편 셰도우를 비롯한 루아의 친위대원들은 푸시킨 영지의 특무대에 생포되어 고문실로 끌려갔다.

[그 셰도우라는 놈을 갈가리 해체해서라도 라이너 놈들

의 음모를 밝혀내어라.]

푸시킨은 특무대주에게 이러한 엄명을 내렸다.

특무대는 영주의 명을 받들어 셰도우에 대한 고문을 시작했다. 지하 감옥이 온통 피범벅이 되었다.

하지만 푸시킨 영지의 피바람은 이제 시작일 뿐이었다. 가니발의 최측근들은 상관 보필을 잘못했다는 죄목으로 목이 날아갔다. 이번 사태에 조금이라도 관련된 가신들도 중벌을 피하지 못했다.

푸시킨의 맏아들이 부친을 대신하여 피의 숙청을 주도했다. 맏아들은 부친의 엄명을 핑계로 삼아 이 기회에 눈엣가시 같던 가니발 일파를 싹 쓸어버렸다.

이후 푸시킨 영주성에서는 가혹한 고문과 철권통치가 지속되었다.

푸시킨의 맏아들은 셰도우에게 특별히 공을 들였다. 셰도우를 고문하여 라이너 일족과의 연관성을 밝혀내라는 것이 푸시킨의 엄명이었다. 푸시킨의 맏아들은 부친의 명을 받들기 위해서 최선을 다했다.

한데 셰도우의 입에서는 맏아들이 원하는 대답이 나오지 않았다. 이번에 벌어진 일련의 사태는 라이너 영지에서 기획한 음모가 아니었기 때문이었다.

셰도우가 고문 의자에 묶인 채 악을 썼다.

[크어억. 크억. 내가 모시는 분은 진짜 루아 아가씨요. 그런데 도대체 나더러 뭘 고백하라는 거요.]

셰도우는 진짜로 억울했다.

그 말을 듣는 푸시킨의 맏아들도 미칠 지경이었다. 그가 부친의 명령을 완수하려면 어떻게든 셰도우의 고백을 받아내야 하는데, 그래서 이 모든 사태가 라이너 영지의 짓임을 밝혀내야 하는데, 셰도우는 정말 질겼다. 푸시킨의 맏아들은 만사 제쳐 놓고 셰도우의 고문에만 집중했다.

그러는 사이 진짜 루아는 이자벨라에게 보내졌다.

이자벨라는 잔혹하기로 유명한 닉스 일족이었다. 그녀는 진짜 루아를 불쌍히 여겼으나, 알량한 동정심 때문에 일을 그르칠 만큼 멍청하지 않았다. 이자벨라는 진짜 루아를 가짜라고 낙인찍은 다음, 여러 악마종들이 보는 앞에서 목을 쳤다.

수투루가 직접 루아의 목을 베었다.

'루아 아가씨, 죄송합니다. 리후가 님, 송구합니다.'

진짜 루아가 죽던 날, 루건은 마음속으로 이렇게 용서를 빌었다.

그렇게 전쟁은 마무리되었다.

그로부터 2년간 앙리망 영지는 조용했다.

제5화
새로 시작된 전쟁

Chapter 1

2년 뒤.

7월 4일을 맞아 앙리망 영주성에서는 축포가 화려하게 터졌다. 성벽 위에선 식물 계열의 악마종들이 있는 힘껏 악기를 불어 팡파르를 울렸다. 하늘 위에선 붉은 드래곤처럼 생긴 악마종들이 몸통을 구불구불 움직이더니 "경축"이라는 단어를 하늘에 썼다.

오늘은 정식으로 영지의 이름이 바뀌는 날이다.

이제 앙리망이라는 이름은 옛것이 되었다. 서류상으로 잠깐 등장했던 '테인—레스아'라는 영지명도 휴지통으로 직행했다. 7월 4일 0시를 기점으로 앙리망 영지는 '루아'

영지로 탈바꿈했다.

지루한 행정 절차를 끝마치고 드디어 루아 영지가 제국의 군주로부터 정식 인정을 받은 것이다.

이 기쁜 날을 맞아서 이자벨라 영주는 살이 통통하게 오른 가축 몬스터들을 전 영지민들에게 한 마리씩 나눠주었다.

그릇된 차원의 몬스터들은 원래 서로 잡아먹는 것이 일상이라 이자벨라에게는 전혀 거리낌이 없었다.

게다가 이자벨라는 어느새 스스로를 몬스터가 아니라 악마종이라고 여기고 있었다.

하긴, 악마종과 몬스터 사이의 구별은 애매했다. 오랜 고대부터 현재에 이르기까지 일부 강력한 몬스터들은 악마종으로 여겨졌으며, 악마종 가운데 지능이 퇴화한 일부는 몬스터로 분류되었다.

지난 2년 동안 이자벨라는 인식의 전환만 생긴 것이 아니었다. 이자벨라는 무력도 급증했다.

그녀가 발전할 만도 한 것이, 지난 2년간 이자벨라는 거의 일주일에 하나씩 보울을 흡수했다.

2년 전 푸시킨 영지와 전쟁을 벌이면서 앙리망 영지는 수많은 보울을 전리품으로 확보했는데, 이탄은 그 가운데 3분의 1을 이자벨라에게 주었다. 또 3분의 1은 전공에 따라서 영지의 장수들에게 배분했다. 나머지 3분의 1은 이탄이 필요한 곳에 사용했다.

이탄의 배려 덕분에 이자벨라는 7일 간격으로 악마종의 보울을 흡수하였다. 그 결과 이자벨라는 진마 중급에서 진마 상급으로 한 단계 발전할 바탕을 마련했다. 이자벨라가 아직까지 진마 상급이 된 것은 아니지만, 그녀가 부정 차원에 들어오기 전과 지금을 비교해 보면 격차가 상당히 컸다.

[모든 게 이탄 님의 덕분이좋. 호호호. 역시 내 점괘가 맞았어요. 무조건 이탄 님을 따라오기 잘한 것 같아요. 내가 그냥 고향에 남아 있었다면 어느 세월에 이런 경지의 상승을 이루었겠느냐용. 오호호호호.]

이자벨라는 손으로 입을 가리고 웃었다. 이전과는 확연하게 달라진 무력을 느낄 때마다 이자벨라는 웃음이 절로 나왔다.

옆에서 이탄이 핀잔을 주었다.

[야, 계속 그렇게 웃고만 있을 거야? 어서 하던 일이나 하라니까.]

[아, 넹. 이탄 님.]

이자벨라는 푼수처럼 해맑게 웃은 다음, 다시 열심히 인형의 눈알을 꿰맸다.

7일에 한 번씩 보울을 받음 = 이탄 님에게 보울 한 개당 인형 49개를 만들어서 바쳐야 함

이자벨라의 머릿속에는 어느새 이와 같은 공식이 자리를 잡았다.

일수도장 제도라 뭐라나? 여하튼 이자벨라는 이탄으로부터 악마종의 보울을 받는 대신 하루에 7개씩 인형을 만들어야 했다.

이탄과 이자벨라가 맺은 이 일수도장 계약이 언제 끝이 나는 지는 명확하게 명시되어 있지 않았다. 어쩌면 이자벨라는 그냥 평생토록 인형을 만들어야 할지도 몰랐다.

'그게 무슨 상관이람? 히히히. 보울만 받을 수 있으면 나야 좋지.'

이자벨라는 편하게 생각했다.

다만 하루에 7개씩 꼬박꼬박 인형을 만드는 것이 그리 쉬운 일은 아니었다. 어쩔 때면 이자벨라는 새벽 3시까지 인형 눈알을 꿰매기도 하였다.

이자벨라는 인형 제작에 특기를 가졌는데, 인형을 하나 만들 때마다 꽤 많은 에너지를 쏟아부어야 하는지라 하루에 7개씩 만들다 보면 어느새 이자벨라의 코에서 코피가

터지기도 했다.

이자벨라는 그때마다 손등으로 코피를 쓱 문지르고는 헤죽헤죽 웃었다. 7일에 한 번씩 꼬박꼬박 보울을 받을 생각을 하면 인형을 만드는 고통쯤은 이자벨라에게 아무것도 아니었다.

오늘도 이자벨라는 영주의 침실에 우아한 드레스를 입고 앉아서 늦은 밤까지 인형을 만들었다.

이자벨라가 마지막으로 인형의 눈을 꿰매고 나자 인형이 스르륵 일어섰다. 인형은 척척척 걸어서 이탄 앞에 등을 돌리고 섰다.

이탄은 인형의 등에 뚫린 구멍을 통해서 보울 7분의 1조각을 장착했다. 그런 다음 아나테마에게 배운 저주마법을 사용하여 보울과 인형을 하나로 결합했다.

이탄의 손끝에서 황금색 실이 스르륵 돋아나 보울 주변에 마법진을 그렸다. 그 마법진이 보울로 스며들면서 조각난 보울을 펄떡펄떡 뛰게끔 만들었다.

슈왕!

심장 부위에 보울이 장착된 즉시 인형의 눈에서 섬뜩한 안광이 뿜어졌다.

아나테마의 저주마법을 통해서 완성된 인형은 오로지 이탄의 명령만 듣는 병기로 거듭났다. 그런데 겉보기로는 병기가 아니라 평범한 악마종 같았다.

이자벨라의 인형은 대부분 시체의 여러 부위를 오리고 꿰매서 만들어지는데, 이자벨라의 일솜씨가 워낙 좋아서 바느질 구멍이 눈으로 보이지 않을 정도였다.

따라서 이자벨라가 만든 인형은 겉보기에는 인형 같지가 않고 무표정한 악마종 같았다. 여기에 실제 악마종의 보울까지 장착하고 나면 진짜 악마종과 구별이 되지 않을 정도로 생생했다.

지난 2년간 이자벨라가 일수도장을 찍으면서 만들어낸 인형의 개수가 무려 5,000개가 넘었다.

이탄은 그 인형들로 특수부대를 조직할 생각이었다.

[휴우, 이제 7개를 다 만들었네용. 헤헤헤. 저 잘했죵?]

이자벨라가 코피를 손등으로 슥 훔치면서 이탄을 바라보았다. 반짝반짝 빛나는 이자벨라의 눈동자는 주인의 칭찬을 바라는 강아지의 그것을 닮아 있었다.

이탄은 이자벨라의 기대를 저버리지 않았다.

[그래. 오늘도 수고 많았어.]

이탄은 이자벨라가 내민 장부에 일수도장을 꾹 찍어주었다. 그런 다음 이자벨라의 머리를 손으로 쓱쓱 쓰다듬었다.

[에헤헤.]

이자벨라가 장부를 손에 꼭 쥐고 어린아이처럼 해맑게 웃었다.

Chapter 2

그때 이탄의 영혼 속에 아나테마가 등장했다.

[끼요오옵. 무섭다. 일수도장을 받으면서 꼬박꼬박 인형을 납품하는 저 여인네의 모습이 어쩐지 가련하게 느껴지는구나. 이 아나테마는 평생토록 타인을 불쌍하게 여긴 적이 없는 불멸의 악마종이거늘, 어찌하여 이런 동변상련의 감정이 느껴진단 말인고? 끼요오오옵.]

'영감, 쓸데없는 소리 하지 말고 어서 오늘의 저주마법이나 내놓으쇼. 1일 1마법이야말로 영감이 일수도장을 받아낼 유일한 방법 아니오.'

이탄이 아나테마에게 핀잔을 주었다.

아나테마는 이탄에게 하소연을 했다.

[끼요오옵. 이건 뭔가 불합리하다. 내가 뭔가 수렁에 빠져드는 느낌이야. 우리 악마사원이 제아무리 고대 문명 최강의 세력이고 내가 제아무리 고대 문명 최고의 지성인이라고 하나, 하루에 하나씩 저주마법을 읊다 보면 언젠가는

마법이 다 고갈될 것 아니냐? 저 여인네는 인형 눈알이나 꿰매면 된다고 치고, 마법이 고갈된 이후에 나는 무엇으로 일수도장을 받는단 말이더냐? 끼요오오오옵.]

아나테마는 알 수 없는 미래를 불안해하였다.

이탄이 피식 웃었다.

'홋! 영감, 그런 건 영감이 걱정할 필요 없소.'

[으잉? 그게 무슨 뜻이냐?]

'굳이 영감이 걱정하지 않아도 내가 다 알아서 받아갈 거란 소리요. 원래 그런 일 하라고 모레툼 신관이 있는 것 아니겠소. 음홧홧홧홧!'

[알아서 받아간다니? 끼요오옵. 어쩐지 그 말이 더 무섭게 들리는구나. 끼요오오옵.]

아나테마의 독특한 괴성이 오늘따라 구슬프게 느껴졌다.

그런 반응과 달리 요새 아나테마는 신이 나 있었다.

부정 차원에 들어온 이후로 이탄은 아나테마를 계속 깨 있도록 내버려두는 편이었다. 아나테마야말로 온갖 악마종에 대한 지식을 갖고 있기 때문이었다. 이탄은 아나테마를 최대한 적극적으로 부려먹었다.

또한 요새 이탄은 아나테마의 저주마법을 본격적으로 사용하기 시작했다. 이자벨라가 인형을 만들고 나면, 이탄은 그 인형에 저주마법을 아로새겼다.

[잘한다. 실력이 제법 늘었구나. 끼요옵.]

아나테마는 희한하게도 이탄이 저주마법을 사용할 때마다 일종의 희열, 혹은 뿌듯함을 느꼈다.

어쩔 때면 아나테마는 '이탄 녀석이 고대 악마사원의 모든 마법들을 전수받아 악마사원의 명맥을 이어가 주면 좋겠는데.' 라는 생각을 품기도 하였다. 이러한 일이 2년간 반복되자 아나테마는 이탄을 마치 제자처럼 느끼게 되었다.

그러다 또 이탄이 일수도장을 받아갈 때면 아나테마는 '내가 이탄 녀석의 노예가 된 게 아닌가?' 하고 의심해보곤 했다.

[끼요옵. 에이, 설마 아니겠지. 주인과 노예 사이에 무슨 도장을 주고받겠어? 그러니까 난 노예가 아니라고. 절대 아니고말고. 끼요오옵.]

아나테마는 마음속 깊은 곳에서 일말의 불안감이 스멀스멀 피어오를 때마다 이런 말로 위안을 삼곤 했다.

지난 2년간 앙리망 영지, 아니 루아 영지는 많은 변화를 겪으면서 새로운 영지로 탈바꿈했다.

우선 전 영주인 테인과 레스아가 죽고 루아가 신임 영주가 되었다. 루아(이자벨라)는 영지의 전군을 이끌고 북쪽으로 쳐들어가서 영토를 확장했다.

이자벨라는 군대도 재편했다. 6개였던 군단을 4개로 축소한 것이다. 비록 군단의 수는 줄었지만, 각 군단마다 배치된 병력은 오히려 늘었다.

이러한 작업들은 이자벨라가 주도했으되 결재권자는 따로 있었다. 이자벨라는 최종적으로 이탄의 의견을 물어보고 허락을 받은 뒤에야 비로소 일을 진행했다.

이자벨라는 4개의 군단 가운데 3개의 군단을 루건, 수투루, 그리고 북토에게 맡겼다. 3명의 장수들은 정식으로 군단장이 되어서 대규모 병력을 지휘했다.

이자벨라는 군단장의 이름을 따서 군단의 명칭을 정했다. 루건의 지휘하는 군단은 루건 군단, 수투루가 지휘하는 군단은 수투루 군단인 식이었다.

이자벨라의 이러한 정책은 세 군단장의 사기와 충성심을 높여주었다.

[신임 영주님이 세 군단장들을 굉장히 신뢰하나 봐?]

[그러게 말이야. 신뢰를 하니까 군단장들의 이름을 군단에 붙여주었겠지.]

영지에는 이러한 이야기가 돌았다.

이 소문을 들을 때마다 루건, 수투루, 북토는 어깨가 으쓱했다.

한편 이자벨라는 나머지 한 개 군단을 영주 직속으로 두었다. 이 네 번째 군단의 군단장은 이탄이 맡았다.

이탄이 군단을 맡는 것은 일반적인 상황은 아니었다. 이곳 부정 차원으로 넘어오기 전만 하더라도 이탄은 홀로 싸우는 것을 선호했다.

'군대를 조직하고 부하들을 거느리는 것은 거추장스럽기만 하지.'

이것이 평소 이탄의 지론이었다.

그런데 부정 차원으로 넘어온 이후로 이탄의 생각이 약간 바뀌었다.

물론 이탄은 여전히 홀로 싸우는 것을 선호했다. 다만 부정 차원이 워낙 넓고 방대하여 조직을 구축할 필요성을 느꼈을 뿐이었다.

이탄은 이 네 번째 군단의 이름을 '툼'이라 명명했다.

이 이름에 큰 의미는 없었다. 이탄은 그저 모레툼에서 마지막 글자를 따왔다.

툼 군단의 구성원은 아직까지 많지 않았다.

이탄은 툼 군단에 애착을 가지고 있었는데, 그 결과 아나테마가 툼 군단의 1호로 등록되었다.

이자벨라는 2호였다.

솔직히 말해서 개족보도 이런 개족보가 없었다. 영주인 이자벨라가 영주 직속 군단의 병사로 등록된다는 것이 말이나 되는 소리인가!

하지만 그게 뭔 상관이랴? 어차피 이탄이 까라면 까는 것이다.

툼 군단의 3호는 루건.

4호는 수투루.

5호는 북토였다.

이들 세 군단장은 타 군단의 군단장인 동시에 툼 군단의 병사를 겸임했다.

처음 이탄으로부터 툼 군단의 가입을 권유받았을 때 루건은 이렇게 생각했다.

'뭐 이런 개판이 다 있어?'

수투루는 또 이렇게 생각했다.

'우리는 그렇다고 치자. 영주님마저 툼 군단의 병사란 말이야? 이건 마치 아비가 아들에게 입양된 것이나 마찬가지잖아? 무슨 족보가 이렇게 꼬였어?'

마지막으로 북토는 다른 점을 궁금히 여겼다.

'영주님은 그렇다고 쳐. 1호 병사인 아나테마는 또 누구지? 그런 이름을 들어본 적은 없는데? 우리 영지에 아나테마라는 악마종이 있던가?'

세 군단장 모두 이탄의 권유가 썩 마음에 들지는 않았다. 그들은 이탄에게 묻고 싶은 것도 많았다.

하지만 3명의 군단장들 가운데 실제로 이탄에게 질문을 던진 악마종은 없었다. 다들 서로가 서로에게 눈치만 줄 뿐이었다. 어차피 쥐들 가운데 고양이 목에 방울을 매달 수 있는 존재는 없는 법이었다.

Chapter 3

한편 이탄은 5,000이 넘는 인형들은 툼 군단 소속 병사들로 인정하지 않았다. 대신 이 인형들은 군단장인 이탄의 직속 부대로 편성했다.

[군단장님의 직속 부대면, 그 또한 군단의 일원이 아닙니까? 꾸웩!]

북토가 무심결에 이런 질문을 던졌다가 이탄에게 한 방 얻어맞았다. 이탄은 펑! 소리와 함께 연기로 흩어졌다가 북토 앞에 나타나 딱밤을 때리고 제자리로 돌아갔다.

이탄이 힘 조절을 정교하게 했기에 망정이지, 하마터면 북토는 두개골에 구멍이 뚫릴 뻔했다. 북토의 이마에서 핏물이 분수처럼 뿜어졌다.

그 후로 이탄에게 감히 질문을 하는 악마종은 없었다.

이탄이 인형들을 툼 군단의 병사로 인정하지 않은 이유는 하나였다. 이탄은 툼 군단의 병사들을 모레툼 지부의 신도들이라 여겼다.

'인형에게 무슨 은화를 걸겠어? 그러니까 인형들은 툼 군단에 들어올 수 없지.'

이것이 이탄의 생각이었다.

이탄은 툼 군단에 가입한 병사들에게 큼지막한 보울을 하나씩 선물했다. 당연히 루건과 수투루, 북토도 이탄으로부터 보울을 하나씩 받았다.

한데 세 군단장은 보울을 그냥 받은 것은 아니었다. 이탄은 그들에게 일종의 절차, 혹은 의식을 요구했다.

세 군단장은 이탄이 시키는 대로 바닥에 엎어져서 허공으로 간절히 손을 뻗는 시늉을 하였다.

그러자 이탄이 근엄한 표정으로 다가와 그들의 손에 보울을 하나씩 안겨주었다.

[너희가 세상의 풍파에 시달려 넘어지고 또 쓰러져 고달플 때 은혜로우신 툼이 너희에게 보울을 내려줄 것이니라. 너희는 툼의 은혜로 다시 일어나 기운을 찾으라.]

이탄이 성스럽게 선언했다. 그러면서 이탄은 세 군단장의 손에 보울을 하나씩 올려놓았다. 이탄은 이것을 툼 군단에 가입하기 위한 '은혜 받음의 의식'이라고 불렀다.

세 군단장은 은혜 받음의 의식이 대체 뭔지도 모르고 보울을 받았다. 그런 다음 세 군단장은 좋다고 희희낙락하며 그 보울을 흡수했다.

[끼요오옵! 망할. 저 세 녀석도 이제 일수도장을 찍는 게냐? 끼요오옵.]

툼 군단의 1호인 아나테마가 3명의 후임들을 불쌍하다는 듯이 바라보았다.

오래 전 트루게이스 시에서도 이런 일이 벌어졌었다. 이탄이 티케를 처음 모레툼 지부로 데려왔을 때 리리모가 티케를 바라보던 눈빛이 바로 지금 아나테마의 눈빛과 같았다.

이탄은 아나테마의 중얼거림을 무시한 채 곰곰이 생각했다.

"고작 5명을 군단이라고 부를 수는 없겠지? 아무래도 영업 활동을 재개해야겠어. 툼 군단의 가입자를 늘리고 모레툼 님의 은혜를 널리 퍼뜨려야지."

앙리망 영지가 루아 영지로 이름을 바꾼 7월 4일.

이탄은 포교활동의 재개를 결심했다.

툼 군단의 영업 방식은 모레툼 교단 지부의 영업 방식과 비슷할 수밖에 없었다.

"자비로우신 모레툼 님은 땅에 쓰러져 힘겨워하는 사람들에게 은혜를 베푸시는 분이시다. 나도 마땅히 땅에 쓰러져 힘겨워하는 악마종들에게 은혜를 베풀어 줘야지. 그런데 안타깝게도 주변에 땅에 쓰러져 힘겨워하는 악마종이 보이지 않는구나. 그렇다면 역시 악마종들을 땅에 쓰러뜨려 힘겨워하도록 만들어 줄 수밖에. 그런 다음 그들에게 신의 은혜를 전파해야지. 모레툼!"

이탄이 오른 주먹 위에 왼손을 덮어 모레툼을 크게 외쳤다. 그 순간 강력한 이탄의 의지가 부정 차원 전체로 쫙 퍼져나갔다.

부정 차원의 모든 악마종들이 알 수 없는 오한에 몸을 부르르 떨었다.

[어흐흐흐, 왜 춥지?]

[그러게. 어쩐지 몸이 이상하네?]

일반마도, 역마도, 진마도, 심지어 부정 차원 전체를 통틀어서 그 숫자가 얼마 되지 않는 성마들조차도 영문 모를 오싹함에 몸서리를 쳐야만 했다. 드디어 부정 차원에 모레툼의 씨앗이 본격적으로 뿌려질 시기가 도래한 것이다.

지난 2년간 푸시킨 영주는 미친 듯이 싸웠다. 북방에서 밀고 내려오는 3개의 대형 영지들을 맞아서 그는 싸우고 또 싸웠다.

푸시킨의 손에는 단 하루도 피가 마를 날이 없었다. 당연히 푸시킨은 상처도 많이 입었다. 지치기도 많이 지쳤다.

푸시킨은 직접 전투에 나서는 한편, 심리전도 병행했다. 최근 영주의 이름으로 공표된 포고문이 주변 영지로 전달되었다.

—— 라이너 일족의 비열함에 대하여 ——

라이너여,

천하의 비열한 음모자여,

너는 가짜 루아를 만들어 내고, 너희 라이너 일족을 가짜의 곁에 붙여 배후에서 조종하였다.

그 결과 앙리망 영지를 혼란에 빠트렸으며, 그들로 하여금 우리 푸시킨 영지를 침범하게 만들었도다.

너는 우리 푸시킨 영지가 앙리망 영지에 철퇴를 내리기를 바랐겠지? 그리하여 나의 시선을 분산시킨 뒤, 우리 푸시킨 영지를 침탈하려 노렸겠지.

하지만 나 푸시킨은 너희의 가증스런 수작에 넘어가지 않았다. 나는 앙리망 영지의 침탈을 너그럽게 눈감아주었을 뿐 아니라 2년 전 가짜 루아 사건의 배후에 너희 라이너 영지가 도사리고 있다는 사실 또한 밝혀내었다.

네놈이 파견한 라이너 일족이 드디어 이번 일의 전말을 실토하였다.

세도우.

이 이름을 모른다고 하지는 않겠지?

네가 파견한 자의 이름을 말이다. 네가 가짜 루아에게 붙여준 세도우가 만 2년 만에 모든 사실을 토해놓았다.

내가 오늘 너의 비겁함을 만천하에 공개하는 이유는 네 비겁한 행위를 비난하기 위해서는 아니다. 우리 악마종들이 비겁하고 비열한 것이 어디 하루 이틀의 일이랴.

다만 나는 주변 영주들에게 이번 일을 알려서 그들이 경각심을 갖도록 만들고자 한다.

라이너와 영토를 맞대고 있는 영주들이여, 조심하고 또 조심하라. 라이너가 세도우라는 자를 부려서 우리와 앙리망 영지에 행했던 일을 살피고 또 살펴라. 그리하여 라이너의 암수에 등이 찔리지 않도록 하라.

― 영주 푸시킨 씀

이상이 푸시킨의 주장이었다.

Chapter 4

라이너 측에선 당장에 반박문을 발표했다.

—— 반 박 문 ——

푸시킨이여,

정녕 미쳤느냐? 우리가 하지도 않은 일을 왜 사실인 것처럼 공표하느냐?

나는 세도우가 누구인지 모른다.

나는 가짜 루아가 누구인지도 모른다.

네가 뭐라고 지껄여도 상관없으나 자신 있으면 투구를 쓰고 갑옷을 입은 뒤 전쟁터로 나와라.

세 치 혓바닥으로 싸우려 들지 말고 나와 더불어 온몸으로 부딪쳐보자.

— 영주 라이너 씀

이상이 라이너 영지에서 붙인 반박문이었다.

푸시킨과 라이너의 주장은 서로 엇갈렸다.

다른 악마종들이 보기에 둘 중 푸시킨 영지의 발표가 더 믿을 만했다. 라이너 일족은 원래 암습과 음모에 능한 곳이라는 선입견이 작용했다.

어쨌거나 주변의 악마종들은 2년 전의 사건을 다시 떠들어댔다.

[역시 그때 그 일은 라이너가 배후였나?]

[솔직히 나는 그때 이해를 못 했었어. 앙리망의 신임 영주가 처돌았나 싶었던 게지. 감히 중대형 영지 주제에 대형 영지에 쳐들어가다니 말이야. 그때 루아라는 신임 영주가 왜 저런 짓을 하나 의문이었는데, 역시 라이너 쪽에서 뒷공작을 했었네. 쯧쯧쯧.]

[그걸 보면 푸시킨 영주도 참 대인배야. 아무리 라이너 쪽의 조작이라고 해도 그렇지, 앙리망 따위가 덤벼들면 우선 그들부터 응징하고 봐야 하는 것 아냐?]

[그럼 곧바로 라이너의 덫에 걸리는 거지. 당시에 앙리망의 신임 영주는 가짜 루아 때문에 머리가 확 돌아서 너 죽고 나 죽자였다며?]

[하긴, 아무리 약자라고 해도 눈깔이 확 돌아버리면 무섭지.]

[그걸 보면 푸시킨 영주도 참 대단한 마종이야. 앙리망의 도발을 꾹 참아서 덫을 피하고, 이렇게 끝까지 추적하여 라이너의 음모를 밝혀낸 것을 보면 말이야.]

[맞아. 이건 푸시킨이 대단한 거야.]

주변의 악마종들은 2년 전 앙리망 영지와 푸시킨 영지

사이에서 벌어졌던 사건을 회상하면서 이렇게 수군거렸다.

푸시킨은 나름 긍정적인 평가가 이어지자 괜히 어깨가 으쓱했다.

'2년 전에 앙리망 따위에게 엉덩이를 물려서 개망신을 당했던 치욕이 드디어 풀리는구나. 크흐흐.'

푸시킨이 속으로 낄낄거리며 웃었다.

반면 라이너 일족은 억울해서 미칠 지경이었다. 그들이 아무리 반박문을 공표해도 주변의 악마종들은 그들의 말을 믿어주지 않았다.

심지어 같은 라이너 일족들조차도 '혹시 영주님께서 남몰래 그런 짓을 저지른 것 아냐?' 라고 의심했다.

이렇듯 라이너 일족에게 불리하게 여론이 형성된 가운데, 루아 영지에서 모두가 깜짝 놀랄 만한 포고문을 발표했다.

―― 포 고 문 ――

라이너여,

가짜 루아를 내세워서 재미 좀 보았느냐?

네가 내세웠던 가짜는 2년 전에 내 손에 목이 잘렸다. 너의 명령을 따랐던 세도우는 결국 진실을 고백했다.

이제는 너 라이너가 응징을 받을 차례다. 우리 루아 영지는 이 시간부로 라이너 영지에 전쟁을 선포한다.

푸시킨 영지는 나의 군단이 라이너 놈들에게 정당한 복수를 할 수 있도록 길을 열어주기 바란다.

— 영주 루아 씀

루아(이자벨라)의 이름으로 공표된 전쟁 선포가 주변 영지를 발칵 뒤집어 놓았다. 2년 전, 대형 영지도 아닌 주제에 푸시킨을 물어뜯었던 그 앙리망 영지가 이번에는 또 다른 대형 영지인 라이너를 향해서 당당하게 전쟁을 선포한 것이다.

[크하! 루아라는 그 애송이 영주 말이야, 완전히 똘아이 아냐?]

[아무래도 제정신은 아닌 것 같지?]

[그나저나 라이너 영주도 참 개망신이네. 중대형 영지의 영주 따위에게 전쟁 포고문을 받다니 말이야. 크큭큭.]

[2년 전에 푸시킨 영주가 겪었던 개망신을 이번에는 라이너 영주가 겪는 게지. 크큿큿큿. 재미있다. 큿큿.]

주변의 악마종들이 일제히 수군거렸다. 다들 흥미진진하게 이 싸움을 지켜보았다.

이 소식을 들은 라이너 영주는 머리에 뜨거운 스팀이 꽉 차올랐다. 라이너 영지는 푸시킨 영지를 압박하던 3개의 대형 영지 가운데 한 곳이었다.

[키이이익, 이 개똘아이 년이 죽고 싶어서 환장을 했나?]

쾅!

라이너의 앞에서 두꺼운 돌조각이 산산이 터져나갔다. 라이너가 내뿜는 기세만으로도 돌조각이 박살 나고 주변 기둥에 금이 쩍쩍 갔다.

[후욱, 후욱, 후욱. 이런 개똘아이 년. 후욱, 후욱.]

라이너가 연신 거친 숨을 몰아쉬었다. 벌거벗은 라이너의 상반신에서 쫀쫀하게 짜인 근섬유들이 거칠게 맥동했다.

라이너의 앞에 엎드린 8명의 악마종들은 영주의 서슬 퍼런 분노 앞에서도 무표정했다. 이들은 라이너에 의해서 일체의 감정이 거세되었으며 오로지 암살과 파괴, 폭력만 아는 악종들로 거듭났다.

라이너의 적들은 이 8명의 악마종을 '라이너의 사냥개'라 불렀다. 라이너의 친구들도 이 8명의 악마종을 라이너의 사냥개라 불렀다.

실제로 라이너 앞에 엎드린 8명의 악마종들의 목에는 뾰족하게 가시가 박힌 개목걸이가 채워져 있었다.

라이너가 사냥개들을 홱 돌아보고는 명령을 내렸다.

[그 미친년이 푸시킨 영지를 믿고 이 지랄을 하는 게지? 우리와 그년 사이에 푸시킨 영지가 벽처럼 끼어 있으니까 자신이 개소리를 지껄여도 안전할 거라고 생각했나 보지? 키이익. 이런 개똘아이 같은 년. 이 라이너가 공간의 제약을 받을 것이라 생각했다면 오산이다. 가라! 가서 그 미친년을 내 앞으로 끌고 와라. 내 그년의 살을 한 점 한 점 바르고 뼈를 깎아서 체스판의 말로 만들 것이야. 키이이약!]

라이너의 손에서 뿌드득 소리가 울렸다.

8명의 사냥개들은 그 즉시 유령처럼 사라졌다.

목표는 이자벨라.

사냥개들은 주인의 명을 받들어 이자벨라를 이곳 라이너 영주탑으로 납치해 올 생각이었다.

Chapter 5

라이너 영주가 분노로 활활 타오를 무렵, 푸시킨 영주는 손으로 자신의 이마를 문질렀다.

[하아, 루아라는 그 계집이 정말 미친년인 겐가? 2년 전에도 미친개처럼 지랄발광을 하더니 여전히 그 버릇을 남

주지 못했네?]

솔직히 푸시킨은 어이가 없었다. 그는 이자벨라가 내건 전쟁 선포문을 다시 한번 읽어본 뒤, 고개를 절레절레 내저었다.

[허어. 대형 영지도 아닌 주제에 북방의 라이너 일족에게 전쟁을 걸다니! 허어어. 정말로 미친개로구나.]

라이너 일족이 대체 누구인가?

그들 일족은 암살과 전쟁, 침투에 특화된 악마종들이었다. 그들 일족은 유령처럼 소리 없이 스며들어 권력자들의 목을 따는 것으로 유명했다.

그래서 푸시킨을 비롯한 북쪽의 강력한 대형 영지들도 라이너 일족과 싸우는 것은 부담스러웠다.

한데 루아(이자벨라)는 그 라이너 일족에게 거침없이 도발을 감행했다.

[비록 라이너 놈들이 가짜 루아를 내세워서 먼저 건드리기는 했지만 말이야, 그렇다고 해서 이렇게 전쟁을 선포할 줄은 또 몰랐네. 허어어.]

푸시킨은 연신 탄식을 내뱉으면서도 표정은 그리 나빠 보이지 않았다.

솔직하게 말해서 푸시킨은 2년 전 미친개에게 물려서 수모를 겪었던 일이 이제야 조금이나마 해소되는 기분이었다.

'2년 전, 우리가 바보라서 그년에게 뒤꿈치를 물린 게 아니었어. 루아라는 년이 워낙 개똘아이 미친년이라서 앞뒤 가리지 않고 마구 물어뜯는 게지. 끌끌끌. 지금쯤 라이너 녀석은 황당하다 못해 속이 터질 지경일 게야. 끌끌끌끌.'

푸시킨은 라이너의 심정을 헤아리고는 피식 피식 웃었다. 참으려고 해도 자꾸 입에서 웃음이 터졌다.

그러면서 푸시킨은 루아에 대한 악감정도 약간이나마 가라앉았다.

푸시킨의 둘째 아들이 조심스럽게 푸시킨의 뜻을 물었다.

[영주님, 어떻게 하면 좋겠습니까?]

[뭘 어떻게 해?]

[앙리망 영지, 아니 루아 영지에서 정식으로 공문이 올라왔습니다. 자신들이 라이너로 쳐들어가야 하니 우리더러 길을 터달라는 요구입니다. 저희가 어떻게 해야 할지 판단을 내려주십시오.]

[캭! 고얀 것들. 감히 누구더러 길을 트라 마라야?]

푸시킨이 역정을 내었다.

둘째 아들이 황급히 맞장구를 쳤다.

[영주님의 말씀이 맞습니다. 역시 루아 영지들은 시건방

지기 짝이 없습니다. 녀석들에게 길을 터줄 수 없다고 당장 답신을 보내겠습니다.]

[이런 바보 녀석! 그게 뭔 개소리야?]

푸시킨은 둘째 아들에게 버럭 화를 내었다.

[네?]

둘째 아들이 당황했다.

푸시킨은 둘째 아들을 꾸짖었다.

[너 멍청이냐? 모처럼 라이너 일족에게 수모를 안겨줄 수 있는 찬스가 왔는데, 그 찬스를 왜 우리 스스로 걷어찬단 말이냐?]

[네에?]

[당장 루아의 요청을 받아들여서 길을 터줘라. 루아, 그 미친년이 라이너의 엉덩이를 물어뜯는 꼴이나 한번 구경하자꾸나. 물론 루아 영지는 결국 라이너의 손에 처참하게 멸망하겠지만 말이다. 클클클클, 그래도 2년 전에 보니까 루아 고년이 무척 앙칼지더라고. 고년 성깔이라면 제 목숨이 끊어지는 그 순간까지는 열심히 라이너 일족을 물어뜯을 게야. 클클클클클.]

[역시 영주님께서는 현명하십니다. 영주님의 말씀을 따르겠습니다.]

푸시킨의 둘째 아들이 황급히 말을 바꿨다.

[클클클클. 이거 싸움 구경하는 재미가 쏠쏠하겠어. 클클클클.]

푸시킨은 모처럼 기분 좋게 웃었다.

그날 오후.

푸시킨 영지에서 길을 터주겠다는 답변이 왔다.

이자벨라는 답을 받자마자 3개 군단에 총동원령을 내렸다.

루건 군단.

북토 군단.

마지막으로 이탄이 이끄는 툼 군단.

이상 3개 군단이 이번 전쟁에 동원되었다. 3개 군단은 미리 출전 준비라도 한 듯이 곧바로 전쟁터에 나섰다.

2년 전 이자벨라는 앙리망 영지의 전 병력을 이끌고 푸시킨 영지로 쳐들어갔었다. 치안병, 수비병, 그 어느 한 명 남겨놓지 않고서 전쟁에 올인(All In)했었다.

이번에는 그때와 달랐다. 이자벨라는 3개 군단만 동원하고 나머지 한 개 군단은 루아 영지를 지키기 위해서 남겨두었다.

이자벨라와 이탄이 자리를 비운 사이 영토의 수호를 담당한 곳은 수투루 군단으로 정해졌다.

이 결정은 이자벨라가 직접 내렸다. 어떤 군단을 전쟁터에 내보내고 어떤 군단을 영지에 남길 것인지에 대한 계획도 오롯이 이자벨라가 세웠다.

하지만 이 결정을 최종 승인한 자는 이탄이었다. 이자벨라가 실무를 다 챙기되, 최종 결정권은 이탄의 손아귀에 있었다.

물론 이탄은 이자벨라가 올린 계획서를 반대한 적이 없었다.

사실 이자벨라는 세력을 키우고 영토를 다스리는 일에 능숙했다. 그녀는 전쟁 계획도 무척 치밀하게 잘 세웠다.

이탄도 그 점을 알았다.

'이자벨라를 적절히 부려먹는 편이 좋겠지?'

이탄은 이런 마음으로 이자벨라의 의견을 적극 수용했다.

또 한 가지.

이자벨라는 지배 능력에만 특화된 게 아니었다. 그녀는 미래를 읽는 능력까지 갖추었다. 이자벨라는 전쟁 계획을 세우고 난 이후에 반드시 점을 쳤는데, 그 점괘가 꽤나 믿을 만했다. 뛰어난 판단력에 예지력까지 더해지자 이자벨라가 세운 전략은 무척 우수했다.

영지를 다스리랴, 전쟁 준비도 하랴.

요새 이자벨라는 너무 바빠서 눈코 뜰 새가 없었다.

게다가 이자벨라는 아침부터 새벽까지 인형의 눈알도 붙여야 했다. 매일매일 이자벨라의 코에서는 쌍코피가 터졌다.

[장하다, 이자벨라. 너는 잘 하고 있어.]

이탄은 고생하는 이자벨라의 어깨를 두드려 응원해주었다.

[넹. 이탄 님. 헤헤헷.]

이자벨라가 혀를 쏙 내밀었다. 이자벨라는 이탄의 칭찬에 중독이라도 된 듯 더욱 열심히 일했다.

[끼요오옵. 무섭다. 나는 네가 너무 무섭다.]

이탄이 이자벨라를 다루는 모습을 보면서 아나테마는 연신 무섭다는 소리만 반복했다.

하지만 그런 아나테마도 매일매일 이탄을 위해서 일수도장을 찍기는 마찬가지였다.

Chapter 6

7월 5일.

드디어 출전의 날이 밝았다.

쿠르릉! 쿠르르릉!

천둥소리와 함께 하늘에 새하얀 전하가 뛰놀았다. 그 전하의 바다 속에서 루아 영지의 마도전함 800척이 그 모습을 드러내었다.

마도전함은 등장과 동시에 대규모 공간이동 마법진을 펼쳤다.

후왕!

마도전함 함대로부터 거대한 빛의 기둥이 쏟아졌다. 그 빛의 기둥 속에서 중무장한 악마종들이 모습을 드러내었다.

발가벗은 나체에 눈알 달린 몽둥이를 꽉 움켜쥔 악마종이 루건.

한 손에는 핼버드를 들고 등에 창을 꽂은 악마종이 북토.

화려한 마차에 올라타서 오만하게 지상을 굽어보고 있는 소녀가 루아(이자벨라).

이자벨라의 뒤에 무표정하게 서 있는 사내가 이탄.

푸시킨의 맏아들은 영주성 앞 대평원에 등장한 루아의 병력들을 차례로 훑어보았다. 그는 특히 상대 영지의 주력 장수들의 면면을 꼼꼼히 살폈다.

[생각보다 병력이 많군.]

상대의 병력은 푸시킨의 맏아들이 예상했던 것보다 두

배는 더 많았다.

푸시킨 영주성의 총관이 그 말을 받았다.

[영주 대행님의 말씀이 맞습니다. 저 정도 규모면 루아 영지의 병력 가운데 70에서 80퍼센트를 동원한 모양입니다.]

[커허. 정말 루아라는 계집은 오늘만 살고 내일은 생각하지 않는 족속인 모양이지? 더군다나 타고난 암살자 일족에게 싸움을 거는 판국이잖아. 패배가 빤히 보이는 전쟁에 영주가 직접 나서다니, 정말 루아 영주는 죽고 싶어서 안달이 난 악마종 같아.]

푸시킨의 맏아들은 루아를 도저히 이해할 수 없었다.

총관도 그 의견에 동의했다.

[뭐, 자살을 하겠다고 날뛰는데 누가 말리겠습니까? 우리 입장에서는 저 미친개들이 라이너 일족과 싸워주면 땡큐일 따름입지요.]

푸시킨의 맏아들과 총관이 성벽 위에 서서 대화를 나누는 동안, 루아 영지의 마도전함은 다시 한번 공간이동을 시작했다.

원래 푸시킨 영지에는 대규모 공간이동을 방해하는 마나 역장이 걸려 있었다. 따라서 타 영지의 마도전함들이 푸시킨의 영토를 가로질러서 대규모 공간이동을 하는 것은 불가능했다.

하지만 지금은 이러한 제약이 풀린 상태.

푸시킨 영지에서는 루아 영지를 위해서 길을 터주었다. 하여 루아 영지의 마도전함 함대는 안심하고 다시 한번 공간이동 마법을 사용했다.

800척이나 되는 마도전함들이 새하얀 전하 속으로 다시 빨려들어 갔다. 이어서 루아 영지의 3개 군단도 빛의 기둥을 타고 다시 한번 공간이동을 시작하였다. 이자벨라가 이끄는 병력들은 푸시킨 영주성을 중간 기점으로 삼은 뒤, 곧바로 라이너 영지의 코앞까지 이동한 것이다.

[전군, 출격하라.]

이자벨라가 마차 위에 꼿꼿이 서서 진격 명령을 내렸다.

[쿠워어어어어―.]

루아 영지의 악마종들이 라이너의 영토를 향해서 미친 듯이 내달렸다.

이번에도 이자벨라의 전술은 2년 전과 같았다. 이자벨라는 병력을 나누거나 우회하지 않았다.

[복잡한 전략 전술이 뭐가 필요 있지? 단순한 게 강한 거야. 강자들이야말로 단순한 힘으로 적을 제압할 수 있거든. 우리는 따로 전략 전술이 없다. 성난 파도처럼 라이너 놈들을 몰아쳐라. 그게 바로 우리의 전략이요, 전술이다.]

이자벨라의 명령은 루건과 북토의 마음에 쏙 들었다.

[이 루건, 목숨을 바쳐 영주님의 명을 받들겠습니다.]

루건이 군진의 오른쪽 날개가 되기를 자청했다.

[저 북토도 성난 파도가 되어서 라이너 놈들이 정신을 차리지 못하도록 몰아치겠습니다.]

북토의 군단은 왼쪽 날개를 담당했다.

두 군단이 날개를 활짝 펼칠 동안, 이탄과 이자벨라는 중앙에 자리를 잡았다.

이자벨라는 전 병력을 가로로 쭉 펼친 다음, 해일처럼 위로 밀고 올라갔다.

이자벨라의 군대는 전쟁 전 준비 작업도 생략했다. 그들은 후방에 베이스캠프를 설치하거나 숨을 고르는 행위도 하지 않았다. 이자벨라군은 마도전함으로 공간이동을 마치자마자 그대로 북상해버렸다.

푸시킨 영지의 첨병들이 그 모습을 보고는 깜짝 놀랐다.

[저, 저런 미친!]

[아니, 전선에 도착하자마자 곧바로 쳐들어간다고? 아무런 정찰도 없이?]

[미친 거 아냐?]

푸시킨 영지의 첨병들은 이 황당한 소식을 재빨리 상부에 보고했다.

그러는 동안 이자벨라의 대군은 이미 라이너 쪽의 초소를 쓸어버리며 이미 전쟁에 돌입해버렸다.

이자벨라군의 급작스러운 공격이 효과를 발휘했다. 라이너 영지의 수뇌부들이 전쟁 발발 사실을 인지했을 무렵, 이자벨라의 군대는 이미 라이너 영토의 남쪽 성을 3개나 함락시킨 뒤였다.

푸시킨 영주는 첨병들로부터 이 소식을 보고받고는 손바닥으로 자신의 이마를 때렸다.

[끄하하하하. 끄하하하. 루아, 그년이 정말 미친 돌아이가 맞구나. 미쳐도 단단히 미쳤어. 끄하하하.]

푸시킨은 손으로 배꼽을 잡고 웃었다.

요 근래 푸시킨은 이렇게 통쾌하게 웃은 적이 없었다. 그런데 앞뒤 가리지 않는 이자벨라의 행동을 듣자 푸시킨은 웃지 않고서는 배길 수가 없었다.

부정 차원의 악마종들은 크게 두 부류로 나뉘었다.

속을 감추고 인내하면서 끝까지 적의 뒤통수를 노리는 타입.

앞뒤 가리지 않고 미친 듯이 날뛰는 타입종.

전자가 얼음이라면, 후자는 불이었다. 엄밀하게 말해서 푸시킨은 불 타입에 가까운 악마종이었다.

그런 푸시킨이 엄지를 치켜세울 만큼 이자벨라는 화끈했다.

[거 참, 마음에 드네. 하도 건방져서 언젠가 네년을 손을 봐주긴 하겠다만, 그래도 마음에는 들어. 끌끌끌.]

푸시킨은 이자벨라에 대한 평가를 다시 내렸다. 푸시킨은 이제 이자벨라에 대한 악감정이 사라지다 못해 은근히 호감을 느낄 정도였다.

제6화

두 그루의 용아목

Chapter 1

7월 9일.

라이너의 사냥개들이 루아 영지에 막 도착했다.

그때 이미 이자벨라는 이미 루아 영지를 떠나고 없었다. 그녀는 3개의 군단을 이끌고 북상하더니, 라이너 영지로 쳐들어가서 3개의 성을 차례로 무너뜨려 버렸다.

[치잇! 길이 엇갈렸구나.]

[돌아가자.]

허탕을 친 라이너의 사냥개들이 황급히 다시 영토로 복귀했다.

그러는 사이 이자벨라의 군대는 라이너 영지 남쪽의 네

번째와 다섯 번째 성을 추가로 함락시켰다.

물론 라이너 영지도 그냥 당하고 있지만은 않았다. 라이너의 가신들이 열심히 병력을 끌어모으는 동안, 잘 훈련된 암살자 수만 명이 출격하여 이자벨라군의 후방으로 스며들었다.

적진에 침투하여 요인을 암살하고 적을 혼란시키는 것은 라이너 일족의 주특기였다. 무려 수만 명이나 되는 암살자들이 군영을 휘젓고 나면 대부분의 군대는 전진을 멈추고 암살자 수색에 전념할 수밖에 없었다.

한데 이자벨라는 이러한 전례를 따르지 않았다.

[흥! 한낱 모기떼를 쫓아내느라 표범 사냥을 늦출 수는 없는 법이지. 모기에 물려서 죽을 놈들은 죽게 내버려 두라고. 우리는 무조건 표범만 물고 늘어진다.]

이자벨라가 이런 명령을 하달했다.

이탄도 이자벨라의 결정에 동의했다. 아니, 사실은 이탄이 이자벨라보다 더 적극적으로 강행군을 주장했다.

이자벨라군의 군단장들은 진영 내부에 암살자들이 침투했다는 사실을 보고 받고도 아무런 조치를 취하지 않았다. 오히려 더 빠른 속도로 진군하여 북쪽으로 치고 올라갔다.

그러자 암살자들이 당황했다.

원래 라이너 일족은 적들과 동화하여 가만히 은신했다가

한 놈 한 놈 적의 목줄을 따주는 것이 특기였다.

그런데 이자벨라군은 동료가 암살을 당하건 말건 상관하지 않고 점점 더 행군 속도를 높였다.

'뭐 이딴 놈들이 다 있지?'

라이너의 암살자들은 이런 경우를 처음 겪어보았다. 그래서 어떻게 대처해야 할지 알 수가 없었다.

암살자들을 당황시킨 것은 이게 다가 아니었다. 이자벨라는 모기(암살자)에게 시달리는 부하들의 분노를 일반 라이너 백성들에게 풀도록 유도했다.

이자벨라의 군대가 마을을 점령하고 나면, 그녀의 병사들은 마을의 모든 악마종들을 끌어내어 목을 베었다.

그것도 그냥 목을 베는 것이 아니라 모든 병사들이 한 번씩 돌아가면서 처형자 역할을 맡았다.

이자벨라군의 병사들은 적 백성들을 개울로 끌고 가서 한 명 한 명 목을 쳤는데, 그렇게 굴러 떨어진 머리통이 개울에 둑처럼 쌓여서 물길을 막았다. 졸졸 흐르던 하천은 온통 붉게 물들었다.

이자벨라군에 몰래 침투한 라이너의 암살자들도 정체를 들키지 않으려면 마을 백성들의 처형식에 참여해야만 했다.

덕분에 라이너의 암살자들은 스스로의 손으로 영지민을

죽이는 처지가 되었다. 암살자들은 이 지독한 상황에 치를 떨었다.

그러는 와중에도 이자벨라군은 점점 더 북쪽으로 치고 올라가 라이너 영지의 주요 요충지 중 한 곳에 근접했다.

솔직히 라이너 일족의 입장에서 보았을 때 남부의 성 몇 개는 버려도 그만이었다. 하지만 이 요충지는 절대 잃어서는 안 되는 곳이었다. 이제 라이너 영주도 더 이상 암살단에만 의존할 수 없었다.

참다못한 라이너가 대규모 병력을 편성하여 이자벨라군을 막으라고 명했다.

이제 라이너 일족은 주특기인 암살 작전을 포기하고 전면전에 돌입하게 되었다. 이자벨라는 영악하게도 적이 껄끄러워할 만한 상황을 유도했다.

7월 10일.

보랏빛 하늘이 컴컴하게 물드는가 싶더니 장대비가 쉴 새 없이 쏟아졌다. 부정 차원의 대지를 적시는 빗방울은 진한 보라색이었다.

독을 품은 빗줄기는 점점 더 많이, 점점 더 세게 내렸다.

쏴아아아아ー.

이른 7월에 시작된 장마는 온 세상을 떠내려 보낼 듯이 물 폭탄을 쏟아부었다.

이자벨라군은 회색빛 고목으로 이루어진 숲 앞에 진을 쳤다. 강하게 때리는 소낙비가 이자벨라의 병사들을 흠뻑 적셨다.

이탄이 고지에 올라서서 적진을 둘러보았다. 이탄의 머리에 떨어진 빗줄기가 이탄의 얼굴을 타고 흘러내렸다.

이탄의 시선은 동쪽 끝에서 시작하여 서쪽 끝까지 쭉 돌아갔다. 그의 눈 아래 일직선으로 늘어선 회색 숲은 그 자체가 강력한 요새였다.

숲을 구성하는 회색 고목들은 '탐욕과 억압의 악마종' 이라 불리는 개체로 결코 만만히 볼 종자들은 아니었다.

보통 탐욕과 억압의 악마종은 검보라빛을 띠는데, 거창한 이름과 달리 그들은 일반마 중상급 수준에 불과했다.

반면 이탄의 눈앞에 펼쳐진 회색 고목들은 그 한 그루 한 그루가 모두 역마 상급의 존재들이었다.

이자벨라의 병사들은 회색 고목들이 두려운 듯 부르르 동공을 떨었다.

게다가 적은 회색 고목만이 아니었다. 이자벨라군의 앞을 빽빽하게 가로막은 회색 고목들 뒤에는 하늘 꼭대기를 뚫고 올라갈 듯이 용솟음 친 거대한 나무 두 그루가 양쪽으로 자라나 있었다.

이 두 그루 나무의 높이가 얼마나 되는지 측량해본 악마종은 없었다. 미루어 짐작하기로는 최소한 수십 킬로미터, 혹은 수백 킬로미터가 넘을지도 몰랐다.

이 두 그루의 나무를 직접 보기 전까지는 세상에 이렇게 큰 나무가 존재하리라고 믿는 악마종도 없었다.

Chapter 2

하늘을 떠받친 듯한 이 거대 나무도 칙칙한 회색 빛깔을 띠었다. 거대한 회색 나무는 마치 살아 숨 쉬는 드래곤처럼 쿠르릉! 쿠르릉! 브레스를 내뿜었다. 그 브레스가 회색빛 몽롱한 연기가 되어 하늘로 솟구쳤다.

이탄은 회색 연기 속에서 희미하게 일렁거리는 문자를 보았다.

꽈배기 모양의 회색 문자…….

이것은 다름 아닌 만자비문이었다.

이탄이 부정 차원에 들어온 지도 벌써 2년 6개월이나 되었다. 그런데 만자비문을 직접 목격한 것은 이번이 처음이었다.

'앞쪽의 회색 숲이야 별 것 없지. 저 정도는 이자벨라의

전차로도 충분히 뚫을 수 있어. 그런데 저 뒤쪽의 두 그루 나무는 기세가 제법이네.'

이탄은 피사노교의 신인들을 떠올렸다.

피사노 쌀라싸를 비롯하여 피사노 싯다, 피사노 싸마니야 등등……

이들 신인들은 한두 개 정도나마 만자비문의 힘을 끌어다 쓸 줄 알았다.

예를 들어서 피사노교의 서열 3위인 쌀라싸는 남명으로 쳐들어 왔을 때 '화형을 시키는' 이라는 비문을 사용했다.

서열 4위인 아르비아 '빙의하는' 이라는 비문을 사용했다.

서열 5위인 캄사는 '뒤틀리는' 의 사용자였다.

이어서 서열 6위인 피사노 싯다는 '단절하는' 이라는 비문으로 음양종의 거신강림대진을 무력화 시켰었다.

비록 이탄이 목격한 적은 없으나 피사노교의 서열 7위인 사브아는 '우아하게 고통스러운' 이라는 비문을 익혔다.

서열 8위인 싸마니야는 '꺼지지 않는' 과 '영원히 지워지는' 이라는 비문 두 가지를 동시에 깨달았다.

마지막으로 신인들 가운데 막내인 티스아는 '전진밖에 모르는' 의 전수자였다.

피사노교의 신인들은 이렇듯 만자비문에 한 발을 걸친

것만으로도 언노운 월드의 최강자로 자리매김했다.

그런데 하늘을 떠받치는 기둥처럼 생긴 저 두 그루의 나무들은 놀랍게도 피사노교의 신인에 버금가는 기세를 내뿜었다.

거대한 나무를 눈여겨 보는 이는 이탄만이 아니었다. 이자벨라도 빗속에 우뚝 서있는 거대한 두 그루의 나무를 홀린 듯이 바라보았다.

이자벨라는 솔직히 저 나무를 상대할 자신이 없었다. 진마 중급 수준인 이자벨라가 보기에도 저 두 그루의 나무는 범상치 않았다.

[끄으으음.]

이자벨라의 잇새에서 옅은 신음이 흘렀다.

이자벨라가 주눅이 드는 판이니 역마인 루건과 북토는 말할 필요도 없었다.

[쿠헐.]

[제기랄.]

루건과 북토도 침만 꼴깍 삼킬 뿐, 감히 거대한 나무 주변에 휘감긴 회색의 문자들을 쳐다보지도 못했다.

부정 차원의 모든 악마종들은 본능적으로 만자비문의 힘을 두려워하였는데, 이는 만자비문이 부정 차원을 지탱하는 인과율이기 때문이었다. 부정 차원의 존재들은 감히 인과율을 벗어나거나 거역할 수 없었다.

결국 이탄이 나서기로 마음을 굳혔다.

'부하들의 두려움을 해소해주는 것이 내 몫이지. 여기서 더 머뭇거리다가는 아군의 사기가 꺾이겠어.'

출전하기 전, 이탄은 손목을 가볍게 빙글빙글 돌렸다. 발목도 좌로 한 번 우로 한 번 회전하여 근육을 부드럽게 풀어주었다.

이제 싸울 준비는 끝났다.

파앙!

이탄이 벼락처럼 앞으로 치고 나갔다.

[앗! 이탄 님. 조심하세욧.]

이자벨라가 이탄을 걱정했다.

이자벨라에게는 하늘로 승천하는 듯한 모양의 저 거대한 나무들이 마치 단단한 벽처럼 느껴졌다. 어느새 이자벨라의 머릿속에는 닉스가 떠올랐다.

불경스럽게도 이자벨라는 저 거대한 나무와 닉스를 비교했다.

부정 차원의 늙은 왕, 혹은 신이라 불리는 닉스야말로 이자벨라에게는 경외의 대상이었다. 그런데 놀랍게도 회색의 거대한 나무 두 그루는 이자벨라에게 닉스를 대하는 듯한 느낌을 안겨주었다.

캬아악!

이탄이 달려들자 회색 고목들, 즉 탐욕과 억압의 악마종들이 날카롭게 가지를 뻗었다. 이 나뭇가지 한 가닥 한 가닥이 예리한 창날이 되어 이탄을 공격했다.

탐욕과 억압의 악마종은 가지가 부서져도 빠르게 재생되는 특징을 지녔다.

그런 특징이 이탄 앞에서는 통하지 않았다. 이탄과 부딪친 즉시 검날보다 더 날카로운 나뭇가지들이 와장창 터져나갔다. 100배의 속도로 튕겨나간 나뭇가지의 파편들이 뒤쪽 고목들을 퍽퍽 뚫었다.

이탄은 악귀수라가 되어 질풍처럼 내달렸다.

콰—앙!

백팔수라 제2식, 수라군림 작열!

이탄은 폭음을 동반한 채 일직선으로 치달렸다.

회색 고목 군락, 즉 탐욕과 억압의 악마종들은 이탄의 돌격에 우수수 터져나갔다. 이탄은 우격다짐으로 고목 군락을 관통한 다음, 눈 깜짝할 사이에 거대한 두 그루 나무의 영역으로 들어섰다.

이탄이 접근하자 두 그루의 나무, 즉 용아목들이 기괴한 울음을 토했다. 용아목 주변으로 회색 문자들이 소용돌이치듯이 나선형으로 회전했다.

문자가 회오리치면서 그 주변으로 세상이 비틀렸다. 시간도 역류를 할 듯 말 듯 멈칫거렸다. 때로는 칼날 같은 폭풍이 몰아치기도 하고, 또 화염과 블리자드가 동시에 나타나기도 하였다. 흐릿한 회색 문자로 인하여 천둥을 동반한 무지갯빛 광채가 한꺼번에 터져 나오는 경우도 발생했다.

용아목이 내뿜는 문자의 색깔은 피사노교의 신인들이 사용하는 문자들의 색깔보다는 많이 흐렸다.

대신 문자의 개수는 20개에 육박할 정도로 많았다.

이탄이 코웃음을 쳤다.

"흥. 어디서 감히 그 문자를 꺼내드는 거냐?"

이탄이 가슴속에 뭉쳐 있는 음차원 덩어리로부터 진짜 만자비문의 힘을 끌어내었다.

이 음차원 덩어리의 표면에는 10,000개의 문자가 두드러지게 양각되어 있었는데, 그 가운데 절반인 5,000개는 회색빛이 뚜렷했다. 나머지 5,000개는 상대적으로 어둑했다.

둥근 비석처럼 생긴 음차원 덩어리로부터 꽈배기 모양의 문자들이 툭툭 튀어나왔다. 문자들은 마치 살아 있는 물고기처럼 펄떡 펄떡 뛰더니, 단숨에 이탄의 몸 밖으로 나와서 용아목 주변에 소용돌이치는 희미한 문자들을 흡수했다.

회색 소용돌이가 눈 깜짝할 사이에 사라져 버렸다.

[구어어어어엉?]

[구어어어엉!]

두 그루의 용아목이 깜짝 놀라 굉음을 토했다.

Chapter 3

대기권을 뚫고 우주까지 솟구친 용아목의 가지가 크게 흔들렸다. 지하 수백 킬로미터 깊이로 박힌 용아목의 뿌리가 움찔거렸다.

용아목이 요동을 치자 지각이 들썩거렸다. 거대하기 이를 데 없는 용아목의 입장에서 보면 저 아래 자잘하게 깔린 회색 나무숲은 조그만 이끼나 다름없었다. 용아목이 뿌리를 움직이자 그 이끼들이 비명을 질렀다.

용아목에게는 한낱 이끼(?)들의 비명 따위는 들어오지도 않았다. 용아목의 기둥 중간쯤에서 거대한 눈이 번쩍 돋아났다. 그 눈알은 두려움과 적개심을 동시에 가지고 이탄을 노려보았다.

용아목들이 다시금 권능을 발휘했다. 흐릿한 회색의 문자들이 우르르 쏟아져서 회오리치듯 용아목의 주변을 맴돌았다.

그러자 이탄의 꽈배기 문자들은 더욱 신이 나서 그 흐릿한 문자들을 흡수했다.

두 그루의 용아목은 둔하게도 그제야 이탄의 몸 주변을 맴도는 회색빛 만자비문을 목격했다.

[구어엉? 구어엉?]

[구어어어어어엉!]

기겁을 한 듯 두 그루의 용아목이 난리법석을 떨었다. 지층 수백 킬로미터 아래부터 시작하여 온 지반이 다 들썩거렸다.

[꺄악!]

이자벨라가 깜짝 놀라 전차를 타고 하늘로 솟구쳤다.

루건과 북토도 황급히 허공으로 몸을 피했다.

이자벨라군의 악마종 병사들도 이 엄청난 사태에 놀라서 벌벌벌 떨었다.

용아목은 본래 부정 차원의 상고 시대를 지배하던 악룡족으로부터 비롯된 마물이었다. 이들 악룡족은 꽤 오랜 시간 동안 부정 차원을 지배한 종족으로, 대대로 다수의 군주들을 배출한 것으로 유명했다.

심지어 그 군주들 가운데 한 명은 일반 군주의 수준을 뛰어넘어 마신으로 성장하기도 하였다.

두 그루의 용아목은 상고 악룡족 출신의 마신이 벗은 허물의 일부였다. 마신의 허물 가운데 이빨 2개가 이 땅에 떨어져서 식물형 악마종으로 거듭난 케이스가 바로 이 두 그루의 용아목인 것이다.

한때 마신의 일부였던 덕분에 용아목은 만자비문의 힘을 흐릿하게나마 가지고 있었다. 그래서 용아목의 영역 안에서 싸우는 일은 진마 상급 이상의 강력한 악마종들도 꺼려했다. 이 일대의 지배자인 라이너도 두 그루의 용아목과 직접 대적하지는 않았다.

대신 이 용아목들은 뿌리가 너무 깊게 박혀 있어서 이곳을 벗어나기 힘들었다. 또한 두 그루의 용아목들은 상고 마신의 허물에 불과했기에 혼백도 정상이 아니었다.

강력하지만 움직이지는 못하는 존재.

생각이 느리고 둔하여 먼저 건드리지만 않으면 위협이 되지 않는 존재.

이것이 바로 두 그루의 용아목이었다.

라이너 일족의 선조들은 이 점을 적극 활용하여 용아목의 뒤편에 자신들의 요새를 지어놓았다. 그들은 용아목이 요새의 방패막이가 될 것이라 생각했다.

그 예상이 맞았다.

한술 더 떠서, 용아목 주변에 자연스럽게 탐욕과 억압의 악마종, 즉 회색 나무숲이 형성되었다.

그러자 라이너 일족의 남부 요새는 더더욱 공략이 불가능한 철옹성으로 거듭났다.

한데 이탄은 그 강력한 용아목을 향해서 거침없이 달려들었다. 이탄은 용아목이 발휘하는 만자비문의 소용돌이도 개의치 않았다.

오히려 용아목들이 기겁했다.

이탄의 주변에 뚜렷하게 드러난 문자를 보자 두 그루 용아목의 뇌리에 오랜 옛 기억이 되살아났다.

저 정도로 뚜렷한 문자는 용아목의 본 주인, 즉 상고 마신이나 가지고 있었던 권능이었다.

아니, 상고 마신조차도 저 정도로 문자가 뚜렷했는지는 미심쩍었다.

[구어어엉, 우리의 주인인가?]

[구어어엉, 우리의 적인가?]

두 그루의 용아목들이 서로 다른 뇌파를 발산했다.

용아목들은 이탄에게서 익숙한 느낌, 즉 상고 마신의 냄새를 맡았다. 다른 한편으로는 그들은 이탄으로부터 나무를 거침없이 절단해버리는 벌목꾼의 냄새도 맡았다. 두 가지 냄새가 하나로 섞여서 용아목들을 당혹스럽게 만들었다.

어쨌거나 한 가지는 확실했다.

[구어어엉, 무섭다.]

[구어어엉, 두렵다.]

두 그루의 용아목들은 어떻게든 이탄을 피하기 위해서 발버둥 쳤다.

용아목들의 뿌리가 워낙 깊이 박혀서 쉬운 일은 아니었다.

오랜 상고 시대, 마신이 허물을 벗을 때 하늘에서 이빨 2개가 떨어지는 속도가 워낙 빨라서 용아목의 아랫부분이 땅속에 너무 깊게 박혔다. 그렇게 땅에 박힌 부위가 지금은 뿌리가 되었다.

용아목들이 아무리 이탄이 두려워서 발버둥 친다고 하더라도 이렇게 깊이 박힌 뿌리를 단 시간 만에 빼낼 재주는 없었다.

용아목들이 버둥거리는 동안 이탄은 점점 더 가까이 다가왔다.

용아목들은 더 이상 회색 문자를 내뿜지도 못했다. 두 그루의 상고 악마종들은 부들부들 몸을 떠는 것 외에는 할 수 있는 일이 없었다.

한편 이탄도 나름 곤혹스러웠다.

이탄이 거신강림대진과 백팔수라를 결합하여 악귀수라를 만들어낸다고 하여도, 그 악귀수라는 수 킬로미터 크기에 불과했다.

그런데 이탄의 눈앞에서 벌벌 떠는 이 상고 악마종들은 지상에 드러난 부분만 해도 수백 킬로미터 이상이었다. 뿌리의 길이까지 합치면 그 크기가 얼마나 되는지 가늠이 잡히지 않았다.

"이걸 조각조각 때려 부수려면 시간이 제법 걸리겠는데? 만자비문의 권능으로 이것들을 쭉 흡수를 해버릴까? 아니면 활활 태워버려야 하나?"

이탄은 언노운 월드의 언어로 뇌까렸다.

희한하게도 용아목들이 이탄의 말뜻을 알아들었다.

Chapter 4

마신의 허물로부터 비롯된 상고 악마종들은 비록 언노운 월드의 언어를 알지는 못하였으나, 이탄의 표정만 보고도 지금 뭐라고 독백했는지 눈치챘다.

[구어어어엉! 그러지 마라.]

[구어엉! 구어엉! 안 된다.]

두 그루의 용아목이 구슬프게 울었다.

그 애절한 모습을 보자 이탄의 마음이 흔들렸다.

"흐음. 이것들을 그냥 없애버리기는 또 아깝네. 이렇게 크게 자라나려면 나름 오래 살아왔을 텐데, 이들도 그냥 소멸하고 싶지는 않을 거잖아?"

두 그루의 용아목들이 이탄의 말귀를 알아들은 듯 대꾸했다.

[구어엉, 소멸 싫다.]

[구어어엉, 소멸 무섭다.]

그렇다고 이 용아목들과 회색 숲을 그냥 내버려 둘 수도 없었다.

"소수 인원이라면 또 모를까, 이자벨라군 전체가 우회하기는 힘들지. 어쩔 수 없네. 라이너의 요새를 공격하려면 이 숲부터 없앨 수밖에."

이탄은 만자비문의 힘을 발휘했다.

원래 이탄은 몸으로 싸우는 것을 선호하는 편이라 가능하면 언령이나 만자비문의 권능을 자제해왔다.

그런데 이 넓은 숲과 큰 용아목들을 손으로 직접 벌목하려면 시간이 너무 오래 걸릴 것 같았다.

이탄은 "어쩔 수 없지."라고 중얼거리면서 만자비문 가운데 3개의 문자를 동시에 꺼내들었다.

혼백까지 태워버리는.

재생을 차단하는.

영원히 지워지는.

이러한 의미를 가지는 비문들이 회색빛을 강렬하게 터뜨렸다.

이 가운데 '혼백까지 태워버리는' 은 부정 차원의 인과율 가운데 가장 뜨거운 화염 계열 인과율이었다.

이 문자의 하위에는 '화형을 시키는' 이라는 문자나 '꺼지지 않는' 이라는 문자가 존재했다. '화형을 시키는' 은 쌀라싸가 깨우친 비문이었다. 한편 '꺼지지 않는' 은 싸마니야가 깨달은 바 있었다.

물론 이 두 비문도 강력하지만, '혼백까지 태워버리는'에 비할 바는 아니었다. '혼백까지 태워버리는' 은 상대방의 신체와 영혼, 심지어 과거와 미래까지 활활 연소시키기 때문에 군주급, 혹은 마신들도 두려워하는 비문이었다.

이탄이 꺼내든 두 번째 비문, 즉 '재생을 차단하는' 은 재생이나 복구 능력을 가진 악마종들에게는 천적이나 마찬가지였다. 일단 이 인과율이 발동하면 그 영역 내에서는 재생과 부활이 불가능했다.

이탄이 마지막으로 꺼내든 비문은 '영원히 지워지는' 이었다.

부정 차원에서 소멸을 의미하는 이 비문은 10,000개의 비문들 가운데 가장 강력한 축에 속하는 문자였다.

싸마니야도 이 권능을 어렴풋이 깨우친 상태였는데, 그 것만으로도 싸마니야는 신인들 가운데 꽤 강한 축으로 손꼽혔다. 물론 이탄이 발휘하는 진짜 비문에 비하면 싸마니야의 깨달음은 아무것도 아니었다.

이탄은 이상 3개의 문자를 동원하여 회색 숲과 용아목 두 그루를 혼백까지 태워버리고, 타는 동안 재생되는 것을 근본적으로 막아버리며, 결국엔 이들 식물형 악마종들의 과거와 미래까지 말살하여 완벽하게 소멸시키려고 들었다.

이탄 앞에서 꽈배기 모양의 문자 3개가 태양처럼 크게 확대되었다. 불길한 회색빛을 뿌리는 문자 3개가 으스스한 태양이 되어 이탄의 주변을 빙빙 맴돌았다.

이탄이 만자비문의 힘을 드러내는 순간, 이자벨라와 루건, 북토 등은 뇌가 회색으로 물들었다. 그들의 눈에 비친 세상은 온통 회색 천지였다. 회색 세상 속에서 그들은 아무런 생각도 하지 못했다. 심지어 숨을 쉴 수도 없었다.

이자벨라군 전체가 회색 세상에 갇혀서 정신을 잃은 동안, 이탄의 아래에 넓게 펼쳐진 회색 숲은 어마어마한 공포에 휩싸였다.

캬악! 캬악! 캬아악!

탐욕과 억압의 악마종들은 신 앞에 나서서 재판을 받게 된 피조물처럼 벌벌 떨었다. 그들은 신벌이 떨어지기만을 기다리는 죄인처럼 하늘 위에 떠오른 3개의 회색 태양, 즉 3개의 회색 문자만을 우러러볼 뿐이었다.

두 그루의 용아목은 탐욕과 억압의 악마종들보다 더 큰 공포에 휩싸였다.

하찮은 개미보다 이성을 가진 인간이 신을 더 크게 두려워하지 않던가. 그와 마찬가지로 탐욕과 억압의 악마종들보다 용아목들이 만자비문을 더 크게 무서워했다.

[구어어엉. 살려주라.]

[구어어엉. 우리는 소멸이 싫다.]

용아목들이 간절하게 목숨을 구걸했다.

이탄은 듣지 않았다.

고오오웅! 고오웅! 고오웅!

이탄 주위에 떠오른 3개의 회색 태양은 용아목들의 구걸을 무시한 채 점점 더 크게 확대되었다. 3개의 태양으로부터 부정 차원의 인과율, 아무도 거역할 수 없는 신의 힘이 뻗어 나왔다.

인과율이 발동한 영역 내의 나무들은 더 이상 새순이 돋지 않았다. 부러진 단면에서 더는 재생이 불가능했다.

또한 인과율이 발동한 영역 내에 존재하는 식물형 악마

종들은 먼 과거, 처음 그들이 씨앗이었던 바로 그 순간부터 서서히 소멸되기 시작했다.

그냥 현재의 나무들만 죽는 것이 아니었다. 초창기 씨앗이었던 순간부터 시작해서 지금까지의 모든 발자취들을 부정당하기 시작했다. 식물형 악마종들이 누려야 할 미래도 처참하게 붕괴하려 들었다.

이자벨라 등은 이 무시무시한 광경을 볼 수 없었다. 느끼지도 못했다.

하지만 식물형 악마종들은 인과율이 내리는 무시무시한 신벌을 온몸으로 겪어야만 했다.

카아아악!

탐욕과 억압의 악마종들이 나뭇가지를 뒤틀면서 두려워했다. 그러면서 회색 숲 전체가 하얗게 탈색되어 갔다.

[구어엉.]

[구어어엉.]

두 그루 용아목들의 공포도 극에 달했다. 탐욕과 억압의 악마종들은 그저 막연한 두려움에 벌벌 떠는 정도이지만, 용아목들은 지금 이탄이 꺼내든 문자의 힘이 얼마나 무서운 것인지를 잘 알았다.

이 순간, 두 그루 용아목의 과거와 현재, 미래가 동시에 무너져 내리려고 하고 있었다. 이제 불과 몇 분만 지나면

두 그루 용아목은 영원히 소멸할 것이었다. 두 그루 용아목들이 과거에 느끼고 관여했던 모든 사건들 속에서 오직 용아목의 존재만 싹 도려내어 사라질 것이다. 용아목의 미래도 우르르 마모되기 시작했다.

재생이 차단되고, 과거와 현재, 미래가 소멸되어 가는 것과 동시에 불의 기운도 발동했다. 만자비문 가운데 '혼백까지 태워버리는' 이 제 위력을 드러내자 그 여파가 곧 온 숲으로 미쳤다.

Chapter 5

마치 표피만 남은 고목 속에 램프를 켜놓은 듯, 회색 빛깔의 나무들은 속부터 발갛게 달아올랐다.

지글지글지글.

탐욕과 억압의 악마종들은 수액이 증발되면서 엄청난 고통을 겪었다. 그들의 영혼에 불이 붙으면서 지독한 지옥에 내동댕이쳐진 느낌이었다.

이것은 용아목들도 마찬가지였다.

지하 수백 킬로미터 밑에서부터 우주에 이르기까지, 용아목의 거대한 몸체 전체가 용암을 속에 품은 듯 발갛게 달

귀졌다. 용아목의 영혼도 지옥의 불구덩이 속에 던져졌다.

[구어어어엉, 살려주세요.]

[구어어엉, 제발! 제발!]

용아목들의 애걸이 극에 달했다. 패닉 단계를 넘어서서 아예 용아목들은 백치로 변해가는 듯했다.

회색 나무들은 영혼부터 시작해서 몸체까지 이글이글 녹아내려 땅바닥에 누렇게 달라붙었다. 온통 회색이던 숲이 하얗게 탈색되었다가 급기야는 검고 누런 형태로 물들어갔다. 탐욕과 억압의 악마종들이 활활 타서 소멸되고 나면, 그 다음 용아목들도 그 뒤를 따를 차례였다.

그때 이탄이 손가락을 딱 튕겼다.

"아차! 이게 있었지? 이거, 이거, 권능이 10,000개나 되니까 적합한 문자를 골라서 쓰는 것도 쉽지 않네."

이탄은 태양처럼 떠오른 3개의 문자를 다시 거둬들였다.

'어우, 저희를 좀 더 써주세요.'

'모처럼 신바람을 내려던 참인데, 너무하네요.'

3개의 비문들이 이탄에게 칭얼거렸다.

"쓰읍!"

이탄이 인상을 썼다.

그러자 찔끔 놀란 3개의 비문은 이탄의 가슴 속 음차원 덩어리로 다시 쏙 들어갔다.

대신 또 다른 문자가 튀어나왔다.

이번에 등장한 비문은 '축소하는'이었다.

이 비문은 크기를 지배하는 인과율이었다.

그리하여 이 문자의 주인은 거대한 행성을 주머니 속에 넣고 다니는 구슬로 축소할 수 있었다.

그리하여 이 문자의 주인은 거대한 산맥을 모래 한 톨로 만들 수 있었다.

그리하여 이 문자의 주인은 망망대해를 물 한 방울로 축소하는 권능자였다.

이탄은 3개의 회색 태양을 거둬들인 뒤, 한 개의 회색 태양을 머리 위에 띄웠다. 그 회색 태양이 크게 확대되어 부정 차원의 인과율을 발동했다.

츄왁!

촤악!

지하 수백 킬로미터 깊이에 뿌리를 박고, 나뭇가지를 높이 뻗어 대기권을 넘어 우주까지 넘보았던 두 그루의 용아목은 눈 깜짝할 사이에 이쑤시개 크기로 축소되었다.

이탄은 가만히 손을 뻗었다.

이쑤시개 크기로 줄어든 용아목들이 이탄의 손으로 빨려 들어오더니 채집을 당한 방아깨비처럼 펄떡거렸다.

다행히 용아목들의 영혼에 들러붙었던 지옥의 불길은 사

라지고 없었다. 무참하게 무너져 내리던 용아목들의 과거와 현재, 미래도 더 이상의 붕괴를 멈췄다.

용아목들은 뛰어난 재생력으로 붕괴했던 나뭇가지를 다시 살렸다. 활활 타들어갔던 뿌리도 재생했다.

이탄이 손바닥 위의 용아목을 굽어보았다.

[내가 너희를 다른 곳으로 옮겨 심으려 한다. 그곳을 수호하며 살아보려느냐? 아니면 그냥 소멸하겠느냐?]

이탄은 용아목들에게 두 가지 선택지를 주었다.

[구어엉. 살고 싶다.]

[구어어엉. 소멸 싫다. 무섭다.]

두 용아목들이 동시에 대답했다.

[그렇다면 살려주지.]

이탄이 자비를 베풀었다. 이탄은 조그맣게 줄어든 두 그루 용아목을 일단 아공간 박스 속에 넣어두었다.

그러는 동안에도 회색 태양은 끊임없이 타올랐다. 그 영향을 받아서 탐욕과 억압의 악마종들이 미세먼지 크기로 줄어들었다.

이탄이 소매를 휘저었다.

휘이잉―.

한 줄기 바람이 불어와서 먼지가 된 탐욕과 억압의 악마종들을 허공으로 빨아올렸다.

이탄은 수만 그루가 넘는 식물형 악마종들에게 똑같은 질문을 던졌다.

[너희들에게 물으마. 내가 너희 군락을 다른 곳으로 옮기면, 거기를 수호하며 살아보겠느냐? 아니면 이대로 그냥 소멸시킬까?]

당연히 대답은 생존이었다.

[저희를 살려주십시오.]

[으으으. 소멸만 피할 수 있다면 어디에서 살라고 명하셔도 따르겠습니다.]

먼지처럼 축소된 악마종들이 일제히 답을 쏟아놓았다.

[좋다.]

이탄은 바람을 일으켜 탐욕과 억압의 악마종들을 한곳에 모은 다음, 아공간 박스 속에 몰아넣었다.

원래 회색 숲을 구성하던 악마종들은 수십만 그루도 넘었다.

그런데 아공간 박스 속으로 들어간 악마종은 고작 수만 그루에 불과했다. 이탄이 마음을 고쳐먹기도 전에 약 3분 2가량의 탐욕과 억압의 악마종들이 비참하게 소멸을 당한 것이다. 그 불쌍한 악마종들은 과거와 현재, 미래를 모두 잃어버렸을 뿐 아니라 영혼까지 활활 타버렸다.

동료들의 끔찍한 최후를 눈앞에서 목격한 탓일까? 운 좋게 살아남은 3분의 1의 악마종들은 반쯤 넋이 나가서 부들부들 떨기만 했다.

한편, 회색 숲이 자리했던 지역은 폐허만 남았다. 만자비문의 영향으로 인하여 대지는 시커멓게 타버렸다. 탐욕과 억압의 악마종들이 뿌리를 내렸던 곳에서 구멍이 뻐끔 뚫린 상태였다.

특히 두 그루의 용아목이 서 있던 곳에는 수백 킬로미터 깊이의 구덩이가 팼다. 그 깊은 구덩이 밑바닥에서 마그마가 찰랑찰랑 차올랐다.

또한 지각의 한 축을 지탱하던 용아목의 뿌리가 갑자기 사라지면서 맨틀이 뒤틀렸다. 우르릉 우르릉 여진도 계속 발했다.

Chapter 6

이탄은 지면에 숭숭 뚫린 구멍들을 힐끗 내려다보고는 다시 제자리로 돌아왔다. 이탄의 머리 위에 떠올랐던 회색 태양은 신비롭게 자취를 감추었다.

회색 태양, 즉 만자비문이 사라지자 이자벨라 등도 정신을 차렸다.

[으응?]

이자벨라가 눈을 껌뻑거렸다.

루건과 북토도 손등으로 눈을 비볐다.

[뭐야? 조금 전에 무슨 일이 벌어졌던 거지?]

코후엠은 악몽을 꾼 느낌에 부르르 몸서리를 쳤다.

이자벨라군의 병사들도 영문 모를 오한에 부르르 몸을 떨었다.

이윽고 이자벨라가 비명을 질렀다.

[아앗? 없어졌네? 회색 숲이 사라졌어. 그 거대한 나무들도 자취를 감췄다고.]

[영주님, 이게 대체 어찌된 일입니까?]

루건이 당황하여 주위를 둘러보았다.

[영주님, 숲이 사라졌습니다.]

북토도 꿈을 꾸는 것인가 싶어서 자신의 볼을 꼬집었다. 볼이 아픈 것을 보니 꿈은 아니었다.

이탄이 이자벨라와 군단장들을 재촉했다.

[뭣들 하나? 어서 진군해.]

[헉! 혹시 이탄 님께서 회색 숲을 없애셨나용?]

이자벨라가 이탄을 돌아보았다.

아득한 회색 공간으로 빠져들기 전, 이자벨라는 이탄이 거대한 두 그루의 용아목을 향해서 달려드는 장면을 보았

다. 그 뒤 이자벨라는 잠깐 정신을 잃었는데, 다시 깨어나
보니 용아목뿐 아니라 회색 숲 전체가 사라져버렸다.

이탄이 한 번 더 이자벨라를 채근했다.

[계속 그렇게 멍하게 있을 거야? 어서 진군하자니까.]

[앗! 네. 네.]

이자벨라는 황급히 진군 명령을 내렸다.

군단장들이 영주의 명을 받들어 병사들을 진군시켰다.

이자벨라군은 구덩이가 뻐끔뻐끔 팬 폐허를 가로질러 라
이너 일족의 요새로 진격했다. 영혼마저 녹여버렸던 고열
에 대지는 반쯤 녹아 붙은 상태였다. 이자벨라군은 그 울퉁
불퉁한 폐허를 지나 라이너의 요새 바로 앞에 도착했다.

라이너의 요새는 말만 요새일 뿐 성벽 하나 없었다.

원래부터 요새의 성벽이 없었던 것은 아니었다. 광활하
게 펼쳐진 회색 숲이 요새의 성벽 역할을 해왔다. 우주까지
우뚝 솟은 두 그루의 용아목은 요새를 지키는 철벽의 수문
장들이었다.

한데 이탄에 의해서 회색 숲이 싹 사라졌다. 만자비문의
권능에 의해서 두 그루의 수문장들도 자취를 감추었다.

[허엇? 이게 어찌된 일이냐? 왜 갑자기 탐욕과 억압의
악마종들이 사라졌어?]

[아니, 우리를 지켜주던 신목들이 어디로 간 게야?]

요새에 배치된 라이너 일족들은 갑자기 앞이 뚫리고 적이 코앞까지 진격해오자 기함을 했다.

[쿠헐헐헐, 이놈들!]

루건이 별안간 뛰어올라 몽둥이를 휘둘렀다. 루건은 땅을 박찬 것과 동시에 뭉게구름으로 변하여 머리로 하늘 꼭대기를 치받았다. 루건이 휘두른 몽둥이도 수 킬로미터 길이로 늘어나 라이너 요새를 강타했다. 몽둥이의 눈에서 방출된 노란 광선이 라이너 요새의 건물들을 통째로 허물어뜨렸다.

끔찍한 굉음과 함께 요새의 일각이 박살 났다.

[쿠헐헐헐헐.]

루건이 호탕하게 웃었다.

북토도 가만히 있지 않았다. 북토가 창을 뽑아서 쭉 내지르자 창날에 박힌 눈알이 노란 빛을 뿜었다.

쭈왕!

노란 광선은 라이너 요새의 남쪽부터 북쪽까지 일직선으로 관통했다. 그 광선에 스친 모든 라이너 일족들이 목숨을 잃었다.

이자벨라는 거대한 전차를 몰아 요새의 중심부를 직접 타격했다. 전차 앞쪽에 솟은 순백색의 뿔 3개가 휘황찬란한 광채를 터뜨렸다.

이자벨라와 루건, 북토가 본격적으로 날뛰기 시작하자 라이너 요새는 급격히 무너졌다.

원래 라이너는 대형 영지이고 루아는 중대형 영지에 불과했다. 당연히 라이너 쪽이 기세가 등등하고 루아 영지군은 기가 죽어야 정상이었다.

그런데 지금은 상식이 어긋났다. 루아 영지군이 기세가 등등했고, 라이너 일족은 허둥지둥 도망치려고만 들었다.

회색 숲이 갑자기 사라지고, 용아목들이 자취를 감추면서 라이너 일족은 패닉에 빠졌다.

세상에 이런 이적을 일으킬 수 있는 존재가 누가 있을까?

진마 상급?

아니면 진마 최상급?

어림도 없었다. 진마 최상급의 어마어마한 악마종도 눈 깜짝할 사이에 회색 숲을 없애버리지는 못했다.

'헉! 설마 성마?'

'성마님께서 강림하신 건가?'

이 추측이 사실이라면 라이너 일족은 멸족의 길을 걸을 수밖에 없었다. 라이너 일족이 제아무리 대형 영지를 일구어 내었다고 하나 감히 성마와 맞설 수는 없었다.

Chapter 7

[으아악, 살려주세요.]

[안 돼. 안 돼.]

라이너의 병사들은 이자벨라 등과 맞서 싸울 엄두도 내지 못했다. 마구 비명을 지르면서 사방으로 도망칠 뿐이었다.

일반마들만 이러는 것이 아니었다. 라이너 요새의 지휘관들도 겁에 질려서 온 사방으로 흩어졌다.

이자벨라군은 이탄의 도움 덕분에 손쉽게 적의 요새를 점령하는 듯 보였다.

바로 그때 또 한 번의 이변이 발생했다.

루건은 뭉게구름으로 변하여 몽둥이를 수직으로 내리찍었다가 다시 그 몽둥이를 위로 들었다.

'재차 몽둥이를 휘둘러 라이너 놈들을 으깨버리자.'

이것이 루건의 생각이었다.

그 생각은 생각으로만 머물렀다. 루건은 눈알 달린 몽둥이를 반쯤 내리찍은 상태에서 몸이 굳었다.

북토는 창을 다시 등에 꽂고 풀쩍 점프한 상태였다. 북토의 양손에는 육중한 핼버드가 들렸다. 북토는 도망치는 적지휘관을 향해서 핼버드를 휘두르던 중이었다.

그 동작 중간에 북토의 몸이 굳었다. 북토는 허공에 점프한 상태에서 조각상이 되었다.

이자벨라는 순백의 전차를 몰아서 요새 중심부를 갈아버리던 중이었다. 뻴브 일족의 가죽으로 만든 전차의 바퀴가 무섭게 회전했다.

그 상태에서 바퀴가 멈췄다. 바퀴 뒤쪽으로 튀어나가던 돌 부스러기들도 허공에서 우뚝 멈췄다.

코후엠이, 이자벨라군의 악마종들이, 모두 멈춰버렸다.

이 일대의 시간이 정지했다.

[응?]

멈춰버린 시간 속에서 이탄이 고개를 치켜들었다.

구름이 갑자기 흩어졌다. 이탄을 중심으로 그의 머리 위를 짓누르던 대기권이 갑자기 싹 사라졌다.

직경 수십 킬로미터 크기로 하늘에 구멍이 뚫리는가 싶더니, 그 구멍을 통해서 우주의 광대한 모습이 그대로 들여다보였다.

캄캄한 우주로부터 별들이 비처럼 쏟아지는 것 같았다.

착각이었다. 별이 이탄에게 쏟아지는 것이 아니었다. 거꾸로 이탄이 별들을 향해서 빠르게 빨려 올라갔다.

[뭐지?]

이 괴현상에 이탄이 흠칫했다.

이탄은 자신을 빨아들이는 흡입력에 저항하지 않고 순순히 우주로 나아갔다. 그렇게 이탄이 우주에 발을 디뎠을 때였다.

후웅! 후웅! 후웅! 후웅! 후웅! 후웅!

암흑 공간 저 높은 곳에서 가로로 드러누워 있는 빛 6개가 동시에 터졌다.

빛은 총 6개였다. 그 길쭉한 노란 빛이 위아래로 벌어지는가 싶더니 이내 그 빛이 노란색 눈동자로 변했다.

이 6개에 눈에 비하면, 루건의 몽둥이에 박힌 노란 눈은 아무것도 아니었다. 나라카의 눈도 여기에 비할 수는 없었다. 우주 저편 암흑 속에서 눈꺼풀을 연 6개의 눈에서는 감히 항거할 수 있는 위엄이 뿜어져 나왔다.

여섯 눈의 존재가 이탄을 무섭게 노려보았다.

[너.는. 누.구.냐? 누.구.기.에. 부.정. 차.원.의. 인.과.율.을. 조.종.하.느.냐?]

존재가 내뱉는 언어는 인간의 것이 아니었다. 악마종의 것도 아니었다. 이것은 신의 음성처럼 우렁차고 웅장했다.

그 목소리에 노출된 것만으로도 우주의 저 먼 곳에서는 별들이 퍽퍽 터져나갔다. 은하계가 우르르 흔들렸다. 성운이 빠르게 흩어졌다.

이탄은 상대를 빤히 관찰했다.

여섯 눈의 존재도 이탄을 부리부리한 눈으로 훑었다.

여섯 눈의 존재가 다시 한번 다그쳤다.

[너.는. 누.구.기.에. 감.히. 부.정.한. 언.어.를. 사.용.하.느.냐?]

딱딱 끊어지는 뇌파가 이탄의 뇌를 터뜨릴 듯이 압박했다.

이번 뇌파는 조금 전보다 열 배는 더 거셌다. 뇌파를 듣는 것만으로도 이탄의 뇌가 진탕되었다.

붉은 금속, 즉 적양갑주가 이탄의 두개골 주변에 우르릉 일어났다. 붉은 노을과 같은 광채가 이탄을 감싸서 보호했다.

이탄이 적양갑주를 동원해야 할 정도로 뇌파는 무서웠다.

'저놈은 또 뭐지?'

이탄은 주먹에 힘을 꾸욱 주었다.

이탄이 대답이 없자 여섯 눈의 존재가 노여움을 드러내었다. 우주 저편으로부터 암흑물질이 와락 밀려들었다.

성운보다 더 거대한 암흑물질 덩어리는 이내 손이 되었다. 이 어마어마한 신의 손에 비하면 행성 따위는 먼지보다도 더 미세했다. 암흑 손은 스쳐 지나가는 별들을 펑펑 터뜨리며 다가와 이탄을 단숨에 움켜잡으려고 들었다.

이탄도 그냥 당하지 않았다.

후오오웅!

이탄의 몸 주변으로 붉은 노을이 고색창연하게 일어났다. 그 바깥쪽으로는 5,000개나 되는 회색 문자가 위성처럼 떠올랐다.

이 5,000개의 비문 하나하나가 회색 태양이 되었다. 점점 크게 부풀어 오른 5,000개의 태양이 이탄의 주변을 휘황하게 밝혔다.

만자비문의 권능이 부정 차원을 움직였다. 5,000개의 서로 다른 인과율이 우주를 뒤틀었다.

이탄이 발휘한 권능에 비하면 조금 전 용아목이 만들어 내었던 회색의 소용돌이는 감히 견줄 깜냥도 되지 않았다.

성운보다도 더 거대한 암흑 손이 회색 태양을 후려쳤다.

회색 태양이 5,000개의 인과율을 움직여 암흑 손을 부쉈다.

산산이 허물어지던 암흑 손이 먼 곳에서 다시 뭉쳤다. 6개의 노란 눈이 노여움을 더욱 크게 드러내었다.

[그.것.은. 내. 것.이.다. 나.의. 오.롯.한. 권.능.이. 되.어.야. 한.다. 너.는. 누.구.인.데. 감.히. 내.가. 가.져.야. 할. 권.능.을. 절.반.이.나. 훔.쳐.갔.느.냐?]

여섯 눈의 존재가 암흑 손을 하나 더 만들었다.

2개의 손이 나타나자 온 우주가 그대로 붕괴할 것처럼 뒤흔들렸다. 성운보다 더 거대한 암흑 손은 등장과 동시에 이탄을 꽉 움켜쥐었다.

이것은 피하거나 막을 수 있는 공격이 아니었다. 암흑 손은 시간과 공간을 동시에 컨트롤하면서 날아왔기에, 이탄이 손의 접근을 머리로 인지한 순간 암흑 손은 이미 이탄의 몸을 으스러뜨릴 듯 붙잡고 있었다.

Chapter 8

"크윽."

이탄의 입에서 답답한 신음이 흘렀다.

이탄은 암흑 손이 가하는 압력의 대부분을 적양갑주를 통해서 막아내었다. 적양갑주로도 막아내지 못한 잔여 압력은 이탄이 이룬 금강체에 의해서 반사되었다.

그럼에도 불구하고 일부 힘이 남아서 이탄의 폐부를 짓이겼다.

이탄이 듀라한이 되고 나서, 아니, 금강체를 이룬 이후로 이런 경우는 처음이었다. 지금까지 이탄은 적양갑주의 방어력을 넘어서는 존재를 겪어본 적이 없었다. 이탄과 싸웠던 적들은 적양갑주는커녕 금강체에도 타격을 입히지 못했다.

오직 하나.

제 위력을 되찾은 만자비문 5,000개만이 적양갑주와 어깨를 나란히 할 만했다.

그런데 처음으로 이탄의 방어력을 무너뜨릴 만한 적수가 나타난 셈이었다.

물론 그렇다고 해서 이탄이 완전히 밀린 것은 아니었다. 이탄은 여섯 눈의 존재가 휘두른 암흑 손을 견뎌내었을 뿐 아니라 어느새 반격까지 퍼부었다.

미지의 적에게 공격을 당한 순간, 이미 이탄의 모습은 악귀수라로 변했다.

그것도 그냥 악귀수라가 아니었다. 백팔수라의 마지막 6식을 방출하기 위한 특별한 악귀수라가 등장했다.

머리는 54개.

팔다리는 각각 108개.

이 어마어마한 수라가 이탄의 머리 위에 또렷하게 떠올랐다. 이탄은 그 상태에서 만자비문의 권능까지 동원했다.

악귀수라의 108개 손 가운데 하나는 '혼백까지 태워버리는'이라는 권능을 움켜쥐었다.

또 다른 손은 '재생을 차단하는' 권능을 함유했다.

적을 영원히 지워버리기 위한 권능.

적을 콩알만 하게 축소하는 권능.

부정 차원의 시간을 거꾸로 흐르게 만드는 권능.

부정 차원의 공간을 갈가리 찢어버리는 권능 등등 등…….

수없이 많은 만자비문이 악귀수라의 팔다리에 달라붙었다.

이탄의 주변을 맴돌던 5,000개의 회색 태양은 악귀수라의 손과 발에 후두둑 달라붙어 자신들의 권능을 하나로 모았다.

그게 끝이 아니었다. 악귀수라의 다리 아래에는 끈적끈적한 안개가 차올랐다. 포그 레코드라는 북명이 술법이 백팔수라 제6식에 더해진 것이다. 이 포그 레코드에는 귀장갑의 힘까지 함유되어 있었다.

악귀수라의 등 뒤에선 후광처럼 붉은 노을이 번졌다. 이것은 적양갑주의 힘이었다.

이탄은 그렇게 백팔수라의 제6식과 적양갑주의 권능, 만자비문의 힘, 그리고 포그 레코드 술법까지 하나로 합쳤다.

백팔수라 제6식 수라천세(修羅千歲) 발동!

악귀수라의 108개 손에 응집된 에너지가 우주의 저 끝, 무저갱과 같은 암흑을 향해서 강하게 방출되었다.

구과과과과과광!

108개나 되는 핏빛 거력이 서로 엉키면서 날아가는 모습은 마치 거대 뱀 108마리가 서로의 몸을 배배 꼬면서 진격하는 것 같았다.

그것도 그냥 거대 뱀이 아니었다. 이 한 마리 한 마리는 한 입에 은하계를 집어삼킬 듯한 크기였다.

게다가 이 핏빛 거대 뱀들은 5,000개나 되는 회색 태양을 입에 물거나 혹은 비늘에 매달고 있었다.

그 모습이 흡사 거대 뱀들이 여의주를 물고서 암흑 공간으로 공격해 들어가는 것처럼 느껴졌다.

거대 뱀의 주변으로는 뿌옇게 안개가 끼었다.

안개의 안쪽에서는 붉은 노을이 솟구쳤는데, 그 노을이 거대 뱀의 비늘 위에 한 겹 덧입혀져서 무적의 방어력을 제공했다.

마침내 거대 뱀이 암흑 공간을 후려쳤다.

쿠웅!

우주가 둔탁하게 뒤흔들렸다. 여섯 눈의 존재는 제법 큰 타격을 입은 듯 6개의 노란 눈을 꿈뻑 감았다가 다시 떴다.

아니, 6개의 눈이 다 떠지지도 않았다. 여섯 눈의 존재는 4개의 눈만 다시 떴을 뿐 나머지 2개는 뜨지 못했다.

[크.워.웍. 이.놈.이. 감.히!]

여섯 눈의 존재가 분노했다.

암흑 손이 다시 다가와 악귀수라를 붙잡았다.

"끄흡!"

악귀수라가 108개의 눈을 부릅떴다. 악귀수라 주변에 붉은 노을이 확 번지면서 보호를 했으나, 암흑 손이 만들어낸 거력을 모두 막지는 못했다. 붉은 노을 속에서 뿌드득 뿌드득 금속 으스러지는 소리가 울렸다.

악귀수라의 54개 얼굴에 박힌 108개의 눈이 체외로 튀어나올 듯 압력을 받았다. 악귀수라 속에서 이탄은 몸뚱어리가 터져버릴 듯한 압박을 느꼈다.

"끄어어억."

이탄은 이를 악물고 타격을 버텨내었다.

음차원 덩어리가 에너지를 마구 쏟아부어서 망가진 세포를 빠르게 되살려놓았다. (진)마력순환로가 풀가동되면서 찢어진 근육이 다시 연결되었다. 그러면서 이탄은 다시 한번 적을 후려쳤다.

백팔수라 제6식 수라천세 재방출!

구과과과과광—.

108마리의 핏빛 거대 뱀들이 악귀수라의 손을 떠나 우주 저 깊숙한 곳의 암흑을 강타했다. 회색 태양과 붉은 노을이 함께 날아가 적을 공격했다.

쿠궁!

[크.우.워.억!]

여섯 눈의 존재가 비명을 토했다. 암흑 공간이 허물어지면서 6개의 눈 가운데 2개가 또 꺼졌다.

여섯 눈의 존재도 가만히 있지 않았다. 그는 암흑 손을 또다시 만들어서 악귀수라를 꽉 움켜잡았다.

악귀수라가 사방으로 손과 발을 뻗어 저항했다.

하지만 상대가 너무 강했다. 악귀수라의 손발이 우두둑 터져나갔다. 악귀수라의 팔다리가 으스러질 때 붉은 금속도 함께 찢겼다. 적양갑주를 구성하는 시뻘건 노을이 이탄의 몸에서 빠져나왔다가 다시 몸속으로 회수되었다. 회색 문자들도 사방으로 흩어졌다가 다시 (진)마력순환로 속으로 복귀했다.

Chapter 9

"크으윽, 빌어먹을."

이탄이 혀를 꽉 깨물었다.

이탄은 붕괴하려는 정신을 가까스로 다잡았다. 그런 다음 백팔수라 제6식을 한 번 더 쥐어짜듯 떨쳐내었다.

악귀수라의 팔은 이미 다 으스러져서 49개밖에 남지 않았다. 악귀수라의 손끝에서 방출된 49마리의 거대 뱀이 회색 태양을 물고 날아가 우주 저편의 암흑을 들이받았다.

쿠궁!

둔탁한 진동과 함께 여섯 눈의 존재가 크게 휘청거렸다.

6개의 눈 가운데 하나가 또 감겼다. 이제 상대는 오직 한 개의 눈밖에 남지 않았다.

이탄의 악귀수라도 만신창이가 되어서 비틀거렸다. 이탄을 보호하던 붉은 노을은 금방이라도 꺼질 듯이 흔들렸다. 5,000개나 되는 회색 태양도 어둑하게 빛을 잃었다.

이탄이 악을 썼다.

"제기랄. 제기라아알!"

어디서 저런 적이 나타났는지 모르겠다.

하지만 한 가지는 확실했다. 이대로 가다가는 이탄은 또 한 번 죽을 판이었다. 이미 이탄은 한 번 죽은 언데드이니 다시 죽을 수는 없다손 치더라도, 언데드의 몸이 소멸해버리면 그것은 제2의 죽음이나 마찬가지가 아닌가.

"크아아아, 죽어라앗—!"

이탄은 소멸을 각오하고는, 마지막 남은 만자비문의 힘을 터뜨렸다.

[쿠.워.어.억!]

여섯 눈의 존재도 마지막 남은 마력을 한꺼번에 폭발시켰다.

여섯 눈의 존재가 발동한 권능은 시간을 되돌리는 힘이었다. 여섯 눈의 존재는 이 권능을 사용하여 이탄과 싸우기 이전으로 시간을 감았다.

여섯 눈의 존재는 더 이상 이탄의 공격을 받아낼 수 없었다. 그래서 일단 과거로 피신하기로 결정했다.

상대가 회피를 결정한 반면, 이탄이 터뜨린 마지막 만자비문은 오로지 공격의 수단이었다. 만자비문 가운데 '쇠락하는'이라는 의미의 문자가 영향력을 발동했다. 그 문자에 의해서 일정 영역 내의 시간이 엄청나게 빠르게 흘렀다.

이 문자에 노출된 생명체는 급격히 노쇠해 버릴 수밖에 없었다. 문자의 타겟이 되는 즉시 적들은 노화 마법에 걸리기라도 한 것처럼 쪼글쪼글 늙다가 결국 쇠락하여 죽게 되는 것이다.

비단 생명체만 타격을 받는 것이 아니었다. 무생물도 빨라진 시간 속에서 풍화작용을 급격히 겪어서 결국엔 산화할 수밖에 없었다.

바웅―, 퍽!

이탄이 날린 마지막 회색 태양이 비수처럼 우주를 가로질러 적의 옆구리에 틀어박혔다.

여섯 눈의 존재는 막 시간을 감아서 과거로 도망치려던 중이었다. 그 직전에 이탄이 날린 마지막 공격이 여섯 눈의 존재를 저격하는 데 성공했다.

[쿠.어.억!]

여섯 눈의 존재가 한 개만 남은 눈으로 이탄을 무섭게 노려보았다. 암흑 손이 마지막으로 한 번 더 일어나 무방비 상태의 이탄을 주먹으로 후려쳤다.

이탄의 몸이 퍽! 튕겨나갔다.

그러는 동안에도 이탄이 날린 회심의 일격은 독화살처럼 상대의 몸속으로 파고들더니 상처 부위를 급격하게 쇠락시켰다.

[크.우.우.욱. 이.노.옴!]

이탄을 피해서 과거로 거슬러 올라가던 중, 여섯 눈의 존재가 고통스러운 신음을 토했다. 그의 옆구리 부위가 푸스슥 흩어졌다. 뻥 뚫린 구멍으로부터 신의 에너지가 새어나와 시간 속에 마구 흩뿌려졌다.

여섯 눈의 존재는 그렇게 이탄의 눈앞에서 사라졌다. 그가 과거로 떠나면서 우주 저편에 존재하던 암흑 물질도 허상처럼 스르륵 흩어졌다.

한편 이탄이 받은 타격도 엄청났다.

조금 전 이탄은 일체의 방어를 포기한 채 마지막 일격을

날렸다. 그 대신 이탄도 적에게 카운터펀치를 한 방 얻어맞
았다.

치명적인 타격이 이탄에게 전해졌다.

이탄의 악귀수라는 저절로 해제되었다. 적양갑주도 스르
륵 해체되어 이탄의 영혼 깊은 곳으로 돌아왔다. 회색 태양
5,000개도 모두 사라지고 없었다.

만자비문들은 무사히 이탄의 몸속으로 돌아왔으되, 이탄
의 가슴 속에 들어찬 음차원 덩어리는 어느새 회색빛을 잃
고서 어둑하게 변했다. 이탄의 (진)마력순환로 속에는 단
한 줄기의 마나도 흐르지 못했다.

이탄의 몸뚱어리는 완전히 만신창이가 되었다.

연골법으로 단련된 이탄의 갈비뼈가 으스러져서 내장에
촘촘히 틀어박혔다. 이탄의 장기들도 모두 찢어져 엉망이
되었다.

비록 이탄이 듀라한이라 이 장기들이 쓸모가 없는 경우
가 많았으나, 그래도 이렇게 갈가리 찢어지고 나니 충격이
제법 컸다.

"끄으으응."

우주 한복판에서 이탄이 축 늘어졌다.

조금 전까지만 해도 이탄은 난생 처음 접하는 강적과 싸
우느라 정신을 바짝 차렸었다.

그런데 강적이 사라지고 나자 이탄도 더 이상 버티지 못하고 의식의 끈을 놓았다.

이탄이 기절을 하자 그의 몸뚱어리가 바람에 휘날리는 낙엽처럼 좌우로 팔랑 팔랑 왕복했다. 그러다 중력의 영향을 받아서 아래로 추락하기 시작했다.

슈우우웅―.

우주로 뛰쳐나갔던 이탄이 다시 대기권 안으로 낙하했다.

지금 대기권에는 구멍이 뻥 뚫린 상태라 이탄을 떠받쳐 줄 공기가 없었다. 이탄의 몸뚱어리는 중력에 의해서 무시무시한 속도로 떨어지더니 지상에 콰앙! 처박혔다.

이탄은 정수리부터 수직으로 내리꽂혔는데, 덕분에 이탄의 머리통과 몸통이 분리되는 사태는 피했다. 다만 이탄이 목에 두른 혈적이 조금 찢어졌을 뿐이었다.

여섯 눈의 존재가 사라지자 모든 것이 다시 정상으로 돌아왔다. 뻥 뚫렸던 대기권은 다시 공기로 메꿔졌다. 훤하게 들여다보였던 우주의 풍경은 어느새 사라지고 없었다. 대신 그 자리엔 보라색 하늘이 나타났다.

시간이 다시 정상적으로 흘렀다. 이자벨라와 루건, 북토, 코후엠도 까무룩 잃었던 의식을 되찾았다.

가장 먼저 정신을 차린 이는 이자벨라였다. 아직까지도 멍한 이자벨라의 동공에 유성이 내리꽂히는 장면이 맺혔다.

[설마 이탄 님?]

이자벨라는 저 유성이 어쩐지 운석이 아닌 것 같았다. 이
자벨라가 후다닥 운석이 떨어진 장소로 몸을 날렸다.

[아아아악! 이탄 님!]

이자벨라가 찢어져라 비명을 질렀다.

무서운 속도로 낙하하여 지상에 꽂힌 물체는 운석이 아
니었다. 그것은 엉망진창으로 망가진 이탄의 몸뚱어리였
다.

제7화
기절, 암습

Chapter 1

이자벨라가 손을 뻗자 광택이 반들거리는 흑색 기운이 끈처럼 길게 벋었다. 그 기운이 땅 속에 파묻힌 이탄을 휘감아 위로 들어올렸다. 이탄의 머리통이 금방이라도 떨어져 나올 듯 대롱거렸다.

[이탄 님, 이탄 님.]

이자벨라는 황급히 이탄을 부축했다.

루건과 북토가 후다닥 달려와 이자벨라의 주변에 경계를 섰다.

[뭣들 하느냐?]

[어서 주위를 둘러싸라.]

두 군단장이 외쳤다.

친위병들이 이자벨라와 이탄의 주변을 철통처럼 에워쌌다. 이자벨라가 부리는 인형들은 그 안에 한 겹의 벽을 추가로 둘렀다. 이탄이 저주마법을 새긴 인형 5,000개도 어느새 나타나 이탄을 보호했다.

[이탄 님, 정신 차리세요. 이탄 님.]

이자벨라가 이탄을 붙잡고 흔들었다.

이탄은 숨을 쉬지 않았다. 심장도 뛰지 않았다.

당연한 일이었다. 이탄은 언데드인지라 원래 숨을 쉬지 않는다.

이자벨라는 그 사실을 몰랐다. 그녀는 이탄이 죽었다고 생각하고는 머릿속이 하얗게 변했다.

'안 돼! 이대로 이탄 님이 죽으면 안 된다고. 이 위험한 부정 차원에서 나는 어떻게 하라고?'

덜컥 이런 생각부터 들었다. 이자벨라는 머리를 흔들어서 자신에 대한 걱정을 뒤로 미뤘다.

'아니야. 지금 그게 문제가 아니지. 이탄 님, 제발 눈 좀 떠보세요. 이탄 님. 으흐흐흑.'

이자벨라는 이탄의 손에 깍지를 끼고서 음차원의 마나를 힘껏 불어넣었다.

그렇게 이자벨라가 전력을 다해서 에너지를 불어넣어 줘

도 이탄은 숨을 쉬지 않았다. 이탄의 목 부위에서 혈적이 조금 벗겨지면서 시뻘건 단면이 드러났다.

[꺄아아악! 안 돼! 안 돼. 이탄 님.]

이자벨라는 이탄이 몸만 으스러진 것이 아니라 목까지 잘린 줄 알고 비명을 질렀다.

한편 루건과 북토는 머릿속이 잔뜩 헝클어졌다. 그들의 가슴도 철렁 내려앉았다.

'쿠헐? 이대로 이탄 님이 돌아가시면 어떻게 하지?'

'으으윽. 그러면 우리도 끝장이다. 이탄 님 없이 라이너 영지와 어찌 싸운단 말인가? 푸시킨 영지와 분쟁은 또 어떻게 해결한단 말인가?'

두 군단장은 손발이 벌벌 떨렸다.

코후엠도 앞날이 막막하기는 마찬가지였다.

사실 코후엠은 이탄과 이자벨라 때문에 부정 차원에 억지로 끌려온 피해자였다. 그런데 이탄의 도움 없이는 그릇된 차원으로 되돌아가기도 힘들었다.

'솔직히 말해서 나는 이탄은 물론이고 이자벨라보다도 훨씬 더 약하잖아. 그러니 이탄이 이대로 죽어버리면 고향으로 복귀는커녕 앞으로 부정 차원에서 살아갈 일도 막막해.'

코후엠은 정말 울고 싶은 심정이었다.

그때 기적이 일어났다.

이탄의 손가락 하나가 까딱 움직였다.

[앗! 이탄 님, 정신이 드세요? 네? 네? 제발 대답 좀 해 보세요.]

이자벨라가 이탄을 바짝 끌어안았다.

이탄은 여전히 눈을 뜨지 못했다. 대신 이탄의 오른쪽 새 끼손가락이 한 번 더 경련했다.

[아직 살아계시다. 아직 살아계셔.]

이자벨라가 이탄을 끌어안고는 전차를 소환했다. 그녀는 적당한 크기로 축소된 리노 일족의 전차에 올라탄 뒤, 후퇴 를 명했다.

어차피 이탄이 없는 상태에서 라이너 일족과 전쟁을 지 속하기란 불가능했다. 루건과 북토는 서로의 얼굴을 마주 본 다음, 재빨리 이자벨라의 후퇴 명령을 받들었다.

물론 이탄이 사경을 헤맨다는 사실은 비밀에 부쳐졌다. 조금 전 군단장들이 서둘러 벽을 친 덕분에 이 비밀은 밖으 로 새어나가지 않았다.

루건과 북토는 최대한 천천히 후퇴했다.

이자벨라도 마음 같아서는 빨리 후퇴하고 싶었으나, 애 써 침착한 척했다. 이자벨라군은 그렇게 라이너 요새에서 다시 남하하여 세 번째로 점령했던 성까지 물러났다. 그런 다음 그곳에서 마력함을 띄워서 공간이동을 시작했다.

라이너 영지와 루아 영지 사이에는 아직까지도 길이 뚫린 상태였다. 두 영지 사이에 위치한 푸시킨 영지가 자유롭게 대규모 병력이 오갈 수 있도록 결계를 풀어놓은 덕분이었다.

이자벨라군의 마도전함이 보랏빛 하늘로 떠올라 이송마법진을 구축했다.

쩌저저적! 쩌저적!

하늘에서 새하얀 벼락이 떨어졌다.

빠카카카캉!

흰색 전하가 시커먼 마도전함 사이에서 마구 뛰놀았다. 마도전함의 옆구리에 새겨진 은색 문자들은 휘황찬란한 광채를 내뿜었다.

다음 순간.

파앗!

야심차게 북진하던 이자벨라군이 전쟁의 깃발을 접고서 먼 남쪽의 고향으로 복귀했다.

푸시킨은 해머로 뒤통수를 얻어맞은 기분이었다. 루아 영지의 후퇴 소식을 접한 즉시 푸시킨은 일종의 배신감을 느꼈다.

[이게 뭔 일이래? 루아 년이 미친 게야? 자신만만하게 라이너 영지로 쳐들어갈 때는 언제고, 맛만 찔끔 보더니 뛰어버렸어?]

솔직히 맛만 찔끔 봤다고 평가할 수는 없었다. 이자벨라 군은 라이너 영지의 남쪽 성들을 여럿 부쉈을 뿐 아니라 철옹성이라 불리던 요새까지 박살 냈다.

그 철옹성은 푸시킨도 넘보지 못했던 곳이었다. 철옹성의 앞을 지키는 회색 숲과 용아목 때문이었다.

[그 신임 영주가 용아목과 싸우다가 타격을 크게 입은 모양입니다. 그게 아니라면 저렇게 서둘러 퇴각할 이유가 없지 않겠습니까?]

푸시킨의 둘째 아들이 이렇게 아뢰었다.

푸시킨도 그 말에 동의했다.

[그야 그렇다만, 그래도 나와 상의 한 마디 없이 퇴각하면 어떻게 해? 우리에게 지원을 요청했으면 군단 한 개쯤은 빌려줬을지도 모르는데.]

푸시킨이 아쉬운 듯 입맛을 다셨다. 푸시킨인 이번 기회에 루아가 라이너 일족을 좀 더 괴롭혀주기를 기대했다.

'라이너 녀석, 어디 한 번 미친개에게 제대로 물려보라지. 크크큭.'

이게 푸시킨의 솔직한 속내였다.

그런데 루아가 급작스럽게 퇴각했다.

이 점이 푸시킨을 실망시켰다.

그래도 지금까지 루아의 행동이 푸시킨 영지에 큰 도움이 된 것은 사실이었다. 루아가 미친년처럼 날뛰어준 덕분에 푸시킨 영지가 받던 압박이 한결 느슨해졌다. 꼴 보기 싫던 라이너 녀석이 한 방 먹은 점도 푸시킨을 유쾌하게 만들었다.

Chapter 2

푸시킨이 묘한 기분에 빠져 있을 즈음, 라이너의 사냥개들은 기분이 무척 나빴다.

며칠 전, 8명의 사냥개들은 루어 영지로 남하했다. 라이너 영주의 명을 받들어서 루아를 납치하기 위함이었다.

그때 이미 루아는 3개의 군단을 이끌고 라이너 영지로 쳐들어간 상태였다.

[이런! 길이 엇갈렸구나.]

[서둘러 쫓아가자.]

8명의 사냥개들은 루아를 쫓아서 다시 북쪽으로 올라왔다.

그렇게 사냥개들이 부랴부랴 다시 라이너 영토로 돌아왔을 때, 루아는 여러 개의 성을 점령하고 요새 하나를 박살 낸 뒤, 고향으로 돌아가 버렸다.

8명의 사냥개들은 또다시 닭 쫓던 개 신세가 되었다.

[크읏! 우리를 똥개훈련을 시키는 것도 아니고.]

사냥개 중 한 명이 낮게 으르렁거렸다. 검은 마스크로 입과 코를 가린 사냥개들이 분한 듯 이빨을 갈았다.

사냥개들 가운데 한 명이 동료들을 독려했다.

[어쩔 수 없잖아. 남쪽으로 다시 내려가자.]

[설마 이번에 또 허탕을 치지는 않겠지.]

라이너의 사냥개들은 폐허로 변한 요새를 떠나서 다시 루아 영지로 향했다.

그 무렵 이자벨라는 영주궁 전체에 철통과도 같은 경비 태세를 명하였다. 그것만으로도 부족했는지 그녀는 아공간 속의 인형들을 모두 꺼내어 물샐 틈 없는 경비를 펼쳤다.

영주의 침실에는 이탄이 누워 있었다.

지금 이탄은 피투성이 차림 그대로였다. 이자벨라가 이탄을 깨끗하게 씻겨주려고 했는데, 기절해 있던 이탄이 손을 들어서 이자벨라의 행동을 막았다. 이탄은 무의식중에서도 자신이 언데드라는 사실을 들키지 않으려고 들었다.

[이탄 님, 어서 깨어나세요. 어서요.]

이자벨라는 이탄의 머리맡에 앉아서 걱정스럽게 이탄을 내려다보았다. 이자벨라의 근심이 어찌나 컸던지 특유의 코맹맹이 소리도 나오지 않았다.

그래도 다행인 점은, 이탄의 손과 발이 계속해서 경련을 한다는 점이었다. 그 강도가 점점 커지고, 또 잦아졌다.

[지금 이탄 님은 조금씩 몸을 회복 중이신 거야. 틀림없어.]

이자벨라는 이탄이 곧 회복할 것이라고 굳게 믿었다.

아니, 반드시 그래야만 했다.

[이탄 님을 위해서도……. 그리고 나를 위해서라도…….]

이자벨라는 들릴 듯 말 듯 뇌파를 뇌까린 다음, 한숨을 포옥 내쉬었다.

이탄이 회복하기를 기다리는 동안, 이자벨라는 점을 다시 보았다.

** 비가 온 뒤에 땅이 굳는 법이다. **

** 찰싹 달라붙어 있어라. **

이것이 점괘의 결과였다.

[오호라! 계속해서 이탄 님 곁에 달라붙어 있으란 말이잖아? 그렇다면 이탄 님께서 곧 회복하시겠구낭. 히히히.]

이자벨라가 히죽히죽 웃었다. 근심걱정이 한 방에 날아가 버리자 이자벨라 특유의 코맹맹이 소리도 다시 튀어나왔다.

깊은 밤.

라이너의 사냥개들이 이자벨라의 성 앞에 나타났다.

[이제야 목표물을 찾았군.]

사냥개 가운데 한 명이 톱날이 달린 단검을 꺼내어 혀로 쓱 핥았다. 개의 그것처럼 길게 늘어진 붉은 혀가 쇠의 맛을 느끼며 지나갔다.

8명의 사냥개들은 각자 단검을 꺼내 손에 꾹 움켜쥔 다음, 그들 특유의 마법을 구현했다. 스르륵.

톱날형 단검이 투명하게 변했다. 8명의 사냥개들도 유령처럼 모습을 감추었다. 사냥개들은 땅속으로 녹듯이 스며들더니 영주성 안쪽으로 거침없이 들어왔다.

이자벨라의 성에 설치된 탐지마법도 땅속을 통해서 침투 중인 8명의 사냥개들을 발견하지는 못했다. 3미터 간격으로 촘촘하게 배치된 경비병들도 사냥개들을 발견하기에는 능력이 부족했다.

8명의 사냥개들은 성 안팎의 지형을 미리 숙지한 듯 능숙하게 영주가 머무는 곳으로 접근했다. 그런 다음 그들은 영주 거처의 대리석 바닥을 유령처럼 관통하여 지면 위로 쑤우욱 올라왔다.

성 내의 그 누구도 사냥개들의 침투를 인지하지 못했다. 8명의 사냥개들은 여전히 몸이 투명했다.

[영주의 침실이 3층이라고 했지?]

[바로 저 위쪽이야.]

투명한 사냥개들이 손가락으로 천장을 가리켰다.

스르륵.

사냥개들은 유령처럼 허공으로 솟구쳐서 천장을 관통하더니, 2층 바닥에서 쑤우욱 나타났다. 그런 다음 한 번 더 건물을 관통하여 3층에 진입했다.

영주의 침실은 넓고 으리으리했다. 침실 내부는 이자벨라의 취향에 맞춰서 검은색과 분홍색으로 장식되어 있었다.

침실 중앙엔 8명이 함께 드러누워도 될 법한 침대가 자리했다. 침대 위에는 한 인영이 잠들어 있는 모습이 보였다.

[찾았다.]

[저 계집을 붙잡아서 라이너 영주님께 데려가면 돼.]

[서두르자.]

8명의 사냥개들이 침대 위를 향해서 섬뜩한 눈빛을 던졌
다. 그들은 유령처럼 미끄러지더니 어느새 침대 주변을 장
악했다.

사냥개 가운데 4명이 침대의 동서남북을 막았다. 나머지
4명은 덮치듯이 침대 위로 올라와 이자벨라의 목줄기를 틀
어쥐었다.

사냥개들의 손이 이자벨라의 목에 닿는 그 순간까지도
주변에는 아무런 기척이 느껴지지 않았다. 심지어 공기 유
동조차 없었다. 라이너의 사냥개들의 움직임은 기가 막힐
정도로 기민하고 은밀했다.

Chapter 3

[잡았다. 요년!]

가장 먼저 이자벨라의 목을 움켜잡은 사냥개가 쾌재를
불렀다.

한데 느낌이 이상했다.

[어랏?]

사냥개는 분명 침대에 누워 있는 소녀의 목을 잡은 것으

로 생각했다.

한데 그 목이 금속보다 더 딱딱한 것이 아닌가!

게다가 그 목 부위에서는 사냥개의 손을 단숨에 튕겨내 버릴 정도로 강력한 반발력이 발동했다.

[뭐얏?]

사냥개가 흠칫했다. 사냥개는 반사적으로 톱날 달린 단검을 휘둘러 상대의 목에 가져다 대었다. 투명한 단검이 기척도 없이 날아가 이자벨라의 목젖을 눌렀다.

그보다 한발 앞서 손이 뛰어올라왔다.

이건 사냥개의 손이 아니었다. 침대에 축 늘어져 있다가 번쩍 솟구친 손은 사냥개의 목줄기를 억세게 움켜쥐는가 싶더니 이내 어마어마한 압력을 가했다.

[큽!]

목이 붙잡힌 사냥개는 얼굴이 시뻘겋게 부풀어 올랐다. 목 아래쪽도 압력에 의하여 풍선처럼 불룩하게 부풀었다.

뻐엉!

다음 순간, 사냥개의 얼굴가죽이 압력을 견디지 못하고 터져버렸다.

사냥개의 눈알 2개가 먼저 튀어나왔다. 이어서 얼굴가죽 전체가 파편처럼 찢어졌다. 핏물이 폭발했다.

그보다 더 큰 문제는, 사냥개의 목이 뚝 끊겼다는 점이었다. 투명한 머리통이 데구르르 굴러서 침대 밑으로 떨었다. 그렇게 몸과 분리되고 나서야 비로소 투명화가 풀리고 사냥개의 본래 얼굴이 드러났다.

[뭐얏?]

[영주가 깨어있다.]

동료 사냥개들이 벼락처럼 침대를 덮쳤다.

사냥개들은 몸이 완벽하게 투명할 뿐 아니라 일체의 기척을 내지 않고 유령처럼 움직이는 것이 특기였다. 그들은 속도도 벼락처럼 빨랐다.

한데 침대에 누워 있던 자는 사냥개들보다 더 신속했다. 번쩍하는 사이에 2명의 사냥개가 목줄기를 붙잡혔다.

[큽!]

[켁!]

두 사냥개는 반사적으로 톱날 달린 단검을 휘둘러 상대의 손목을 베었다.

까앙! 깡!

눈부시게 불똥이 튀었다. 사냥개들의 단검은 금속도 치즈처럼 잘라버리는 마보였다. 그런 마보가 단 한 번에 부딪침만으로 날이 박살 났다. 단검의 파편들이 100배의 속도로 튕겨 나와 사냥개들의 온몸을 찢었다.

그보다 한발 앞서서 2명의 사냥개의 얼굴이 폭발했다. 4

개의 눈알이 퍽 튀어나와 침대 헤드와 침실 천장에 들러붙었다. 이어서 두 사냥개의 목이 끊기면서 머리통이 데구르르 굴러떨어졌다.

눈 깜짝할 사이에 사냥개 3명이 죽었다.

[안 돼!]

[피햇!]

사냥개들이 황급히 뒤로 물러나려 했다.

그 전에 유령처럼 손이 날아와 2명의 사냥개를 또 붙잡았다. 마치 눈에 보이지 않는 뱀에게 목을 물린 듯, 두 사냥개는 침대 위로 번쩍 들렸다.

[크읍!]

[컥컥!]

두 사냥개가 혀를 길게 빼어 물고 두 다리를 바동거렸다.

이윽고 둘의 얼굴이 폭발하면서 머리통이 똑 분리되었다.

원래 8명이던 사냥개가 셋으로 줄었다. 3명의 사냥개들은 침대에서 벗어나 다시 침실 바닥 속으로 스며드는 중이었다.

그때 침실의 암막커튼이 펄럭거리면서 달빛이 살짝 스며들었다. 피에 젖은 손을 축 늘어뜨린 채 침대 위에 우뚝 서 있는 존재가 그 달빛에 의하여 얼핏 모습을 드러냈다.

그는 이탄이었다.

이자벨라가 아니라 이탄.

여섯 눈의 존재와 격투를 벌인 뒤 기절했던 이탄이 다시 눈을 떴다.

사냥개들이 화들짝 놀랐다.

[영주가 아니구나.]

[젠장. 이자는 대체 누구야?]

[어서 피해.]

3명의 사냥개들은 불판 위의 치즈가 녹는 것처럼 재빨리 침실 바닥 속으로 하강했다. 그러다 사냥개들이 동시에 눈을 부릅떴다.

유령처럼 자유롭게 물체를 관통하는 것은 사냥개들의 특기 가운데 하나였다.

그런데 갑자기 그 특기가 발휘되지 않았다. 3명의 사냥개들은 마치 콘크리트 속에 허리 아래가 파묻힌 듯한 모습으로 침실 바닥에 꽉 박혀서 바동거렸다.

이탄이 침대에서 풀쩍 뛰어내렸다.

[으으읏. 제기랄. 왜 이러지?]

사냥개들은 식은땀을 흘리며 몸을 뒤틀었다. 투명한 단검으로 침실 바닥을 콱콱 내리찍기도 하였다.

그래도 몸이 움직이지 않았다. 침실 바닥에 허리 아래쪽이 꽉 박혀서 도저히 벗어날 수 없었다.

이탄이 무표정하게 다가와 사냥개 한 명의 머리통을 발로 눌렀다.

[이익!]

사냥개가 이탄의 종아리를 향해서 톱날 달린 단검을 휘둘렀다.

까앙!

그 단검이 무시무시한 반탄력에 의해서 터지면서 사냥개를 피투성이로 만들었다.

이탄은 숨을 헐떡거리는 사냥개의 머리를 발로 꾹 눌렀다.

사냥개의 허리가 뒤로 90도 각도로 꺾였다. 사냥개의 척추가 직각으로 구부러지면서 우두둑 소리를 내었다. 사냥개는 거대한 산맥이 자신의 머리통 위에 올려진 듯한 무게감을 느꼈다.

사냥개의 목뼈가 단숨에 꺾였다. 사냥개의 두개골도 단숨에 으스러졌다.

퍼억!

마침내 사냥개의 머리통이 터지면서 이탄의 발밑을 뜨끈하게 적셨다.

Chapter 4

이탄이 피 묻은 발을 질질 끌고서 또 다른 사냥개에게 다가섰다.

[우우욱, 저리 가. 저리 가. 이 괴물아.]

사냥개가 패닉에 빠져 단검을 마구 휘둘렀다.

이탄은 상대의 저항을 무시했다. 그는 또다시 발로 상대의 머리통을 밟아서 으깼다.

이제 사냥개는 한 명만 남았다.

이탄이 적 앞에서 상체를 굽혔다. 그런 다음 이탄은 상대의 뇌에다 대고 속삭였다.

[너는 운이 좋구나. 마지막 한 명이니까 너는 죽이지 않으마. 따로 궁금한 점들도 있고, 또 써먹을 때도 있거든.]

[으으으. 으으으으.]

홀로 남은 사냥개가 몸서리를 쳤다.

이윽고 그 사냥개의 동공이 활짝 열렸다.

이탄은 상대를 죽이지 않았다. 대신 뒷목을 살짝 움켜쥐어 뇌로 올라가는 혈류를 막았다.

[끄읍!]

홀로 남은 생존자는 두 눈을 부릅떴다가 이내 축 늘어졌다. 푹 쓰러진 생존자의 목에서 꾸르륵 소리가 났다.

이탄은 사냥개 8명 가운데 7명을 터뜨려 죽였다. 오직 한 명만 살려두었다.

'이 한 명을 이자벨라에게 넘겨서 고문을 할 수도 있겠지. 이자벨라라면 이 녀석의 영혼을 탈탈 털어서라도 정보를 캐낼 거야.'

이 사실을 잘 알면서도 이탄은 사냥개를 이자벨라에게 넘기지 않았다. 대신 이탄은 아공간 박스 속에서 다크 샌드 (Dark Sand) 한 줌을 꺼냈다.

이 다크 샌드는 예전에 이탄이 알블—롭 일족의 곁에 머물 당시 흐나흐 족의 시칸과 거래를 하면서 얻어낸 전리품이었다.

다크 샌드는 근원이 밝혀지지 않은 신비한 물질인데, 이모래 알갱이 한 알을 상대방의 뇌에 심으면 그 상대방을 꼭 두각시처럼 부릴 수 있었다.

이탄은 시간이 날 때마다 아공간 박스 속의 보물들을 연구한 결과, 최근 다크 샌드의 사용법을 알아내게 되었다.

엄밀하게 말해서 다크 샌드의 사용법을 찾아낸 이는 이탄이 아니라 아나테마였다. 이탄은 이나테마의 수고를 칭찬하면서 일수도장 100개를 찍어주었다.

[끼요옵! 이게 현실이냣? 이렇게나 많이 찍어주는 게야? 끼요오오옵.]

아나테마는 3개월도 넘는 분량의 일수도장을 받은 것만 으로도 싱글벙글이었다.

이탄도 다크 샌드에 대해서 알게 되어 만족스러웠다.

'정확한 사용법을 알았으니 한번 써먹어 봐야지.'

이탄은 다크 샌드 알갱이 하나를 손가락으로 집어서 사 냥개의 눈알 속에 푹 찔러 넣었다. 안구를 뚫고 들어간 미 세한 모래 알갱이가 시신경을 지나 대뇌에 자리를 잡았다.

퍼덕, 퍼덕, 퍼덕.

다크 샌드가 대뇌에 자리를 잡는 동안, 사냥개는 몸을 뒤 틀었다.

이탄은 퍼덕거리는 상대를 빤히 지켜보았다.

이탄은 상대의 정신과 혼백을 제압하는 종류의 권능을 여러 개를 가졌다.

이 가운데 가장 강력한 것은 분혼기생(分魂寄生)이었다. 이탄은 지금까지 분혼기생의 권능을 딱 두 번 사용했다.

첫 번째가 밍니야.

두 번째가 간철호.

이탄의 분혼기생은 상대를 꼭두각시로 만들 뿐 아니라 상대방의 몸을 내 것처럼 사용할 수 있기에 가장 무서운 수 법에 해당했다. 다만 분혼기생을 사용하려면 혼을 나누어 야 하므로 자주 쓸 수는 없었다.

이어서 이탄은 정상 세계의 언령을 여러 개 얻었는데, 이 가운데 분혼기생과 비슷한 권능이 존재했다.

꼭두각시로 만들 대상을 콕 찍어서 지정하는 '숙주'의 언령.

이어서 그 꼭두각시의 정신 속에 씨앗을 심어서 컨트롤하는 '기생'의 언령.

이 두 가지 언령을 활용하면 이탄은 굳이 분혼기생을 사용하지 않고서도 꼭두각시를 늘려나갈 수 있었다.

다만 이것은 이곳 부정 차원에서는 통하지 않았다. 부정 차원 자체가 정상 세계의 언령을 배척하는 탓이었다.

한편 만자비문 가운데도 꼭두각시를 만드는 문자들이 몇 개 존재했다. 이탄은 이 권능을 이용해서 사냥개를 부리는 것이 가능했다.

다만 지금은 만자비문을 쓰기 힘들었다. 얼마 전 여섯 눈의 존재와 싸운 이후로 이탄의 만자비문 권능은 아직까지 회복되지 않았다. 이탄의 가슴 속 음차원 덩어리에 새겨진 문자들도 회색빛을 잃고 어둑했다.

이탄은 시시퍼 마탑에서 정신을 컨트롤하는 마법도 한두 개 배웠다.

하지만 이탄의 마법적 재능이 부족한지라 그 마법을 완전히 익히지 못하였다. 당연히 사냥개에게 마법을 써먹을 수는 없었다.

한편 이자벨라의 인형제조도 어찌 보면 이와 일맥상통하는 면이 있었다.

하지만 그 방법은 살아 있는 생명에게 적용할 수 없었다.

그래서 이탄이 고른 것이 다크 샌드였다.

"이 기회에 다크 샌드의 효능을 체크해 보자."

이탄이 이렇게 중얼거리는 사이, 다크 샌드는 사냥개의 대뇌에 완전히 자리를 잡았다. 이 끔찍한 모래는 숙주의 뇌 신경을 하나씩 검은색으로 물들인 다음, 상대의 의식과 신경, 감정을 완전히 통제하기 시작했다.

아나테마는 이 절차를 정지작업, 즉 토대를 다지는 작업이라 설명했다.

'정지작업이라……. 이해가 딱 되네.'

이탄은 아나테마가 이름을 잘 붙였다고 생각했다.

정지작업이 모두 끝난 뒤, 다크 샌드 알갱이가 이탄에게 뇌파를 보냈다.

[주인님, 주인님.]

[잘했다. 뇌를 완전히 장악했구나?]

[넵. 주인님.]

[어디 한번 일어나봐라.]

이탄이 다크 샌드 알갱이에게 명을 내렸다.

다크 샌드 알갱이는 숙주인 사냥개를 조종하여 몸을 일으켰다. 침실 바닥에 콱 박혔던 사냥개가 스르륵 일어나 관절을 슥슥 돌려보았다.

[어때? 괜찮은가?]

이탄이 물었다.

[네. 쓸 만한 몸인 것 같습니다.]

다크 샌드가 흡족하게 대답했다.

쏴아아ㅡ, 쏴아아아ㅡ.

동료 알갱이가 몸을 얻게 된 것이 부러운 듯, 병 속의 다크 샌드들이 이리저리 몰려다니며 아우성을 쳤다.

이탄이 그들을 달랬다.

[기다려. 너희들도 모두에게 그럴듯한 새 몸을 찾아줄 테니 기다리라고.]

말귀를 알아듣기라도 한 듯 다크 샌드들은 요동을 멈추고 병 속에서 얌전히 기다렸다.

제8화

암흑사도

Chapter 1

다음 날 아침이 밝았다.

[어맛? 이탄 님!]

이자벨라는 침실로 들어오자마자 깜짝 놀랐다.

어젯밤까지만 하더라도 이탄은 혼수상태에 빠져 있었다. 그런데 아침에 침실 문을 열자 이탄의 멀쩡한 모습이 보이는 것 아닌가!

[이탄 님, 깨어나셨군용. 드디어 깨어나셨어용.]

이자벨라는 기뻐서 펄쩍펄쩍 뛰었다.

그러다 침대에 흥건하게 묻어 있는 핏물이 이자벨라의 눈에 들어왔다. 침대 아래에 나뒹구는 머리통 5개와 몸뚱

어리 5개, 그리고 침실 바닥에 나무처럼 박혀 있는 2개의
시체도 이자벨라의 눈과 정신을 어지럽혔다.

마지막으로 이자벨라는 침실 구석에 인형처럼 뻣뻣이 서
있는 검은 마스크의 괴한, 즉 사냥개의 모습을 확인했다.

[이것들은 다 뭐예요?]

이자벨라가 눈을 동그랗게 떴다.

[글쎄? 나도 잘 모르겠는데.]

이탄은 미소 띤 얼굴로 어깨를 으쓱했다.

사실 이탄의 대답은 완전히 거짓말은 아니었다.

지난 밤, 라이너의 명을 받은 사냥개 8명이 침대에 누워
있던 이탄을 급습했다.

사실 사냥개들이 노린 대상은 이탄이 아니라 이자벨라였
다.

그런데 운이 나쁘게도 이자벨라의 침대에는 이탄이 누워
있었다. 사냥개들은 이탄을 이자벨라라고 착각하고 공격을
퍼부었다.

그때까지만 해도 이탄은 정신이 완전히 돌아오지 않았
다. 이탄은 무의식 상태에서 적의 공격을 받았다.

그 순간 이탄의 손이 저절로 움직였다. 이탄은 기절한 중
에도 정확하게 상대의 목줄기를 움켜쥐어 터뜨려 버렸다.
이어서 또 다른 암살자 2명도 목을 뜯었다.

이탄의 정신이 돌아온 것은 그가 5명의 적을 죽였을 때였다.

8명 가운데 다섯이 죽자 사냥개들은 황급히 도망쳤다.

이탄은 만금제어의 권능으로 침실 바닥에 내장된 금속을 컨트롤했다. 여기에 중력마법도 더하고, 음차원의 마나도 움직였다.

도망치던 자들이 바닥에 콱 틀어박혀서 꼼짝도 하지 못했다.

이탄은 3명의 도주자 가운데 둘을 밟아서 죽였다. 나머지 한 명은 다크 샌드로 오염시켜서 꼭두각시로 만들었다.

이상이 지난밤에 벌어졌던 일이었다.

이 가운데 절반 이상은 이탄이 무의식중에 벌어진 일들이라 [나도 잘 모르겠는데.]라는 이탄의 대답은 완전히 거짓이라고 할 수는 없었다.

이자벨라도 깊이 캐묻지는 않았다.

[침대보를 새 것으로 바꿔야겠네용. 침대도 바꾸고, 카펫도 새로 깔아야겠어용. 아니다! 이 참에 침대 바닥까지 교체해야징. 히히히.]

이자벨라가 빠르게 종알거렸다.

이자벨라는 암살자들이 영주의 침실까지 침투했다는 사실에 분노하기보다는, 이참에 침실 인테리어를 새로 할 생각에 들뜬 것 같았다.

'뭐야? 이 여자.'

이탄은 어이가 없었다.

그러면서도 이탄은 이자벨라가 그리 나빠 보이지 않았다.

'흐음음. 내가 기절한 동안 이자벨라가 나를 돌봤던 건가?'

이탄은 이 생각을 하면서 검지로 관자놀이를 긁었다.

그 시각.

언노운 월드 대륙 동북쪽에 위치한 조용한 수도원에서 비명이 터졌다.

[끄악! 끄아악!]

끔찍한 비명을 지르면서 얼굴을 감싸 쥔 이는 다름 아닌 비크 교황이었다.

모레툼 교단의 교황 비크는 최근 교황청을 떠나서 아무도 모르는 수도원에 은신 중이었다. 모레툼 교황청에는 이 수도원의 위치를 아는 자가 없었다. 비크 교황이 지금 이곳에 머물고 있다는 사실을 아는 사람도 없었다. 심지어 교황의 오른팔이라 불리는 세본 추기경도 몰랐다.

비크가 이 외딴 수도원에 은신을 한 이유는 하나였다.

비크는 모레툼을 섬기는 교단의 교황이되, 모레툼이 아닌 다른 신을 믿었다.

그 신은 모레툼처럼 먼 곳에 있는 신이 아니었다. 그 신은 비크가 원할 때마다 직접 만날 수 있는 신이었다.

그 신은 모레툼처럼 드문드문 이적을 보여주는 신이 아니었다. 그 신은 비크가 요청할 때마다 이적을 보여주었다.

비크가 느끼기에 그 신은 모레툼보다 훨씬 더 강력했다. 비크는 눈이 6개가 달린 존재를 영접한 뒤 모레툼 대신 그 존재를 신으로 섬겼다.

비크는 그 신이 우주 저편의 암흑 공간에서 목소리를 내어 별들을 펑펑 터뜨리는 장면을 보면서 희열을 느꼈다.

비크는 그 위대한 존재를 만천하에 자랑하고 싶었다.

"보아라. 저분이 진짜 신이시다. 그리고 나는 저분의 총애를 받는 교황이니라. 저분을 섬기려는 자들이여, 모두 나에게 오라. 나는 열쇠이자 길일지니, 오로지 나를 통해서만 저분께 갈 수 있도다."

비크는 세상 사람들 앞에서 이렇게 외치고 싶었다.

'신께서 힘을 써주시면 저 무시무시한 피사노교도 한 방에 무너뜨릴 수 있을 게야. 고고한 척하는 아울 검탑도, 잘난 척하는 시시퍼 마탑도, 신비로운 척하는 마르쿠제 술탑도 신 앞에서는 모두 한 입 거리지. 큭큭큭.'

호랑이를 등에 업은 여우가 자신을 호랑이처럼 여기고 뻐기듯이, 비크도 여섯 눈의 존재를 영접한 이후로 자신의 파워를 과신하게 되었다.

실제로 여섯 눈의 존재는 비크를 적극적으로 도와주었다. 비크 앞에 걸리적거리는 걸림돌들을 말끔히 치워준 장본인도 바로 여섯 눈의 존재였다.

오래 전 여섯 눈의 존재는 비크를 감찰하던 수호기사들을 단숨에 죽여주었다. 덕분에 비크는 무사히 추기경의 자리에 올랐다.

그 후로 여섯 눈의 존재는 비크의 라이벌이었던 슈로크 추기경을 감쪽같이 치워주었다. 덕분에 비크는 무사히 교황이 되었다.

비크는 여섯 눈의 존재를 무척 두려워하면서도, 다른 한편으로는 든든하게 생각했다.

Chapter 2

한데 최근 여섯 눈의 존재가 한계를 드러내었다. 비크는 여섯 눈의 존재에게 "레오니 추기경을 죽여주십시오."라고 청했다.

당연히 여섯 눈의 존재는 레오니를 세상에서 콕 집어서 제거해주어야 했다. 그는 신이므로. 신은 전지전능하므로.

한데 비크의 예상이 깨졌다.

여섯 눈의 존재는 레오니를 죽이지 못했다. 오히려 그는 "레오니는 인과율의 보호를 받는 자다. 감히 나에게 그런 자를 죽여 달라고 하다니!"라며 비크에게 역정을 내었다.

비크는 겁이 덜컥 났다.

비크는 여섯 눈의 존재가 화를 내자 그가 두려워졌다.

여섯 눈의 존재조차 어쩌지 못하는 인과율 또한 두려웠다.

그 인과율의 보호를 받는다는 레오니 추기경도 무서웠다.

그때부터 비크는 여섯 눈의 존재가 신이 아닐 거라고 의심하게 되었다.

"그가 신이라면 레오니를 죽였겠지. 신이 아니니까 능력에 한계가 있는 게야. 으으으. 그렇다면 내 꼴이 뭐가 돼? 가짜 신을 신으로 믿고 섬겼는데, 그 가짜 때문에 나는 모레툼 님마저 배신했는데, 내 꼴은 뭐가 되느냐고?"

비크는 여섯 눈의 존재도 두렵고, 인과율도 두렵고, 레오니도 두려웠지만, 그것보다는 모레툼 님이 자신에게 벌을 내릴까 봐 그게 무서웠다.

"교황청은 모레툼 님이 쉽게 접근하실 수 있는 곳이잖아? 이곳을 벗어나야 해. 여기 있다가 신벌을 받을지도 몰라."

비크는 이런 망상에 사로잡혀 교황청을 떠났다. 비크는 아무도 모르게 수도원으로 도망친 뒤에야 겨우 마음의 안정을 찾았다.

한데 갑자기 날벼락이 떨어졌다. 이건 정말 날벼락이었다. 비크가 아무런 짓도 하지 않았는데 멀쩡하던 얼굴의 반쪽이 지글지글 녹아 붙은 것이다.

이건 시작에 불과했다. 비크는 얼굴의 절반에 심각한 화상을 입었을 뿐 아니라 신성력의 10분의 9를 잃어버렸다.

모레툼 교단에서 가장 강력한 신성력을 보유했다는 비크가 이제는 일반 주교만도 못한 처지로 전락했다.

"으아아악! 이게 왜 이래? 내 신성력! 풍부하게 넘쳐흐르던 나의 신성력이 왜 이렇게 줄어들었냐고? 끄아아아악!"

비크가 자신의 머리카락을 쥐어뜯었다.

"모레툼 님인가? 설마 모레툼 님께서 내 신성력을 거두신 게야? 씨팔! 씨팔! 이런 게 어디 있어? 크아아악."

비크는 모레툼을 원망했다. 비크는 자신의 얼굴 반쪽이 녹아버리고 신성력이 대폭 줄어든 이유가 모레툼 때문이라고 믿었다.

사실은 아니었다.

오래 전 비크가 여섯 눈의 존재를 처음 영접했을 때, 여섯 눈의 존재는 비크의 몸속에 자신의 씨앗을 심어두었다.

비단 비크만이 아니었다.

여섯 눈의 존재는 부정 차원과 언노운 월드, 그릇된 차원, 심지어 동차원에 이르기까지 여러 차원에 걸쳐서 여러 명의 암흑사도들을 선발했다. 그런 다음 그 암흑사도들의 몸속에 씨앗을 하나씩 심어두었다.

이것은 사실 씨앗이 아니라 빨대꽂이였다.

여섯 눈의 존재가 마음만 먹으면 그는 얼마든지 빨대꽂이를 통해서 암흑사도들의 힘을 갈취할 수 있었다.

뿐만이 아니었다. 여섯 눈의 존재는 암흑사도들과 관련된 주변인들의 에너지도 모두 갈취할 수 있는 권능을 지녔다.

예를 들어서 교황청에 있는 비크의 심복들은 여섯 눈의 존재가 마음만 먹으면 얼마든지 에너지를 쪽 빨아먹을 수 있는 대상이었다. 은화 반 닢 기사단의 원로기사들도 모두 여섯 눈의 존재가 빨아먹을 수 있는 비상식량과 같은 존재였다. 은화 반 닢 기사단의 요원들도 예외일 수 없었다.

단, 여기에는 한 가지 조건이 붙었다.

암흑사도에게 충성하는 자.

이게 조건이었다.

은화 반 닢 기사단의 원로기사들은 비크 교황에게 충성을 바쳤다. 교황청의 추기경들 중에도 비크에게 충성하는 심복들이 많았다. 따라서 그들에게는 눈에 보이지 않는 빨대가 하나씩 꽂혀 있는 셈이었다. 여섯 눈의 존재가 언제든지 에너지를 쪽 빨아먹을 수 있는 빨대 말이다.

이탄은 여기에 속하지 않았다. 이탄은 비크에게 충성하기는커녕 오히려 적개심을 가지고 있기에 빨대가 연결되지 않았다.

세본 추기경의 경우는 운이 좋았다. 원래는 세본에게도 파이프처럼 튼튼한 빨대가 연결되어 있었다.

한데 최근에 이 파이프가 제거되었다. 세본이 비크에게 적개심을 품으면서 연결관이 부서진 것이다.

세본이 다른 마음을 품을 당시, 여섯 눈의 존재는 노랗게 빛나는 눈알 6개를 번들거리면서 으르렁거렸다.

[쿠.워.어.억! 여.러. 차.원.에. 분.포.한. 암.흑.사.도.들. 중.에.서. 비크. 녀.석.이. 제.법. 쓸. 만.하.다. 여.겼.건.만. 그.게. 아.니.었.나? 녀.석.에.게. 연.결.되.어. 있.던. 관.들.이. 하.나. 둘. 부.서.지.네? 게.다.가. 이.번.에. 떨.어.져.나.간. 연.결.관.은. 제.법.

오.래.되.었.고. 또. 튼.튼.하.던. 것.이.었.는.데.도.
이.탈.을. 했.어. 이.거. 이.러.면. 내.가. 비.크. 녀.석.을.
계.속. 돌.봐.줄. 이.유.가. 없.어.지.는.데. 말.이.야.]

이게 얼마 전의 일이었다.

그런데 오늘, 부정 차원에서 여섯 눈의 존재가 강적을 만났다.

그 적은 태초의 마신 피사노가 남긴 인과율을 절반이나 차지했을 뿐 아니라 엄청나게 단단한 몸뚱어리와 방어 권능을 가진 자였다.

그 강적이 108개의 팔을 휘둘러서 쏘아낸 일격은 단숨에 성운을 터뜨리고 빅뱅을 일으킬 만큼 어마어마했다.

여섯 눈의 존재는 그 강적과 수차례의 공격을 주고받은 끝에 결국 시간을 되감아서 도망쳐야만 했다.

여섯 눈의 존재는 시간을 거스르는 한편, 옆구리의 상처를 회복시키기 위하여 황급히 에너지를 끌어모았다.

여러 차원에 걸쳐 분포된 암흑사도들이 여섯 눈의 존재에게 에너지를 빼앗겼다. 비크도 그 희생양 중의 하나였다.

다시 말해서 오늘 날벼락을 맞은 자는 비크 교황만이 아니었다. 동차원의 북명에도, 혼명에도, 심지어 남명의 술법사 중에도 날벼락을 맞은 자가 존재했다. 언노운 월드의 피사노교에도, 시시퍼 마탑에도 날벼락을 맞은 사도가 있었다. 그릇된 차원의 몬스터들 중에도 몇몇 강자들이 이러한 일을 당했다.

여섯 눈의 존재는 그렇게 암흑사도들의 기운을 갈취한 이후에도 한동안 고통을 겪어야 했다. 만자비문 가운데 '쇠락하는'은 쉽게 회복하기 힘든 타격을 여섯 눈의 존재에게 안겨주었다.

〈다음 권에 계속〉

DREAMBOOKS